# 医学と文学の間

## 一アウトサイダーの生涯

大鐘稔彦

鳥影社

# 医学と文学の間　―アウトサイダーの生涯

目次

# 医学と文学の間

―アウトサイダーの生涯

# はじめに

人は何故〝自分史〟を書くのか？　幸せ一辺倒で人生を謳歌し尽くしたからだろうか？

世の中には、神の申し子のようにそうした恵まれた生涯を歩んだ人がいなくはないだろう。

たとえば、第二次大戦で敗れた日本に意気揚揚乗り込んできた米軍の指揮官マッカーサーは、後に日本の新聞に自伝めいた文章を連載したが、毎回、自分がいかに優秀な学生で、当然ながらエリートの道を邁進して来たかを臆面もなく書き連ねていた。

当時私は高校生であったと思うが、そうした自慢話を鼻白む思いで読み、毎回後味の悪さを覚えたものだ。もとよりマッカーサーは私のその後の人生に些かの光明ももたらさなかった。

然り、順風満帆、絵で描いたような幸せな人生を歩んだ者は自分史など書くに及ばない。

大多数の人間は、自らの意志に依ることなくこの世に産み落とされ、不慮の病気や事故、さては人間関係のもつれに悩み苦しみ、いっそのこと自ら命を絶ちたいと思い込むものである。

そうした苦難の人生を経て生を全うした人こそ、自分史をこの世に残す価値があると言えよう。

レフ・トルストイやジャン・ジャック・ルソー、さてはヴォルフガング・フォン・ゲーテも自伝を残した。世界的著名人であっても、彼らの人生は幸福一辺倒ではなく、それどころか苦難に満ちたものだったからである。

トルストイやルソーは若き日の罪深い生活を悔い、自責の念に駆られ続け、晩年に至ってその顚末を著した。それ故に、彼らの自伝は『懺悔録』と銘打たれている。

多くの才能に恵まれ、文筆のみか政治の分野でも頂点を極め、人も羨む境涯と思われたゲーテも、その自伝『詩と真実』の中で、「我が八十年の人生で幸せと思えた日々は四十日となかった」と述懐している。

若い日、友人の恋人に懸想してふられ、絶望の余り自分の胸に短刀まで突きかけたことに始まり、エリート故の相克、悩みが生涯つきまとったのだ。ようやく得た平穏をかき乱すと言って、ベートーベンの「運命」の激しさを拒んだほどに。

彼らに比すれば凡庸の極みである私だが、八十年の人生の半ばは苦悶の日々であった。ゲーテが言うように、幸福と感じた日は長い梅雨期に時折垣間見る晴天の如く僅かでしかなかった。

幸か不幸か、自我の芽生え始めた少年時代に母の感化でキリスト教に入信した。イエスの教えは自我を罪とみなすものだったから、抑え難いその発芽に私は苦しんだ。〝罪と罰〟の強迫観念は、実に青年期までつきまとった。

神の目から逃れた壮年期からの数十年は、背神の報いか、幾度も人生の悲哀を覚え、絶望の淵に沈んでもがき苦しんだ。そんな時蘇ってくるのは、凡庸ならぬ非凡な才能に恵まれながら人生に躓き苦しみ喘いだ先人たちの赤裸裸な告白の書であった。

忘れもしない、満十八歳の夏、休み明けの試験に脅え戦いていた休暇の最後に手にしたルソーの『懺悔録』を読み終えた時、落第もよし、それもまた人生の一端、いつか挽回できるだろうとの思いが天啓の如く閃き、胸を覆っていた暗雲が、「ショーシャンクの空」のような晴れ間に取って代わり、重苦しい束縛から自由の境地に至れたことを。

一個の人間の人生観にコペルニクス的転回を与え、闇夜に瞬く星の如く一条の光を与える、それこそが真の文学であると思い知った瞬間でもあった。

人生の末期に及んで自伝を書くことを思い至ったのも、先人への恩返し、ひいては、人生を生き辛いと感じている人々に、私でもここまで生きてこられたのだからあなたも希望を失わないで欲しいとのエールを送りたかったからである。まずはその序章をご笑読頂ければ幸いである。

# 第一章　幼少期

（一）

私が生を享けたのは太平洋戦争が始まって二年後の一九四三（昭和十八）年である。父母が結婚して七年目にできた後にも先にも唯一の子供であった。

生家は名古屋市昭和区の桜山町という地にあり、母峯子《みねこ》は夫の鍵吉《けんきち》とその両親と共に住んでいたというが、私には祖父母の記憶は全くない。

母は私を、当時の産婦の大方がそうであったと思われるが、嫁ぎ先の祖父母の家で助産婦の介添えで産んだという。難産だったと聞いた。母は三十一歳、父は三十七歳であった。

父母はいずれも小学校の教員であった。

父は私が生まれて間もなく、何を思ったか文部省が南方ジャワへ派遣すべく募集していた日本語教育養成員に応募、一ヵ月間の講習の後選抜試験が行われ、半年後に合格通知をもらった。

昭和十八年十一月四日、父は勇躍、乳飲み子（他ならぬ私）を抱えた、まだ教職にあった母に見送られて上京、更なる講習を受けた後、一ヵ月後、八千トンの「瑞穂丸」に乗り込んだ。十三隻の船団の一番船であったという。

母と共に教職にあった父が、生まれたばかりの私と母を置いて何故異国の地に赴こうとしたのか、その定かなる動機については聞いていない。古稀に至って著した回想記『南十字星の下に』に唯一書かれているのは次のようなことである。

「私が教職にあった二五、六歳の頃、ある講演会（講師、田辺尚雄氏）に於いて南方民族の歌謡をレコードで聴いたことがあり、その声音やメロディーが何やら身近く感じられて、いつまでも心の底に残るものがあった。後年、渡南することになった遠因の一つがあるいはこの辺りにあるのかも知れない」

とまれ父は、父母と妻子を置いて南方ジャワ島へ旅立った。同行したのは五十余名だったという。

ところが、台湾沖のバシー海峡に差しかかった時、船団は米軍の潜水艦の攻撃を受け、魚雷二発が瑞穂丸に命中した。

午前七時頃で、父は甲板をゆっくり歩いて海を眺めていたという。回想記はこう続く。

「急を告げる合図であったのか、不気味な音響とともに船体は急速に傾斜し始めた。

だが、この一瞬、危惧の念も不安感も私は覚えなかった。ほとんど無我の境地にあり、甲板の柵を超えると海面に向かって身を躍らせた。

海の中は暗かった。どこまで沈んだのか判らぬ。海水を呑んだのかどうかも記憶がない。分明なのは、やや深く海中にあること、水を掻いていることである。この時間は長く感じられた。ふいに長男の顔がぼんやり浮かんだ。頭の右上の方位である。私は勇を鼓して二回、三回水を掻き分けると漸く頭の上の方が少しばかり明るんで来た。海面に近付いたのである」

海面に浮かび上がった父の目に映ったのは、木片か何かに取り縋《すが》りプカプカ浮いている夥《おびただ》しい数の人間だった。中には頭から血を滴らせ、母の名を呼んでいる者もいたそうな。

父も漂っていた木片に取りついて波間を漂った。

時が経つにつれ、海面を漂っていた人の群れが散り散りとなって行った。力尽きて溺れ死んだのだ。

漂流することおよそ五時間、ある基地からの無線を傍受したと思われる日本の油槽船が視野に入った。父は取り縋っていた木片を放り出し、クロールでその船に向かった。精も根も尽き果てたと思われた刹那、何者かの手に抱えあげられるのを覚えた。そして、気が付いたら船上の人になっていた。

正気に戻り、救助船が動き出して三、四十分も経った頃、どこからか笛の音が聞こえてきたという。船に辿り着けず、まだ海に漂っている者が助けを求めて吹いているものと思われた。

「笛の音は次第に細くなって行き、やがて耳に入らなくなった。

それにしても、潮に流されて行ったり、体力の限界に達するまま海に生命を委ねたりした人たちはどれほどの数に上ったことであろう。私はそれらの霊に向かって深く深く黙禱を捧げた」

後の記録に依《よ》れば、ジャワを目指した十三隻の乗組員約五千名の内、無事目的地の土を踏めたのはその半数であった。

父と同じ教育要員は五十余名いたが、途中寄港したシンガポールで点検してみると僅か五名になっていたという。


九死に一生を得て辿り着いたインドネシアでは、戦禍とはおよそ無縁の平穏な日々を送れたらしい。父の任務が何であったか、衣食住がいか様なものであったか、古稀に至って著した回想記を繙《ひもと》くまで、私はおよそ知ることがなかった。

父が南方にいた二年の間に、私の生家の事情が変わった。父の両親が相次いで病死、空襲を受けて家は半壊、母と私は、母の父、私にとっては祖父の提言で、母のすぐ下の妹明子の嫁ぎ先に雨露を凌《しの》ぐべく疎開した。つまり叔母にあたる服部姓のこの人の夫は、ソ連の極地シベリアに在った。

叔母には二人の子供があって長男英昭は私より一つ上、長女律子は一つ下であった。

服部家は千種区御棚町に在り、石垣を巡らした立派な門構えで、勝手口には石段を上らなければ入れなかった。広い宅地の半ばを占める居宅は、平屋造りではあったが幾つもの部屋があった。そのどれに私と母が寝起きしていたかは覚えていない。シベリアに抑留されていた叔父が、これまた九死に一生を得て帰国するまでの数年間をそこで過ごしたと思われるが、明確に思い出されるのは、ある日のほんのひとときのみである。

私は従兄妹と共に硝子越しに庭を見渡せる居間にくつろいでいた。母と叔母が傍らで談笑していた記憶がある。

真夏八月の昼下がり時であった。何気なく庭に目をやった私は、その奥からぬっと姿を現した異様な人物に気付いて思わず声を挙げた。

「あっ、真っ黒なよそのおじちゃんが来たよ！」

兵隊服に兵隊帽、リュックを背負ったその人物がこちらに向かって庭の中央辺りに差しかかったところで、一瞬、目が合ったような気がして、叫ぶなり、私は急遽《きゅうきょ》その場から逃げ出した。

後は記憶がない。故にその一瞬は静止画となって幼い私の脳裏に焼き付けられたままだ。八十年近く経た今も尚。

それが、父という人との、初めての不幸な出会いであった。

父にとっては生涯忘れられない思い出となった、回想記でしきりに偲《しの》ぶことになる、南十字星を夜な夜な仰ぎ見た南の国での二年間は、母と私にとっては父とのスキンシップを欠いた歳月であった。

「一個の人間の情緒人格は三歳までに決まる」と訳知り顔に言う心理学者がいる。些《いささ》か極論に過ぎる感無きにしもあらずだが、人格はさておき、情緒の面では満更当たっていなくもない。

初めて見た父が〝よそのおじちゃん〟としか映らなかったのは、じっくり醸成され、やがて極自然に受容できる親子関係が、二年間のブランクで修復が利かないまでに破綻していたということであろう。

実に久しく、私は父になじめなかった。物心ついた時には、父がいなくなって母と二人きりになれたらどんなに幸せであろうとまで思ったし、換言すれば、母がもしいなくなって父と二人だけの生活になったら耐えられない、自分の人生はもう終わりだとまで思い詰めた。その危惧が現実となりそうな事態が数年後に起きるのだが……。

先にも述べたように、叔母の家での記憶は夏の日のその一度の出来事だけで、後は数年先まで何一つ蘇ってこない。

私の二番目の記憶は、ある家の庭にあった樹に登った私が、太いその枝によりかかりながら得意気に一から三桁の数字まで数え上げている、そんな私を母や他の大人たちが数名、目を細めて見上げているシーンだ。

〝ある家〟とは、帰還した父と母、それに私が服部家の次に移り住んだ借家で、大家の加藤家とは棟続きだった。服部家のある御棚町からは徒歩で約三十分、市電の走る広い電車道を挟んだ覚《かく》王山《おうざん》という地にその加藤家はあって、洗い物屋だった。

覚王山には嘘か誠か、釈迦の骨の一部が納められているとかで有名な〝日泰寺《にったいじ》〟があり、電車道から広い参道が長く続いて、入口付近には喫茶店やタバコ屋などがあった。

どのようにして父がその借家を探し当てたのかは知らない。母と私が身を寄せた服部家に長くはおられないとは当然思っただろうし、主の吉助がシベリアから父に遅れること二年、無事帰還したから、そこを出るのは喫緊の課題だったろう。

誰に教えられたのか、勝手に覚えたのか、記憶にないが、私が三桁の数字を千近くまで数えて大人たちを唸らせたのは満五歳、小学校に上がる前のことだった。近くには幼稚園もあったらしいが、ブルジョワの子女以外行かなかった。

借家住まいも急場凌ぎで、父母にとっては本意でなかったのだろう、一年そこそこでそこを引き揚げ、新たに建てた家に引っ越した。同じ千種区で、覚王山からは歩いて三十分、服部家のある御棚町からは十五分程度の桐林町にその新居はあった。七十二坪の土地に、家は平屋建てで建坪は土地の半分くらいだったろうか。台所と居間を併せて六畳ほど、床の間、押し入れのある座敷が八畳、その隣にトイレに続く二畳間、もうひとつ、玄関と居間の間に、父の書棚が置かれ私の勉強部屋ともなる三畳ほどの板の間があった。表通りから玄関に至るには、石塀と垣根をめぐらした両隣家に挟まれた細い道が十メートルほど続いていた。

この土地を父はどのようにして手に入れたのか、詳しくは知らない。しかし家を建てたのがどうやら従兄妹の父親服部吉助の知人の牛田という建設業者らしかったことは、父がその牛田さんに、叔父の家で二十万円の札束を手渡した瞬間に偶々居合わせたから知った。電灯が点っていたから夜に相違なかった。

牛田さんは札束を数え、「確かに」と言ってチョビ髭を蓄えた顔を綻ばせた。

戦後三、四年の二十万円は、今の金に換算すれば百倍の二千万円相当だろうか？　小学校の教員を十七年間勤めたので恩給——今で言う退職金か？——がついたとは母の口から聞いて知ったが、それと、南方ジャワでは内地の三倍の給料を与えられ、その大部分は母に仕送ったということだから、母が蓄えていたそれと併せて土地と家の代価を工面したと思われる。

戦後父は何を思ったか教員を辞め、名古屋に本社のある百貨店松坂屋に勤めた。女子社員の教育係がその肩書だった。母も教職を離れ一介の主婦に収まっていた。

借家住まいの加藤家から桐林町のその新居に移った日は鮮明に覚えている。

引っ越しは、どこで調達したのか知る由もなかったが、新居の近くの馬車屋の手によった。家財道具など大してなかったからであろう。私はその馬車の荷台の端に腰かけ、両足をぶらぶらさせながら、物珍し気にこちらに向けられる通りすがりの人々の目をいくらか眩しいと感じつつも、一方では何かしら得意な気分でいた。

父母は乗っていなかった。歩いても三十分の距離だったから、別行動を取ったのだろう。さすがに大の大人が馬車の荷台に乗って白昼に人中を行くのはためらわれたのだろう。さしずめ私は馬車に乗りたいと駄々をこねたに相違ない。馬に何かしら惹かれるものがあったのだろう。加えて御者の馬主さんはにこにことして見るからに好好爺《こうこうや》で、一目で好きになったことも手伝っていたようだ。

それかあらぬか、引っ越しが終わっても、道を一つ挟んだ角っこにある馬小屋によく遊びに行っては馬の手入れをする老人と話をしたものだ。

馬への憧れは、どうやらこの時に培われたらしい。馬車を引く馬はいわゆる駄馬で、脚の太いアラブ系の馬だったと思われ、すらりと脚の長いサラブレッドとは比較にならないが、それでも幼子には見上げるばかりで格好良く映ったのだ。

余談になるが、後年、憧憬が昂じて私はこの老人のような馬主さんから競馬には出られなくなったサラブレッドを買って河原で乗り回すに至ったのである。その前には、大学の馬術部に入ろうかと本気で考えたものだ。

「教育係」とは言え、小学生ならぬ大人の女子社員に何を講じていたのか、その内容については知らない。

そもそも、学校とはおよそ無縁の百貨店に何故勤めたのか、名古屋には当時、丸栄、中村という百貨店があったが何故松坂屋を選んだのか、それも定かではない。

思い当たることが二つばかりある。一つは、父がかつて百貨店勤務を経験していたことだ。

父の父、つまり私の祖父初太郎は米や豆類を商う商店を営んでおり、姉妹を挟んで唯一の男子だった父に家業を継がせたかったらしい。そんな意向もあって、小学校は首席で通し、本来なら県下の進学校でも最たる愛知一中に進学したかったのを、新設なったばかりの市立第二商業に進まざるを得なかった。

父は当然ながらそこでも優等生で、後に黎明書房なる出版社を開いた九州生まれの力富阡蔵なる少年と一、二を争ったという。

さほどの秀才ならば旧制第八高等学校（現名古屋大学）に進めただろうが、父親は息子の進学を許さず即家業に従事することを求めたらしい。

父は反発し、家を飛び出して上京、老舗の百貨店三越に入社、学費を稼ぎながら中央大学の夜間に通った。

　しかし、この逃避行は長く続かなかった。商売は厭、学問で身を立てたいという一人息子の切実な思いに父親が折れたのだろう、一年そこそこで父は名古屋に帰り、教員を目指して愛知第一師範学校に入学を果たした。

　短期間ながら三越での経験は悪いものではなかったのだろう。その思い出が後の松坂屋勤務を思い至らしめてくれたのではあるまいか。

　三越入社に当たっては当然面接試験を受けたであろうし、松坂屋勤務に際しても然り、加えて、女子社員の教育係に任ぜられてからは、新入社員の入社に際し、面接官の一人として加わったものと思われる。

　父のそうした経歴を知った親友力富阡蔵が、『中、高校生のための就職試験の受け方』なる本を父に書かせ、出版した。『南十字星の下に』を書くまで、父の唯一の著作であり、幾許かの印税を手にしたことを父が誇らし気に母に話していたことを覚えている。

　コペルニクス的転回で松坂屋に父が勤務したいまひとつの理由として思い当たるのが、父の妹の夫となった矢吹孫一の存在である。

　福島県の矢吹町出身の叔父が何故縁も所縁《ゆかり》も無いと思われる名古屋に出て来て父の妹のよそ子と結婚するに至ったのか、私も知らないし、従妹たちにも聞いたが分からないと言う。

だが、ともかく、父の義弟孫一は、松坂屋に食料品を卸す子会社松栄社に戦前から勤めていて、学歴は中卒が最後、従妹によれば高校は中退で終わっているということだったが、東北人特有の実直な人柄で人望を築いたのか、後には同社のトップにまで昇りつめた。

妻となった父の実妹のよそ子は、愛知県立第一高等女学校で主席を張る才媛であったが、スポーツにも長け、テニスでは県下でもその名を知られる存在だったらしい。そんな妹を父はかわいがり、よそ子も端整な顔立ちで秀才でもあった兄を敬慕していた。その兄が教職を捨て新たな就職口を模索していると知って、よそ子は夫の孫一に相談を持ちかけたのかも知れない。あくまで憶測である。

母峯子の生家は田舎で、最寄りの駅覚王山から市電に乗って名古屋駅で〝尾頭橋《おとうばし》〟方面行きの電車に乗り換え、終点の〝荒子〟で降りた所にあった。尾張三大観音の一つが近くにあった。父親の奥村鐘明は小学校の教師だったらしいが、私が物心ついた時には退職しており、農業に従事していた。

母は長女で、二人の妹と、兄、弟の五人兄弟だった。

祖母には生前一度限り会ったことがある。私が小学校に上がる前で、母に連れられて行ったが、母のすぐ下の妹で父親の〝鐘明〟の一字を取って〝明子〟と名付けられたという叔母とその子供たちと一緒だった。叔母は夫の吉助が帰国した翌年、次女を産んでいた。小学生の時に肺浸潤を患って安静を強いられたために成績は優秀であったが女学校に進むことを父親にさしとめられた叔母は、三人目の子を身籠ったと知った時、お手伝いさんを雇ってくれなければ子供は産まないと夫に駄々をこねたそうな。私はその女中さんに会ったことはないが、〝みっちゃん〟と言うその娘は、何年かは服部家の奥の二畳間に寝起きしていたらしい。

艱難《かんな》辛苦を極めた極寒のシベリアの抑留生活について、叔父は子供たちに多くを語らなかったそうな。後年何かの折、自分はまだしも要領がよかったから生き延びられたんだというようなことを私に洩らしたことがある。

抑留生活の無理が祟《たた》ったのだろう、叔父の体は結核に蝕まれており、玄関脇の三畳間で家人と離れて寝起きし、時々、中区東新町にある名古屋大学の分院に〝人工気胸術〟を受けに通っていたという。そこには、私の母と叔母明子の弟で奥村家の次男惣一朗が内科医として勤めていた。

私が初めて荒子の祖父の家に行った時、同行した従兄妹たちの他に赤子はいなかったから、叔母は女中の〝みっちゃん〟に託して来たのだろう。

荒子の実家を母と叔母が訪ねたのは、恐らく母親の見舞いのためだった。

祖母は脳卒中――当時は〝中風〟と言った――で寝たきり状態で、私の母に似て目鼻立ちの大きい派手な顔を振り向けてうっすらと笑んで見せたものの、その口から何か言葉が発せられることはなかった。上下肢の麻痺に加えて言語障害も伴っていたと思われる。

それが、母方の祖母との最初にして最後の面会であった。次に荒子に出かけたのは私が中学生の二年頃だから十年近くも後のことで、祖母が泉下の人となった時だった。

祖父母の家は平屋造りであったが幾つもの部屋があった。その一つが畳張りでなく、板の間でベッドが置かれ、椅子が二つ、一つは白いシーツのかかった丸椅子で座ると心地良げだった。

その部屋に入ると、不快ではないが異様な匂いがした。長男で跡取りの息子がその界隈では知られた鍼灸師と後に知って、その異臭は灸によるものだったと合点がいった。そう言えば伯父は、白衣をまとっていて口髭を蓄えた風貌と相俟ち、一見医者かと思われた。

脳卒中が命取りになったからには、祖母は高血圧の持病があったのだろう。高血圧は大半が遺伝によるものである。その遺伝因子は見事に子供たちが受け継ぎ、更には孫の私にまで波及することになる。

次に記憶に残っているのは、どこか定かではないが場末のごみごみした一角に母に連れられて行って、見知らぬ女性と母が何やら語り合っている傍らで、所在無げに二人を見やっていた自分である。

場所はどうやらその女性の住むアパートの一室で、女性が時折ハンカチを目にやっていたことから類推するに、母は彼女の身の上相談に及んでいたようだ。

女性は台湾人だった。母が何故異国の人間と関わるようになったたか、話は戦中戦後に遡らなければならない。

母は結婚記念にと父から贈られたピアノを持っていた。当時の小学校の教師は算数、国語等一般の教科のみならず、算盤から書道、音楽に至るまで多岐に亘って教えなければならなかったが、母は格別音楽を得手としたようだ。歌唱力もそれなりにあった。

ピアノは高価な贅沢《ぜいたく》品で、これを備えている家などは滅多になかった。しがない小学校教師の給料は高が知れているから、父はよほど奮発したに相違ない。

父の留守中、母はピアノを弾くことで気を紛らせていたのだろう。義父母と赤子の私の世話、それに教職にも尚従事していたようだから、ほんの短い遊《すさ》びであっただろうが。

時に母は私を膝に置いてピアノをいじらせたようだが、私は不肖の子で全く興味を示さなかったからこの子は音楽の才は無いと早々に見限ったようだ。

実際その通りで、中学時代、音楽の教師が鍵盤を一つずつ叩いて、「今は五音階のどの音だ」と質問する試験があった。いわゆる〝音感テスト〟であろう。ライバルの藤城君は正確に答えていったが、私はまるで駄目だった。筆記試験では九〇点以上取り、歌唱のテストでも我ながら正確無比に歌えたが、五段階の評価は三学期を通して「4」だった。
モーツァルトやベートーベンのような天才は二、三歳でもピアノに興味を示し、見よう見まねで弾きこなしたかもしれないが、ピアニストとして大成した音楽家もピアノを習いだしたのは早くても四、五歳と聞く。後にピアノのすばらしさに思い至り、西田敏行の歌ではないが「もしもピアノが弾けたなら」どんなにいいだろう、私の人生はもっと潤っていたに違いないと悔いることしきりだったから、母のこの英断（？）は正鵠を射ていたとしても恨みがましいことこの上なかった。

とまれ、戦況が怪しくなって名古屋にも米軍のB29が飛来して爆弾を落とすようになるとピアノどころではなくなって、南方の戦地に赴いた父の形見となるやも知れぬピアノを母は手放すことに決めた。とは言え、売り払うまでの決心はつかず、斡旋業者に託して借り手を探してもらった。

ほどなく、一人の青年が、恋人を伴ってその店に現れた。台湾は羅東《らとう》宜蘭《ぎらん》県に病院を持つ医者の息子で、名古屋大学医学部に留学していた羅文堂《らぶんどう》で、女性はクラスメートの五十嵐妙子、九州の開業医の娘だった。

妙子にぞっこんだった羅青年は、恐らく九州の実家では弾いていたのだろう、ピアノを弾きたいという彼女の望みを叶えたいと、その手の店を当たっていて母のピアノに行きついたのだ。

ピアノが取り持つ縁で、母は二人と交誼を交わす仲になった。娘が日本の植民地である台湾の男と恋仲になったことを知った五十嵐妙子の父親は、烈火のごとく怒って二人の仲を割きにかかったから、既に相思相愛となっていた二人は母峯子に助けを求めた。妙子の父親を何とか宥《なだ》めて欲しいと。

羅文堂は大学を出たら妙子と結婚し台湾へ連れて行って父親の病院で共に働くことを画策していたようで、妙子もその気になっていたのだ。

名古屋へ乗り込んできた父親と、母は二人の求めに応じて面会して仲介の労にあたったようだが、九州男児の一徹な父親は頑として聞き入れなかったようだ。

当時台湾人は第三国人として優遇されていたようだ。それと羅文堂が素封家の息子と知った人間――台湾人か日本人かは知らない――が言葉巧みに彼をある詐欺に巻き込んだ。悪事はたちまちばれて羅文堂は捕らわれの身となり、岐阜刑務所に収監された。妙子の父親にとっては二人を別れさせる絶好の口実になった。

不幸は不幸を呼んで、羅文堂は間もなく結核を発症、刑務所内の病棟に移された。

島田という父親の年配の医務官が主治医だった。落魄《らくはく》の身の第三国の青年にいたく惻隠《そくいん》の情を覚えた島田医師は、実家が農家で鶏も飼っていたらしく、当時としては貴重品だった卵を家から持ってきては羅文堂に与えたという。母は岐阜にまで出向いて失意の青年を見舞った。

それかあらぬか、病状が回復し、外泊を許された羅文堂は、保護者を引き受けた母が疎開していた服部家に数日身を寄せたが、仮出所の期限が切れても「もうあそこへは戻りたくない」と子供のように泣きじゃくって駄々をこねたという。恋人との仲も引き裂かれ、学業も半ばで挫折の憂き目にあって、相当心が荒んでいたのだろう。

弱り果てた母は主治医の島田医師に相談を持ちかけた。島田医師は母の案内で服部家に足を運ぶと、

「さあ、お父さんが迎えに来たよ。一緒に帰ろう」

と羅文堂の肩に手をかけて促した。そんな島田医師は慈父の如く母の目に映ったという。その言葉にほだされて、青年は島田医師が差し出した手に引かれ岐阜に帰って行った。

刑期は終えたものの、学業を続ける気にはなれず、恋人との仲も裂かれて失意のまま羅文堂は、戦後間もなく、私の父が帰還して一年ほど経た頃、故国へ帰った。

我が家の古いアルバムには数枚羅さんの写真があった。父と並んで腰かけているものや、見知らぬ中年の和服姿の女性を交じえたものがあったが、格別脳裏に焼きついたのは、やはり丹前か何かの着物に懐手をして佇んでいる後ろ姿のそれであった。

後に彼の悲恋と、詐欺に遭って刑務所に送られ、さては胸の病にまで冒されたいきさつを母から聞かされたせいだろう、その写真を見る度、夢を抱いて海を渡りながら幸せを掴めなかった異

国の青年の悲哀が胸に迫ってきたものだ。

だが、故国に帰った彼は持ち前の才気を発揮して大成した。そして二十年後、国会議員になった姿を忽然《こつぜん》と私と母の前に現すのだが、それはまた後の物語だ。

母が時折――私の薄ぼんやりした記憶では二度ばかり――台湾の女性と会うようになったのは、恐らく羅文堂とのつながりから彼女と知己を得るに至ったからだろう。

女性はどうやら夫婦関係の悩み事を抱えていたようだ。母は相手の男性も知っていたらしい。しきりと、彼は悪い人ではない、根はいい人だと思うというようなことを繰り返して、ハンカチを手に涙ながらに何やかや訴える彼女を宥めていた。

覚王山の加藤家の間借り生活から桐林町の新しい家に移って間もなく、私は小学校に入った。学校までは遠かった。作家の故城山三郎のペンネームの由来となった〝城山〟に近くその田代小学校はあった。むしろ、覚王山からの方が近かった。南に坂道を下った観月町という地にあって、小学生の足では自宅から三十分はかかった。

小学生は「産めよ増やせよ」の国威高揚の時世に生を受けた者ばかりで、やたら多く、登校時間ともなれば覚王山へのその道はぞろぞろと子供の列が続いた。

もっとも、私の住む桐林町から通う者はほんの数人で、大半はお隣の、市場や八百屋、酒屋に雑貨店などが並ぶ丸山町からの生徒だった。

入学式の日、一年生たちは父兄と共に校庭に並べられた椅子に座らされた。クラスは七クラスで、一クラスは六十名、男女ほぼ半々だった。

私は一年一組に組み入れられ、担任は大澄勧《すすむ》という、かなり年配のチョビ髭を生やした人物だった。この教師が私の所に来て腰を屈め、胸の名札に手をかけて「オオガネトシヒコ君というんだね?」と、傍らに立つ母をそれとなく見やりながら言った。私ははにかんですぐに俯《うつむ》いたが、にこにこと笑みをたたえた顔に安堵《あんど》のようなものを覚え、父よりも好ましい人だと思った。

私は三月二十五日、未年の生まれで、新入生の中では一番若く(?)、それかあらぬか、父母は中肉中背だったが、チビだった。しかし、教室ではなぜか後ろの方の席があてがわれた。

大澄担任は、今から思えば随分高度な話をした。

後にその由来を知った、江戸後期の将軍水戸黄門こと水戸光圀《みつくに》に仕えた家臣佐々木助三郎と渥美格之進二人を主人公にした明治時代の物語が種本らしく、「助さん」「格さん」の名は耳にこびりついた。他にも三十八度線を境に分かたれた南と北の朝鮮の、これは現実の歴史物語を大澄さんは語った。これらが授業そのものの一環として語られたものか、担任自身の興味や関心事から余談として毎日連続ドラマのように語り続けられたものだったかは覚えがない。他の生徒はいざ知らず、私はそれらの話に引き込まれた。

傍ら、算数のテストが週に一度は出された。担任お手製の謄写版で刷られたプリントに百問ばかり足し算引き算の問題がずらりと並んでいた。七回終わったところで大澄さんは束ねた答案用紙から高得点者十人ほどのそれを選び出し、数字（点数）を読み上げて生徒に算盤を弾かせた。

初学期、私は七〇〇点満点中六九九点でトップだった。一学年三学期を通じてその座を守り続けた。

その頃の通信簿は五段階評価で「良くできる」「できる」「普通」「やや劣る」「劣る」になっており、各教科も内容が細かく分かれていた。例えば国語は「理解する力」「話す力」「読む力」「書く力」等々で、該当する所に〇印が付される。だから〇の数だけでも二十数個あった。六十人の生徒の通信簿にこれほどこと細かく評価を下すのは大変な作業であったろう。

私は「図画工作」の項目で一つだけ「普通」に〇が付されていたが、後は「良くできる」の欄に〇が並び、担任の総評欄には「級中一ですよ」と書かれていた。

大澄さんはよく作文を書かせたが、この時間も私は楽しみだった。何字以内と限定することなく、制限時間の六十分に、書けるだけ書いてよい、これまた謄写刷りのお手製の原稿用紙に何枚でもよいと。大方の生徒は一枚の四百字詰原稿用紙を埋めるのに四苦八苦していたが、私は二枚、三枚、時には四枚まで書いた。女生徒で一人、眉の濃い、髪も黒々として豊かな小林ゆみ子という生徒が私と張り合って長い文を書き大澄さんの目を細めさせた。彼女は二年の半ばで他へ転じてしまったが、八年後、モルモン教徒となって私の前に現れることになる。

だが、二年になると、通信簿から「級中一ですよ」は消えた。「良くできる」の○の数も幾つか減った。

そんなある日の午後、父の勤める松坂屋に近い従兄妹の家へ泊りがけで遊びに行こうと、市電の最寄りの駅「池下」へ向かっている途次だった。確か土曜の昼下がり時で、午前中は学校に行って、午後から出かけてきたのだ。「池下」は覚王山の西方にある隣の駅で、私の家からは「覚王山駅」で乗るよりも近い。従兄妹の家も西の方松坂屋方面の「新栄町」にあったから「池下駅」から乗るようにと親に言われてきた。従兄妹の家へ行くのはその日が初めてだった。

坂一つを下れば電車道に出られる所まで来た時だった。向こうからこちらに向かってくる、見覚えのある、それにしてもこんな所で出会うはずもない人物に気付いて私は思わず足を止めかかった。

チョビ髭を生やしたその大人は、紛れもない大澄担任だった。それと気付いて私は一礼したが、大澄さんは「やっ」と小さく返しただけで歩を緩めることなく足早に傍らを通り過ぎた。

大澄さんはもとよりこの界隈《かいわい》の住人ではない。名古屋の郊外の春日井市から通っていると聞いていた。そんなに遠くから毎日大変だな、と思ったことを覚えている。

厭《いや》な予感がした。数日前の教室での出来事がフラッシュバックした。

その日、何時間目の授業の時だったかは覚えていないが、大澄担任がいきなり怒声を放って私に起立を命じたのだ。見たこともないその形相に驚いて、私はおずおずと立ち上がった。大澄さんが続けた。

「大鐘君にパンツを脱がされた子は手を挙げなさい」

こちらに顔を振り向けていた女生徒の半数以上、二十人ほどが手を挙げた。

私は真っ赤になって立ちすくんだまま、彼女たちを恨めし気に流し見た。

然り。何故そんなことを始めたのか分からないが、放課時に私は女生徒を追い回し、スカートめくりを楽しむようになったのだ。森鷗外の言葉を借りるならば「ヰタ、セクスアリス」（性欲）の哀しい発露だったかも知れない。

この屈辱的な瞬間に挙手した女生徒は何人もいたが、今にして思い出されるのは〝早苗〟という女の子のズロースだけである。生地の薄い、白いパンツだった。確かに彼女は逃げ回っていた。追いついてスカートをめくり上げ、ズロースに手がかかったところで、少女は私の手を払いのけ、走り去った。

翌日、従兄妹の家から帰るや否や、私は父母の前に座らされ、事の真偽を問い質された。大澄担任が、父母の所へ来たのは私の悪戯が父兄の間でも問題となり、善処して欲しいと訴え出た者もあるからということだった。

私は何とも決まりの悪い思いでうなだれる他なかった。二人とも頭ごなしに叱りつけることはなく、もう二度とそんなことをするんじゃないよ、とたしなめる程度だったが、大澄さんのこのおしおきは、その後十数年に及ぶトラウマを私の胸に刻み残した。

大澄さんの寵愛は、この事件を境に他の生徒に移った。その学期の通信簿には「おいたが過ぎましたね」と書かれた。これも屈辱的だった。

大澄さんは相変わらず上位十名の算数――何故か算数だけだった――のテストの成績を読み上げ算盤を弾かせたが、私はもはやトップを守り切れず、落合、牧という二人に抜かれて三番手に下がった。この二人は、四年に組み換えが行われて別れることになるが、それぞれのクラスでトップを走り続けたと後に知った。私はと言えば三番手どころか五、六番手に落ち込むことになるのだが。

伊藤某君というクラスメートがいた。何故か馬が合って親しくなった。自宅の近所にアメリカの進駐軍の一家がいたらしく、そこの誰に教えられたのかは知らないが、英単語とその発音を記したカタカナ、その意味を記した平仮名をびっしり書き並べた手帳を得意気に私に見せるのだった。私はいたく興味を覚え、自分も手帳を用意して写させてもらった。伊藤君は得たりや応と、それからというもの、数語を仕入れてきては私に手帳を見せた。

その伊藤君が、三年の始め頃、「ブルータスよお前もか」という悪戯をやってのけた。他でもない、女生徒を追い回してのスカートめくりだ。私は見て見ぬ振りをしていたが、内心（これはやばいことになるぞ）と思っていた。

案の定このおふざけはすぐに大澄さんの知るところとなり、一日彼は一年前の私と同様、授業中名差しで立たされ、こっぴどく叱られた。誰も知らないとっておきの英単語をせっせと伝授してくれていた男だから、真っ赤になって屈辱も顕わにしていた私とは裏腹に、血の気の失せた顔でうなだれている伊藤君に私は同情した。同時に、父兄騒ぎまで起こしたという自分のかつての不祥事を同級生たちは思い出し伊藤君に私を重ねているだろうなと顔の火照る思いだった。

大澄さんの目を細めさせた生徒に関戸洋二という少年がいた。父親は名古屋大学の工学部の教授で、航空工学か何かの泰斗だった。もっとも、当時、それと知っていたわけではなく、ずっと後で知ったことだ。

成績は目立つほどではなかったが、彼が、担任の大澄さんのみか、職員室でも話題を集めたらしいのは、夏休みの課題である工作物に、ひときわ奇抜な工作品を持ってくることだった。明らかに父親の手が加わっていることは父親の何者なるかを知っている教師たちにはお見通しであったろうが、それにしても大方電気仕掛けの工作物は小学生の域を遥かに超えていて、夏休み後の展覧会で見る者を驚嘆させ、話題を呼んだ。

意外性を秘めた少年だった。私の瞼《まぶた》に今でも浮かぶ一場面がある。放課時だったか、大澄さんの周りを数人の生徒が囲んでいたが、その一人関戸洋二がいきなりピョンと蛙のように飛び跳ねて大澄さんの首にその細い腕を巻きつけ、脚は胴体に絡ませたのだ。いわば抱きついた感じだ。大澄さんは、「おーおー」と思わず上体をのけぞらせたが、その顔は綻んでいた。


三年の始めに、陶芸品で有名な瀬戸市から橋本功という生徒が転校してきた。子供ながらがっしりした体格にイガグリ頭、いかにも頼もしかった。勉強もよくできて、落合、牧の後塵を拝し三番手に成り下がっていた私とどっこいどっこい、大澄さんが目を細める生徒の一人になった。

橋本君は私の住む桐林町の隣、大人も子供の数も圧倒的に多い下町風情の丸山町のはずれに家があった。親の職業が何であったかは知らない。

クラスにこれという親しい友がなかった私は、橋本君に最初から惹かれ、家が近いこともあって下校時は一緒に帰った。お互いの家に行き交ったこともある。しかし、彼は四年時には田代小にいなかった。瀬戸に戻ったと聞いたから、それでもう永劫《えいごう》の別れかと思ったが、高校でばったり再会することになる。

彼が何故そんな短期間名古屋に移ってきていたかは知らない。橋本君の家に行っても両親らしき人には会わなかった。第一、部屋に上がった記憶はない。玄関の土間のひんやりとした佇まいが浮かぶだけだ。

親の仕事の都合で移ってきたにしては短期間過ぎた。一年そこそこで転勤することなどまず考えられないから、何か知れぬ他の事情に依ったのだろう。何にしても、彼との別れは辛く、寂しかった。私がひとり子で、彼を兄貴のように頼もしく思っていたからだろう。

家庭の事情もあった。相変わらず父にはなじめず、頼りの母は病気で、学校から帰れば、奥の座敷で蒲団に横になっている弱々し気な姿しか垣間見れなくなっていたからである。母はまだ三十代の後半だった。

（二）

父に遅れること二年、極寒のシベリアから這《ほ》う這うの体で帰還を遂げた叔父服部吉助は、過酷な労働に蝕まれたのだろう、病を負っていた。他ならぬ結核で、それと分かったのは、妻明子の弟奥村惣一朗が勤務する名古屋大学医学部の分院を受診してであった。

一つ上の従兄英昭の記憶によれば、彼が小学校に上がるまで父親の病院通いは続いていたという。右側胸部から太い針を刺入、そこから空気を送り込んで肺を圧排し、結核病巣である空洞も圧し潰そうとする「人工気胸術」の現場を見ていた記憶があるそうな。その病院通いは従兄が小学校に上がっても続いていたという。

母はその後を追うように結核を患い、やはり弟を頼って、新栄町の一つ手前の東新町にある名大分院へ同じく「人工気胸術」を受けに通う身となった。

叔父の服部吉助が結核を患ったのは頷ける。何せ極寒のシベリアでろくに食糧も与えられず重労働に従事させられたのだ。心身ともに消耗して抵抗力を失い結核菌につけ入る隙を与えたのだろう。

しかし、母は戦時で社会全体の食糧事情が乏しかったとは言え、叔父のように栄養失調の状況下には置かれなかったはずだ。

母は数ヵ月間、帰国した叔父と同じ屋根の下に起居していたから、叔父の結核が移ったとも考えられる。しかし、それなら、母よりもっと濃密に接触があり、叔父が帰ってすぐに三人目の子を身籠った叔母こそ結核になってよさそうなものだが、叔父はほどなく寝込んだものの、叔母は華奢《きゃしゃ》な体ながら息災で無事に出産しており、その後も病床に伏すことはなかった。従兄妹や、しばらく同じ屋根の下にいた私と父に伝染することもなかったから、その当時は巷にウヨウヨいたであろう結核菌にたまたま感染し発病したとしか考えられない。

何せ結核は明治時代から猛威を振るい、幾多の前途洋々たる青年子女を夭折せしめた。樋口一葉、正岡子規、高山樗牛、滝廉太郎、石川啄木、宮沢賢治、倉田百三等、才能ある若者たちの命を奪った。新婚早々結核に冒されて夫の母親から離縁を迫られる川島浪子をヒロインとした徳富蘆花の小説「不如帰」が、世の子女の紅涙を誘ってベストセラーになったのも宜なるかなである。

昭和に入っても結核は衰えを見せず、私が生を享けた十八年には十七万人余の死者を数えて死因の第一位を占めている。

小学校に入って間もない二十六年、つまり、母が発症したと思われる当時に及んでも、さすがに一位の座は脳卒中に譲ったものの、第二位で九万人余の死者を数えた。

結核菌がいかに蔓延《まんえん》していたかは、感染はしたが発病には至っていないことを示すツベルクリン反応陽性者がクラスの大半を占めており、陰性でＢＣＧの接種を余儀なくされた者は数名に留まっていたことでも分かる。従兄も私も無論陽性であった。

患者の増大で結核が〝国民病〟〝亡国病〟と揶揄《やゆ》されるに至って、手を拱《こまね》いてはおれぬと政府も国立療養所、いわゆるサナトリウムを都市の郊外に建て始めたが、患者の半ばも収容できなかったから、大半の患者は自宅療養を余儀なくされ、人工気胸術などを受けに大学病院へ通うのがやっとだった。

叔父も母もそんな患者のグループに属していたのだろう。

ものの本に依れば人工気胸術は日を置かず繰り返し多年に亘って行うのを常としたようで、事実従兄の服部英昭は何度も父親のお伴で病院に通ったことを覚えているそうだが、私が名大病院の敷居をまたいだ記憶はそんなにはない。

従兄は、自らも結核患者であった名古屋出身の作家城山三郎の言葉を借りれば〝畳針のような太い針〟が父親の胸壁に突き立てられるのを間近で見ていたというが、私にそんな記憶はない。上半身裸になってベッドに横たわっている母を少し離れた所から痛々し気に見やっていたこと、注入する空気の量を測るためか、ベッドわきに置かれたシリンダーのような筒形の容器の中をピストンが上下する様を何とも知らず流し見やっていたことを、一度か二度覚えているだけである。

他に思い出すのは、病院は薄暗く陰気で、玄関を抜けるやアルコールの匂いがプンと鼻をついたが、私はそれを不快とは感じず、むしろいい匂いだと思ったこと、叔父の指導教官である山田教授の部屋に母と共に入室すると、そこには電球が明々と点っており、口髭を蓄え眼鏡をかけた白衣姿の教授が私を見るなり相好を崩して二言三言言葉をかけてくれたこと、などである。

いつからか、私はよく使いに出た。一つは丸山神明社という、うっそうと大木の茂る森に囲まれた神社をよぎって歩道に出、五、六百メートルも行った所にある市場への買い物で、母がメモにした食材をそこで得るためだった。

神社の境内に出たところで私は足を止め、〝あ、うん〟の一対の石像の背後にある社に向かって手を合わせ、母の病気が一日も早く治りますようにと祈った。しかしこの〝お使い〟は、どうした伝で我が家に来るようになったかは知らないが、従兄妹の家に住み込んだ〝みっちゃん〟のような女中にとって代わられた。

彼女が初めてきた日のことは鮮明に覚えている。〝いつ子〟という名の大柄な女性だった。信州の人で、年は母とほぼ同年に見えた。モンペ姿で、髪は無造作に後ろに引っつめ、いかにも田舎の人を思わせる素朴さが滲《にじ》み出ていた。

父が、

「いつ子さんとは漢字でどう書くのかな？」

と尋ねたことを覚えている。いつ子さんは「〝五つの子〟です」

と、やや出っ歯気味の健康そうな歯を見せながら答えた。その顔はいつも笑んでいるようで、親しみが持てた。

私はすぐに五子さんになじんだが、我が家に起居するようになった彼女がどこにいたのか、三度のおさんどんもしてくれたに相違ないが、彼女は私や父と食卓を共にしていたのか、とんと記憶にない。我が家で空いていた部屋は、玄関脇の書斎か、母が寝ている座敷の隣、トイレに通じる二畳間で、多分後者に五子さんは寝起きしていたと思われる。

五子さんの出現は、いっかななじめない父と病床にある母との気詰まりな生活に一筋の光明をもたらしてくれた。夕方買い物に出かける五子さんに私はついて回った。

だがある日の夕刻、いつものように買い物に出る五子さんの後を追おうとした私を、母が奥から叱責するような口調で呼び止め、

「あんたは行かなくっていい。ウチにいなさい」

と言い放った。子供心にも、母は五子さんに嫉妬しているのだと思った。母と接する時間よりも五子さんとのそれの方が長く、私が〝女中っ子〟さながら五子さんにべったりなことに。

それかあらぬか、五子さんは長くはいなかった。母の病状が良くなったからではない。それが証拠に、頻回の人工気胸術も効なく、主治医の叔父は母に次の手だてを提案していた。肋骨を数本切り取り胸部を縮めることによって肺の空洞を押し潰そうとする「胸郭形成術」だ。当然ながら、上半身はいびつになり、貧相な外観となる。

そんな選択肢を叔父が提示したことなど、当時の私が知る由もない。十数年も経って母から聞かされたことだ。

美意識旺盛だった母は、外観を損ねるそんな手荒な手術など受けたくないと拒んだ。

代わりに母が選んだのは、栄養療法と、高価で一般庶民が易々とは買えないストレプトマイシンだった。

栄養療法と言っても高が知れている。新鮮な生卵を毎日呑むことで、丸山町から従兄妹の住む

御棚町に入った辺りの家でそれが手に入ると知った母は、私にそれを買いに行かせた。母より少し年配の女性が、「よく来たね。お使いご苦労さんね」と、その都度ねぎらいの声をかけてくれた。

ストマイは池下の次の駅仲田に近い薬局まで買いに出かけた。片道三十分はかかった。一ケースに十本ほど入っていて、値段は確か百二十円だった。眼鏡をかけた、こちらも母より大分年長と思われる女性がにこやかに応対してくれた。そのうち「坊やはお利口さんだから五円お負けしておくわね」と言って真ん中に穴のあいた五円玉を手に持たせてくれるようになった。

初めて五円玉を手にした帰り、池下駅に近い文房具屋に寄った。そこは何故か駄菓子も商っていて、一個一円の色とりどりな飴玉に私は目をつけていた。

五円で五個買える。私は勇んでその店に入ったが、客が他に誰もいなかったからだろう、店主の姿はなかった。私は「ご免下さい」とやや大きな声を放った。返事はなかったが、ぶくぶくと太り、まん丸な顔にずり落ちそうな鼻眼鏡をかけた年配の女性がのそっと現れた。愛想のない、憮然たる表情だ。

「この飴玉を下さい」

と私は目当てのケースを指さした。

「幾つ？」

とぶっきら棒に女性は言った。

「五つ下さい」

私は握りしめていた五円玉を差し出してみせた。

「五つ？　それっぽっち、売らないよ」

私の手を一瞥《いちべつ》して言い放つなり、女性は重たげな体を一回転させて店の奥に引っ込んでしまった。

私は二度とその店の敷居を跨《また》がなかった。


母に、ひいては私に、その後の人生を左右する一大転機が訪れたのは、ストマイを買いに通うようになって間もなくだった。

ある日、学校から帰って遊びに出ようとした私を母が呼び止めた。珍しく起き上がって正座していた。その頃にはお手伝いの五子さんはもういなかった。暇を出されて郷里の信州に帰る間際、五子さんは母に言ったという。

「奥様の病気はきっと良くなりますよ」

単なる励ましか、それとも、ある種の霊感のようなものを五子さんはもっていたのだろうか？

居住まいをただした母の様子に（何事？）と訝《いぶか》りながら近付くと、母は不意に私を抱き寄せ、私の目を見すえながら高揚した面持ちで言った。

「あんたには辛い思いをさせたわね。でももうお母ちゃまの病気は治るのよ。イエス様という方が治して下さるのよ」

　私はその頃父母を「お父ちゃま」「お母ちゃま」と呼んでいた。母方の従兄妹たちは「お父さま」「お母さま」と呼んでいて違和感を覚えたものだが、従兄妹たちにしてみればこちらにこそ違和感を覚えていたかも知れない。

　もとより、私は瞬時何のことか分からなかったが、いつになく輝いている母を見てその言葉を信じた。

　ずっと後になって知ったことだが、母に〝イエス・キリスト〟を伝えたのは、従兄妹の近くに住む日江井のぶという母よりひと回りも年長の婦人で、私がストマイを買いに行く仲田町の薬局に近いキリスト教会に通う熱心なクリスチャンだった。

　教会の名は、「一粒の麦もし地に落ちて死なずばただ一つにてあらん。死なば多くの実を結ぶべし」と新約聖書にあるキリストの言葉から採った「一麦《いちばく》教会」で、教団には属していない独立の教会だった。

　牧師は松原和人と言って岐阜は大垣の出身、父親は旧制第一高等学校（後の東大）で芥川龍之介も教えたことがあるという数学の教師だった。その血を引いて和人も秀才で大垣中学を首席で卒業、名古屋の第八高等学校（後の名大）に進み、更に京都大学の理学部を目指したが、第一希望のそこには入れず、農学部に回された。不本意な学部に入って勉強する気になれず、紅灯の巷に緑酒を呷《あお》る自堕落な生活に明け暮れたが、ある時、東北大学工学部の教授で電灯のソケットの発明者佐藤貞吉博士が講演に来たのに何気なく顔を出した松原和人は、諄々《じゅんじゅん》とキリストの教えを説く佐藤博士の話に引き込まれ、殺伐とした心が清流で洗われる思いがした。自堕落な生活から足を洗い、真面目に講義に出るようになって無事卒業を果たし、教員生活に入った。傍ら、佐藤博士に師事し、いつしかキリストへの信仰を深めて行った。

「人を牧する者になりなさい」という博士の訓示が耳から離れず、遂にはそれを〝天の声〟と受け止めた和人は、教員生活にピリオドを打ち、神戸は塩屋の神学校に学んだ。校長は沢村五郎という、痩身ながら眼光炯々として近寄り難いオーラを放って斯界《しかい》では高名な人物で、和人は強く、深く感化を受けた。

昭和十六年、よりによって太平洋戦争勃発の年に、松原和人は独立の教会を立ち上げ、「活けるキリスト——一麦教会」の看板を掲げた。どこからも援助はなく、前妻に病死で先立たれ、ミッションスクールで教鞭《きょうべん》を執っていた折、同僚であった女性と再婚して築いていた家庭の生活費はもとより家賃その他教会の運営費は日曜礼拝の折の信者たちの献金に依った。

ある日曜日の夕時、日は既に落ちて夜の帷《とばり》が降り始めた頃、私は母に連れられて仲田町の「一麦教会」に初めて足を踏み入れた。

玄関に入ると、中は煌々と明かりが点り、七、八十人はいると思われる人で会堂は一杯で、その奥の一段高い所でイガグリ頭の人物が熱弁を振るっていた。それが牧師松原和人だとはほどなく日曜学校に通うようになって知ることになるのだが、玄関を入った所で佇んでいる母の背後に立った私は、ここに母の病を治してくれるイエス・キリストなる神がいるのだと肌で感じ取った。

その時は、桐林町の家まで太鼓やタンバリンを鳴らしながら、「たーだ信ぜよおお、たーだ信ぜよおお、信ずる者は誰も、みーな救われん」と歌いながら街中を練り歩く路傍伝道隊の後に三十分もついて行って教会に辿り着いたのだが、教会は市電の仲田駅を降りて徒歩で五分も掛からない所にあった。

この〝路傍伝道〟については、ベストセラーとなり映画化もされた妹尾河童《せのおかっぱ》氏の自伝的小説『少年H』に詳しい。

「一麦教会」の場所を知った私は、その後、新栄町の従兄妹の家に遊びに行った帰りなど、家に近い池下駅でなく一つ手前の仲田駅で市電を降りると、教会の玄関前で立ち止まり、かつて母の使いで丸山町の市場へ買い物に出かける度神明社に向かって手を合わせたように、母の病が一日も早く良くなりますようにと祈った。

その頃にはもう薬局にストマイを買いに行くノルマから解放されていた。もっとも、その使いを大儀に思ったことは一度もない。店主の婦人はいつもにこやかな顔で私を迎えてくれたし、五円のお負けも必ずつけてくれたから、むしろその使いを楽しんだものだ。帰りは、例の意地悪い女のいる文房具店が否でも目に入る電車沿いの道ではなく、その裏手の道を通ることにしたのだが。

薬局の使いをしなくても済むようになったのは、母が医薬に頼らずキリストへの信仰に賭けたからだ。

義弟の服部吉助は逸早く結核から脱していた。従兄に言わせれば、それはペニシリンのお陰だった。名大の分院ではストマイでなくペニシリンを使っていたのだろうか？　確かにペニシリンの方がストマイより数年早く使われ出し、本邦で初めて使用されたのは終戦直後であった（『病気の日本近代史』秦郁彦）。だが、ストマイの方が有効とされ、私がそれを買いに薬局へ通いつめた頃に主流となっていたのはストマイだった。従兄の父親に投与されていたのもストマイではなかったかと思われる。現に、ストマイ、パス、ヒドラジッドの三剤併用がその後久しく結核治療の定番となり、ペニシリンは使われなくなっている。

母が医薬に頼らずキリストへの信仰に賭けると宣言した時、主治医の叔父は無論のこと里の父親も「何を無謀なことを！」と憤り、熱心な仏教徒だったから何とかして娘をキリストから離そうと心砕いたようだ。

私の父は格別信仰心が厚いわけではなかったが、家には、戦時中に相次いで亡くなって臨終に立ち会えなかった両親への償いもあったのか、仏壇が備えられていた。父がその前で手を合わせていた姿を見たことはないが、たまに姿を見せる祖父は必ずや仏壇の前に座って「ナムアミダブツ」を唱えていた。

父も当然母を諫めたに相違ないが、母は頑として聞かず、信仰一筋に突き進んだ。

奇跡は起こった――と、少なくとも当の母と、母の信ずるイエス・キリストを無条件に受け入れた私、そして、母のために祈っていた一麦教会の松原和人牧師、母にキリスト教を伝えた日江井さんら信徒たちは信じた。

母に胸郭形成術という野蛮な外科治療を勧めた主治医の叔父も驚いたようだが、医者としての沽券《こけん》にかかわるからだろう（母の弁）、〝信仰による奇跡が起こった〟とは言わなかった。

母はみるみる元気になり、平常の生活に戻った。いや、平常ではない。その生活スタイルには変化が起こった。母の病床となっていた座敷は父と私の寝所となり、母は隣の六畳の居間に寝起きするようになった。そうして、たまに私が朝早く目覚めて気付いたことだが、早朝に覚醒するや母は、前夜から用意しておいたタライの水にタオルをつけて絞り、やおら上半身裸になって冷水摩擦を始める。それからおもむろに床を上げ、仲田町の一麦教会まで歩いて行き、六時からの早天祈禱《きとう》会に出るのだった。

戻ってくるのは七時過ぎ、時に半を過ぎていることもあって、そんなときは「遅いっ！」と父の機嫌が悪くなるから、私は時計とにらめっこしながらハラハラするのだった。

母がそうしたライフスタイルに変え、父が黙認する格好になる前、一波乱があった、とこれは後に母から聞いて知った。

父も母のキリスト教入信を快く思わなかったのだ。母や私がそう信ずるようには、父は母の病が信仰によって癒えたとは思わず、それまでの医薬のお陰と思っていたようだ。義弟の服部吉助が同じような〝人工気胸術〟と、従兄の勘違いでなければ〝ペニシリン〟のお陰で数年余に及ぶ闘病生活から解放されたのを見ていたからかも知れない。

母が病床から立ち上がって間もなく、私が小学三年の終わり頃だったと記憶するが、学校から帰ると、奥の座敷でテーブルを挟んで父と母が正座して向かい合っていた。

玄関をあけるやその異様な光景が目に入って、思わず私は立ちすくんだが、私に気付いた父母が「お帰り」と言って笑顔を作った。父は床の間を背に玄関の方に顔を向けていたからすぐに私と目が合ったが、こちらに背を向けていた母はクルッと首を巡らさなければならなかった。母もまた満面の笑みを見せたが、父のそれはいまだかつて見たことのないもので、どことなく不自然に思えた。

　この時父は、このままキリスト教の信仰を続けるなら離縁も辞さないがどうだ、と母に迫っていたらしい。父は堅気な人間で、奥さんが病気では男としてさみしかろう、息抜きに紅灯の巷ででも遊んだらどうかと悪友たちがそそのかすのにも頑として応じなかった、奥さん、あんたはいいご主人を持たれて幸せだよと父の友人の某氏に言われた由、ずっと後、私が男女間の機微を知る年頃になって母は言ったものだ。

　実際父は、私の知る限り、松坂屋での勤務を終えると真っ直ぐ家に帰ってきた。父になじめない私には親子三人で囲む食卓が疎ましくて仕方がなかったのだが。

　南方のジャワに行っていた二年の間も、父は男盛りの三十代後半であったが、母への貞節を裏切るようなことはなかった。自伝『南十字星の下に』の後半に、「混血娘、イシャクさん」なる一節がある。

「イシャクさんは混血娘である。白人に近い女性であり、中国人の血筋を引いているように見えるが正確なことは判らない。私から尋ねもしなければ彼女も語らないからである。

　私がマランへ赴任した当時、彼女は州庁の官房にいた。通りがかりに官房を覗いてみると、辞書を前に日本語の研究に余念のない彼女をよく見かけた。時々、彼女と話したこともあり、日本語の巧みなのには感心させられた。

イシャクさんは何歳くらいであったろうか？　十七、八歳に見えたが、マランを去る日まで年齢を聞く機会がなかった。

彼女はむしろ痩せ形で、背は私よりもやや低く、顔も美人とは言えなかったが、白人女性特有の愛くるしい口元をしていた。黒い瞳が親しみを感じさせてもいた。同僚の中には彼女に関するとかくの風評を立てる者もいたが、私はむしろ彼女に好感を抱いていた。純真な人となりを思わせるところがあったからである。それは彼女の言葉遣いにおいて、行動において、更に勤務振りにおいてよく証明されていた。

戦局ようやく急を告げ、州庁においても新たな対策を要し、〝宣伝工作課〟が設けられ、これに伴って私が籍を置く教学課と総務課が統合され、同僚の一人が転出することになった。こうした職制の一部改正と同時にイシャクさんは官省から私の所属する内政部へ移ってきた。

日本語の得意な彼女が私の席近くへ来てからはいろいろと頼むことができて能率が上がり、彼女はまたいつでも快く引き受けてくれたのである。

一日、同僚と共に彼女の家を訪問したことがある。応接室の壁に、母親と覚しき人の写真を収めた大きな額が飾られていた。写真の主は紛れもない白人である。オランダ人であろうか？　あるいはドイツ人かも知れない。目鼻立ちの見事に整った気品のある美しい容貌をしていた。反射的に私はイシャクさんの父親は中国人かも知れないと想像した」

父は終戦後も二ヵ月余り州庁へ出勤していたという。だが、地方においてインドネシア人の暴動事件が起こり、マランにも波及する恐れがあったため、マラン駐屯の日本のK部隊に集合することになった。

「この日以後、私はイシャクさんに見ゆる機会を失ったのである。

部隊へ移って三週間ほどしたある日、州庁に勤めていた間寄宿していた家の主で通訳のMさんが一通の封書を届けてくれた。何と、差出人はイシャクさんだった。開いてみると、漢字混じりの和文が二枚の便箋に認められていた。

『……私ハ、オーガネサンタチニ別レテ本トーニサビシイ……私ハ必ラズ、アナタヲスクイマス』

ここまで読んだ時、私は胸が迫り暫く瞑目した。そして彼女の面影を頭に描いた。

封筒には二〇円入っていた」

恐らくこれが、父の南方における二年間の唯一の遊《すさ》びであったろう。即ち父は、稀に見る道義心の強い男で、女性に対してはあくまでストイックな姿勢を崩さなかった。

母とは見合い結婚だったが、一旦妻を娶《めと》った以上生涯添い遂げるのが人の道とわきまえてもいただろう父が離縁を持ち出すなどよほどのことであったに相違ない。キリスト教は当時、さほどに異端視され、世間から白い目で見られていたのだ。

母は悩み抜いたであろうが、最後にきっぱりこう答えたという。

「たとえあなたに捨てられても、私はイエス・キリストへの信仰を捨てることはできません」

父は言葉を返せなかったという。

後年、こうしたいきさつを父から聞いたらしい父の妹の矢吹よそ子は私にこう言った。

「お父さんが離縁を思い留まったのは、稔ちゃん、あんたがかわいかったからよ」

私はその頃中学生だったろうか？　俄《にわ》かには叔母の言葉を信じられなかった。父にかわいがられているという実感がまるでなかったからである。

かくして、たとえ母と二人切りになってもいい、むしろ望むところだとさえ思っていたが、そうはならずに親子三人の生活が続いた。

先にも書いたように、それは、父の顔色を窺いながら戦々恐々として過ごす窮屈極まりないものので、捌け口のない独りっ子の境涯を呪いたくなるものだった。

父は夕食を済ませると八時過ぎには床に就いた。私もこれと言ってすることはないから父の横に敷かれた蒲団にもぐり込んで隣の部屋、他ならぬ母の起居する居間に据えられたラジオに耳を傾けるのがせめてもの楽しみだった。

当時は花菱アチャコと浪花千栄子が人気を博していたが、何と言っても、八時台の銭湯をがら空きにしたと後世の語り草になった『君の名は』が圧倒的な人気を誇っていた。原作者は菊田一夫だが、戦争さ中の数寄屋橋で主人公の氏家真知子と後宮春樹が出会い再会を誓い合う冒頭の件は、イギリス映画でロバート・テーラー、ヴィヴィアン・リーの美男美女を配したマーヴィン・ルロイ監督の『哀愁』のモチーフをそっくりそのまま盗み取ったものだった。

放送が始まったのは一九五二年だから、私が満九歳、小学三年の折だ。八時十五分からだったか、僅か十五分の放送に、母も私も夢中になった。父は「下らない」の一言で片付けた。それがまた父への反撥《はんぱつ》心をたぎらせた。

『君の名は』を息を潜めながら聴き終わると、鼾《いびき》をかき始めた父の横で、私は夢想に耽《ふけ》った。浦島太郎ならぬ私が龍宮城の乙姫たちに囲まれて至福の時を過ごすのだ。眠りに就くまで、毎夜毎夜、私は龍宮城に遊び、美女たちと戯れた。

だが、現実の私は幸福ではなかった。成績も落ち目となって大澄担任の日は落合、牧と私を抜いて行った生徒に向けられ勝ちとなっていたし、友情を固く結びたいと思っていた橋本君とも早々に別れることになり、気鬱な日々を送っていた。唯一の遊《すさ》びは、母が足繁く通うようになった一麦教会の子供のための〝日曜学校〟で、そこでは私は優等生気分に浸れるのだった。

転機が訪れた。小学四年になる新学期、大幅なクラス替えが行われたのだ。三年生全員が校庭に集められ、一人一人名を呼ばれ、新しいクラスに散って行った。それはつまり、担任が変わることも意味していた。

鮮明に覚えている。名を呼ばれて新しいクラスの列におずおずと向かいながら、（ああ、自分は落ち目だなあ）と自嘲気味な独白を胸の底に落としたことを。

新しい担任は山内という、小柄な大澄さんとは打って変わって胸幅の広い、がっしりした体格の中年の教師だった。

この人の印象は希薄なままに終わった。転任したか退職したかで、担任だったのは一年間だけだったからだ。印象に残っているのは河馬のように大きな、一度も笑ったことのない顔だった。

五年になってクラスメートはそのまま、担任が替わって丸山という教師になったが、この人もまた巨体で、赤ら顔が特徴だった。私は前任の山内教諭同様、丸山教諭にもなじめないものを覚えたが、一つには、私が五、六番手に成り下がって際だった生徒ではなくなっていたからだろう。

新しいクラスで断トツよくできたのは、女生徒の江上生子《ふゆ》、次いで山田貴久子、更に水野美智子と続き、男子では父親がその頃流行り出したビニール製造会社の社長という西村雅之、いつも口をあけていて、およそ賢そうには見えないのに意外によくできる安藤隆夫、更には、熊本から五年の半ばに移ってきて奇しくも私の住む桐林町の、父親の勤める千代田生命の社宅に住むことになった中島延幸等が私より上にいた。

江上生子の父親は名古屋大学の教授で、後に東大教授も兼任した生化学者で、城山の辺りに家があった。

江上生子は丸顔で色白、おとなしい少女だったが、とにかくよくできて、いつしか丸山担任の〝みこ〟になった。〝みこ〟とはてっきり〝巫女〟と書くのだと思い込んでいたが、〝御子〟と書くのが正しかったかも知れない。あるいは〝神子〟と。前者は〝天皇の子〟の意であり、後者は神、神社に奉仕し、神楽を舞ったりする未婚の女性とある。一方〝巫女〟は、神がかりの状態になって口寄せすることを職業とする女性の意だ。

クラスの悪童どもが〝みこ〟〝みこ〟と言っては江上生子をからかい、さては「パンツを脱げ」などと露骨ないじめにかかったのは、丸山担任の依怙贔屓《えこひいき》が度を過ぎて目立ち、物心つき始めた年頃のクラスメートたちの反感を買ったからに他ならない。

江上生子はしかし悪童どものいじめに屈しなかった。パンツを脱ぎはしなかったが、膝の下まででは下ろした。かつて私のスカートめくりから逃げ回っていた女の子たちと、何という違いであろうか。泰然として逃げようとしない、泣きもわめきもせず悪童どもの言いなりになっている彼女は、少女の域を超え、大人の人格を持っていたと、後年、放課時に垣間見られたこうした場面がフラッシュバックする度、つくづくと思ったものだ。

そんな彼女に、私は淡い、しかし、胸を切なく焦がす恋をした。憎むべきは、彼女を「江上さん」「江上さん」と何かにつけ持ち上げ褒めちぎる丸山担任だった。その余りにもえげつない依怙贔屓振りに、男子生徒からはいじめを、女生徒からは妬みを買って、江上生子は遂に委員の代表格で全校の生徒会に出る代議員はおろか、それ以下のクラス委員にも選ばれなくなった。彼女に一票を投じた者は、六十名のクラスメートのうちほんの七、八名に過ぎず、丸山担任の顔色を失わせた。

数日後、丸山教諭は、男子生徒は全員教室を出るよう、女生徒だけ残るよう命じた。顔が引きつっていた。

女生徒にだけ何の話をしたのかは定かでない。しかし、廊下に出された男子生徒たちは口々に囁き合った。

「江上が何の委員にも選ばれなかったから丸山は頭に来たのだろう」

「まさか選挙をやり直せとは言わないだろうな」

「そんなことをやったら選ばれた委員や父兄が黙っとらんぜ」

丸山担任の異常な江上贔屓は父兄の間でも問題となり、恐らく母親たちから苦情が寄せられたのではないか。私は江上生子に恋情を燃やしていたから、丸山担任の存在が疎ましく、だから授業にも熱が入らない、成績が芳しくないのはそのせいだと母親に訴えた。母は聞き流して相手にしてくれなかった。

だが女生徒らは恐らくもっと執拗に母親に担任の江上贔屓を訴えたに相違ない。体育の授業で、丸山教諭は縄跳びの縄を用意してくるよう生徒に命じたが、自分は持っていなかった。磯部順子という女生徒に、「ちょっと貸してごらん」と言った。磯部はよくできる生徒だったが、一瞬ためらいをみせてから、憎々しげな眼を丸山教諭に向けると、くるくると縄を丸めるや教諭の顔をめがけて放り投げた。

「何をするっ！」

丸山さんの赤ら顔が更に赤くなり、眉根に険が立った。

磯部順子ほどでなくても、生徒の大多数が似たような感情を担任に抱いており、磯部の反抗心むき出しの行為に留飲を下げたはずだ。他ならぬ私もその一人だった。

磯部順子は潔癖症で感受性の強い少女だった。思春期に至って精神の破綻を来し、精神分裂病、今で言う統合失調症と診断された。様々な治療を受けたようだが、電気ショックが一番効き目があり、成人を迎えた頃にはほぼ正気に返った。何故か彼女の母親が私の母と懇意になり、足繁く私の家に来るようになった。そうしていつしか母と共に一麦教会に通うようになった。

男子生徒を締め出して丸山担任は残った女生徒らに何を語ったのかは遂に謎のままに終わったが、江上生子はさだめしいたたまれない思いで身を固くしていたことだろう。教育現場でこんなことは前代未聞であったろうし、校長の耳に入れば丸山担任は戒告処分になったかも知れない。

だが、とばっちりを受けたのは、江上生子だった。彼女はますますクラスメート、ことに女生徒から白い目で見られ、孤立を深めて行った。私は何とか彼女の力になりたいと思ったが、彼女より成績の劣る身が不甲斐なく、白馬の王子を名乗り出られないまま悶々《もんもん》としていた。

一度限り、彼女への思いをスキンシップに託したことがある。運動会の時のことだ。競技の出番を待つ間、生徒たちは運動場を囲むように座っているのだが、寿司詰め状態だ。そのどさくさに紛れるようにして私はそれとなく江上生子の背後に立つと、その肩にそっと両手を置いた。彼女は一番後ろの列にいたし、周りの者は皆競技に見惚れていたから、私のその所作に気付くものはいないと見越したのだ。

江上生子は一瞬私を振り返ったが、身を捩《よじ》って私の手を払いのけるようなことはしなかった。私は徐々に手に力を加えて行ったが、彼女は私の為すがままに身を委ねていた。

（好きだよ、たまらなく君のことが好きだよ）

声に放ちたい衝動を覚えながら、彼女の肌のぬくもりがじわっと手から腕へと伝わり、私を至福の境地に誘った。

（彼女も僕のことを憎く思ってはいない。いやむしろ逆だ）

捨てる神あれば拾う神ありで、四面楚歌の状態に置かれた感のある江上生子だったが、黙々と耐えている彼女に同情を寄せる女生徒も何人か出て来た。

代議員の選挙で僅か七、八票しか彼女に投じられなかったと書いたが、同情派は彼女に一票を投じた者たちだろう。

学校の近くに住んでいた祖父江爽江《さわえ》がその筆頭だった。

ある日、放課後に校庭でしばらく遊んでいたか何かで夕方遅くなって帰り支度をしに教室へ戻ってみると、江上生子を数名の女生徒が取り巻いていた。中心に祖父江がいた。私を見るなり、彼女は一歩前に進み出て言った。

「大鐘君は江上さんのこと好きなんでしょ?」

一瞬私はたじろいで江上を見た。彼女は珍しく頬を染め、うっすらと涙ぐんでいるように見えた。

(そうだよ。好きだよ、大好きだよ)

声にならない言葉を放って私は江上と祖父江を見返した。

「江上さんは少しも悪くないのにみんなにいじめられてかわいそうよ。大鐘君だけは江上さんの味方になってあげてね」

何という嬉しいことを言ってくれるのだ! 男冥利に尽きるとはこのことだ、私は天にも昇る心地で「うん」と頷き返した。江上生子は私を見すえたままかすかに微笑んだ。

一般の教科では江上生子他数名の後塵を拝した私だったが、唯一誰にも負けないものがあった。作文である。

六年の始め、全校一斉に作文大会が催された。作文のみならず、自分の書いたそれを全校生徒の前で朗読し、各学年一名が選び出され、区の大会に出場するというものだ。

その手始めに、ある日、丸山担任はクラス全員に作文を書かせた。テーマは自由、原稿用紙の枚数に制限があったかどうか、それは忘れた。

私はためらわず羅文堂さんのことを書いた。母との因縁、慈父の如き岐阜刑務所の法務医官島田医師のことなど。

すらすらと書けた。書けた者から提出してよいと言うので、私は一番に提出した。何人かが後に続いたが、全員が出し終わらぬうちに丸山さんは私を手招き、放課後残るようにと言った。

私はおよそ丸山さんに目をかけられる存在ではなかったが、作文の評価に私情を挟むことなく、私のそれが全員の作文を見るまでもなく秀逸とみなしてくれたのだ。

かくして私は六年一組の作文朗読コンクールの代表に選ばれ、他のクラスから選ばれた代表と学年の代表を競うことになった。

弁論大会さながらのこの作文朗読コンクールは、一日、全校生徒を集めて講堂で行われた。丸半日がかりの行事だった。何せ一学年六組か七組、それが六学年、出場者は四、五十名に及び、一人に割り当てられた時間は五分程度だったからだ。

こんな大舞台に立つのは初めてだったから、私は緊張に顔が紅潮した。ほとんど身じろぎもせず、口だけ動かして立ち尽くしていた。

ライバルと目されたのは女生徒の一人だった。小学生とは思えぬ大柄な少女で、些かも上がっている風はなく、身振り手振り宜しく、表情豊かに語った。無論、作文の内容は暗記してのことだから、朗読コンクールと言うよりは弁論大会という方が当たっているのだが、名目はあくまで〝作文朗読コンクール〟だ。

ライバルの彼女はパフォーマンスで訴えようとしたのだろうが、作文そのものの内容は平凡だった。

果せるかな、六学年の代表は私に決まった。

それからというもの、放課後に毎日残され、他の学年の代表生共々、区の大会へ向けての特訓を受けることになった。千種区には小学校が八校ばかりあった。

この特訓に当たったのが、他ならぬ丸山担任と、もう一人は女の教師だった。六人の代表者が二人の前で繰り返し本番の予行練習をさせられた。女教師は私に目をかけてくれ、褒めてくれたが、何故か丸山さんは、「もうひとつだな」と首を傾げ続けるのだった。さては、相棒の女教師にこんなことまで言い出した。

「江上生子の作文もよかったんだがねえ」

（なにをこの期に及んで！）

私は呆れ、丸山担任に嫌悪を覚えた。私のパフォーマンスに首を傾げ続けたのはこのことを同僚の教師に訴えたかったからか？

女教師はちらと同情の目を私に流してくれた、丸山さんの言葉に何の反応も示さなかったが、丸山さんは私にも聞こえよがしに喋り続けた。

「彼女の作文はね、母親の髪型のことを書いたもので、大学教授の夫には似つかわしくないと、モダンなショートカットをとやかく言う人がいるけれど、そんなことは少しも意に介さないお母さんを素敵だと思う、というような内容のものなんだが……」

女教師は少し頬を弛《ゆる》めただけで、やはり何も言葉を返さなかった。

大会の当日、我々六名を会場に引率したのは、幸いにも丸山さんでなく女教師だった。会場は市電の池下駅方面の学校で、小学校だったか中学校だったかは覚えがない。とにかくそこの教室で、学年毎に別れての同時スタートで行われた。

私は母が持たせてくれたイエス・キリストの絵を懐に忍ばせて出かけた。

ところが、いざ出番になって四、五人の審査員の見すえる中に立つと、すっかり上がってしまい、頬がほてり目も充血して彼らの視線をまともに受け止められなくなった。繰り返し厭というほど練習させられたから完璧に覚えきっていたはずの内容も、数ヵ所飛ばしてしまった。一刻も早くこの場から抜け出したいと焦ったためだ。

私はほてった真っ赤な顔のままスピーチを終えた。他校からの代表者は、誰一人私のように上がっている者はいなかったから、私は敗北感に打ちひしがれて教室を出た。

帰りも女教師の引率だったが、下級生たちは首尾良く事を終えたのかはしゃいでいた。私ひとりが落ち込んでいた。

（なぜ肝心な時に力を与えて下さらなかったのですか！）

懐のイエス・キリストに恨み事をぶつけながら疎外感をかみしめていた。

だが、数日後、意外にも私は第二位だったと丸山担任から知らされた。六人の代表者の中で最も良い成績で、下級生では三位になったものが一人いただけだった。もし上がったりせず堂々とスピーチし、途中抜かしもしなかったらトップになっていただろうと思った。何故なら、優勝者は八三点で、私は一点差の八二点だったと告げられたからだ。

母もことの外喜んでくれた。コンクールの後帰宅した私がひどく落ち込み、イエス・キリストは些かも助けてくれなかったと散々愚痴ったからだ。

母は聖書を持って来て、赤鉛筆で傍線夥しいその一頁を開いて私に示した。

「ほら、ここを読んでごらん。〝我を信ずる者は辱しめられじ〟と書いてあるでしょ。〝我〟って勿論イエス様のことよ」

私は素直に頷き、その通りだと納得した。代表者六人が出掛けて行って最上級生の自分がびりっけつではいかにも不甲斐ない。それこそ丸山担任は相棒の女教師に、

「だから言わんこっちゃない。江上生子に代えていたらこんな結果にはならなかったかも知れないのに」

などと未練がましいことを言ってのけたかも知れないのだ。

コンクールの結果は、朝礼で全校生徒に披露されたらしいが、生憎《あいにく》私は風邪で寝込んでしまって校長手ずからの表彰状を受け取ることはできなかった。それと知って、一面ほっとした。上がり症ですぐに顔が赤くなる私は、大勢の前で名前を呼ばれて進み出ることなど考えただけで怖気をふるったからである。

その実私は、今で言う、ＰＴＳＤ（心的外傷後ストレス障害）を抱えていたのだ。それは、数年前、大澄担任に教室で立たされて皆の前で〝スカートめくり〟をこっぴどく叱責されたことによるものだ。

全校生徒が集まる朝礼の度に、私のその〝旧悪〟がばらされるのではないかという恐怖に身のすくむ思いがしていた。私の旧悪を知っていたのは三年まではクラスメートだけだったが、四年

でクラス替えが行われてクラスメートは分散し、七クラスのどこかに落ち着いていたから、何かの拍子に新たな同級生たちにそれを告げ口しないとは限らない。回り回って教師たちの耳にも届き、いつの日かそれが全校生徒の前で暴露されるのではないかという強迫観念に捉われ続けていたのだ。

実際、三年までの同級生たちの中には私の〝旧悪〟を執拗に覚えていて、中学でまたクラスを同じくした時、私が親しくしていた友人にそれを告げた者がいた。大澄担任の首に蛙さながら飛びついた関戸洋二だ。三年の高校受験の年にまた関戸と同じクラスになって私は人知れず怯えることになる。

六年の始めに一人の女教師が朝礼で紹介された。尾崎という名のその人は、蠱惑《こわく》的なまなざしを持った三十代半ばかと思われる女性で、産休に入った女教師のピンチヒッターとして着任した代用教員だった。

女教師は勝ち気ではきはきし、どちらかと言えば男性的な人が多かった中で、彼女は楚々《そそ》としていかにも女らしかった。色白で中肉中背、身につけているブラウスやスカートもどことなく垢抜けていて一際華やかな印象を漂わせていた。

こんな人が担任になってくれたらと、所詮叶わぬ思いを抱いたが、思いがけなく身近にその風姿を目にする機会が訪れた。

夏休み恒例の臨海学校で、彼女は丸山担任他数名の教員と共に生徒の引率者の一人として加わったのである。

クラスの全員が参加したわけではない。しかし七クラスもあったから総勢数百名に及んだはずである。私のクラスは例の江上生子〝みこ〟事件が尾を引き続けていたから、担任への反撥もあって参加者は少なかった。格別女生徒の参加者はほとんどなかった。私は江上生子が加わってくれたらと願ったが、散々いじめに遭っている彼女が、加害者の男子生徒が参加者の多くを占める臨海学校に加わるはずはなかった。

私は海が好きだったのと、隣の丸山町の水野安男と親しかったから、彼が出掛けるということも相俟って参加することにした。

水野は小学生の癖に髪を伸ばして七三で分けていた。私の母は彼の頭を見るなり〝ときわけ君〟という渾名《あだな》を彼に奉った。

頭ばかりではない、彼が丸山町界隈で有名になったのは、小柄ながら怪力の持主で、丸山神明社の広場で年に一度祭と共に催される相撲大会でその怪力振りを発揮し、自分より体重が倍もあろうかと思われる大きな相手の懐に潜り込むや、上から抱え込んで押し潰そうとする相手を持ち上げ、土俵の中央でひっくり返すことだった。

私も小兵ながら相撲は好きで、得意技は〝肩透かし〟。相手が組んで来ようとする端、半歩後ずさって体を捻ると、相手は意表を衝かれて前のめりになり、そのまま土俵に手を突いてしまうのだ。この奇手が効かず四つ相撲になっても、私は簡単には負けなかった。次のとっておきの技は〝内掛け〟である。当時の大相撲で琴ヶ濱という力士の十八番だった。

水野とも何度か相撲を取ったが、彼に〝肩透かし〟は効かなかった。必ず四つ相撲になり、潜り込まれて持ち上げられる。内掛けで何とかこらえようとするのだが、委細構わず彼は私の両大腿に手をかけるや怪力で私の上体を持ち上げてしまうのだ。

臨海学校の何日目かの夜、私は水野と宿を抜け出して海辺に出た。浜に近付いた時、淡い月の光に人影が浮かび上がった。一対の男女が、肩を寄せ合って砂地に座っている。丸山担任と臨時教員の尾崎だ。

（この野郎！）

と私は思った。江上生子を好きだったが、尾崎教諭には大人の女の妖しい魅力を覚えて引き付けられるものがあった。その憧憬の女性と丸山担任はいちゃついているのだ。二人は海に向かって肩を寄せ合っており、私と水野はその背後十メートルほどの所にあって二人の姿は影絵のようにしか捉えられなかったから、二人が手を握り合っていたとしても分からない。しかし、私は二人が徒ならぬ関係にあるなと直感した。

丸山担任は当時四十代だったろう。無論妻帯者であることは、私は一度も行ったことはないが、男子生徒で目をかけられていた西村や安藤などが彼の家に遊びに行って奥さんの接待を受けたことなど得意気に喋っていたから明らかだ。

二人が実際どこまでの関係であったかは知る由もない。ただ、尾崎教諭は私が卒業するまでは田代小に居なかった。産休に入っていた女教諭が復帰した段階でお役ご免になったと思われる。あるいは、下司の勘ぐりをすれば、丸山教諭との不倫関係が校長の知るところとなり、譴責《けんせき》処分となって、補助教員でもあり、退職を強いられたのかも知れない。

（三）

小学六年生の思い出は、かの作文朗読コンクールを除けば苦々しいことばかりだ。

その一つが、自らの本意ではないのに生徒会の役員に立候補させられたことである。立候補者は放送室に集められて順繰りにマイクを通し、演説ならぬ自己紹介と立候補の動機などを数分以内に喋らなければならない。

私のクラスでは他に誰も名乗り出る者がなかったから、朗読コンクールで目立った私が推されたのだろう。

得票の多いものから会長、次いで副会長、更に書記、会計となる。

一学年七クラスだったからクラスから一人ずつ出れば七人で四つの役を競うことになるが、誰も立たなかったクラスもあり、立候補者は六人だった。つまり、二人が落選することになる。隣のクラスから立候補した男に寮隆吉《りゅうきち》なる少年がいた。〝寮〟という珍しい姓に、韓国人か中国人かと思ったが、生粋の日本人である。

父親は私の父と同じ教育者で隆吉はその次男、男ばかりの三人兄弟で、家は私の従兄妹たちが住む御棚町にあった。シェパード犬を飼っていて、従兄の家に遊びに行った帰り道、シェパードを追って隆吉君が勢いよく家から飛び出して来たのを目撃したことがある。

寮のスピーチは趣向を凝らしたものだった。

「六年二組から立候補した寮です。り・よ・う、り・よ・う、りょうです。りょうを宜しくお願いします」

私の姓も珍らしかったから、印象付けるスピーチを工夫すればよかったと、寮の演説を聴いて歯ぎしりした。たとえば、「オオガネのカネは金持ちの金ではなく、どつかれるお寺の鐘の鐘です」とでも。さすればもう少しうけたであろうが、私のスピーチは我ながら杓子定規で堅苦しいものに終始した。元々乗り気でなく、何となくかつがれて出た感じだから、アピールにも熱が入らなかったのだ。

投票の結果は最下位で落選者となり、寮は三位で見事当選した。

さすがに屈辱感を覚え、二度とこの種の選挙には立つまいと思った。

明暗を分かった寮隆吉と、その後生涯に亘る付き合いをすることになろうとは何人が予測し得たであろう。


いまひとつ不快な思い出がある。ある日突然、定期のテストではない、番外篇とでも言うべき試験用紙が配られた。

「これで六〇点以上取ったものは将来名古屋大学に入れる」

と丸山担任は勿体振《もったいぶ》って言った。

（大学……⁉）

私は気の遠くなる思いでその言葉を捉えた。大澄担任の首に蛙さながらピョンと跳び上がって腕を絡ませた関戸洋二や、丸山教諭の〝みこ〟江上生子の父親が名古屋大学の教授と聞いて雲の上の人と思っていたくらいだから、自分が大学に行く日が本当に来るのだろうかと思っていたからだ。

私はそのテストで五六点止まりだった。六〇点以上取ったのは男子生徒では西村雅之と中島延幸、女生徒では江上生子だけだった。

（自分は名古屋大学には入れないんだ）

西村や江上はさておき、同じ桐林町に住み遊び仲間でもある中島君に差をつけられたことで私は屈辱感と嫉妬に悶《もだ》えた。

その癖、それがどんなに困難な道であるとも知らず将来は医者になりたいと思っていたのだ。

そもそもは、小学校一年の頃、父の姉で西区に住む伯母が小さな顕微鏡をくれたことがきっかけだった。

「稔ちゃんは賢いからお医者さんになってノーベル賞を取るんだよね」

まだ〝級中一〟であった頃だから、伯母のこの誉め言葉にも格別面映ゆいものを覚えなかったが、よくよく考えてみれば顕微鏡を覗く医者はいわゆる学者で、伯母の頭にはノーベル医学賞候補と取り沙汰された細菌学者野口英世や北里柴三郎があったに相違ない。私がいずれそういう学者の道に行くものと買い被っていたのだ。

伯母は内藤姓の眼鏡屋の後妻に入っていて、オモチャのような小さな顕微鏡も店にあったのだろう、売れるものではないから私にくれたのかも知れない。

物珍しさに私は手近のもの――昆虫の手足や羽、髪の毛など――を置いて覗いたりしたがすぐに飽きてしまった。しかし、伯母の期待に応えて医者にならなければという一種の強迫観念のようなものがしばらくつきまとった。

ならなければならないというその強迫観念が薄れ、なりたいという願望に代わったのは、折角の顕微鏡はどこかにうっちゃってしまい、伯母の期待に反して〝神童〟でもなくなっていた頃だ。

昭和二十七（一九五二）年、トピックニュースが世界を駆け巡り、無論日本にも逸速く届いた。フランス人の医師で神学者、オルガニストとしても名を馳せていたアルベルト・シュヴァイツァーにノーベル平和賞が授与されたのだ。

大学の構内を歩いていた時、シュヴァイツァーは掲示板の一つの書類に目をとめる。アフリカのコンゴで宣教と医療に従事してくれる者を求むという文面であった。読み終えた時、「お前が行け！」という天の声なき声を聞いたという。

その声に押し出されてシュヴァイツァーは医学部に入学、六年の修学を終えるや直ちにコンゴに赴き、キリスト教の伝道者且つ医師として原住民と生活を共にする。

『水と原生林の狭間にて』などの自伝的著作でも彼の名と働きは次第に知られるようになり、世界各国から支援を申し出る医師や看護婦がコンゴに渡り、シュヴァイツァーの活動の場であるランバレネ村はいつしか彼の信奉者たちの〝聖地〟になった。

このニュースに、私の母は小躍りして喜んだ。キリスト教に入信したことで周囲から白眼視され、夫からは離縁話まで持ち出された母としては、キリスト者の代表格であるシュヴァイツァーが世界の最高の名誉と目されるノーベル賞を受賞したことで、キリストへの信仰のお墨付きを得たと思ったに相違ない。

シュヴァイツァーは一躍メディアの寵児となり、連日のように彼に関わる記事が新聞に載った。

そんなある日、母が私に言った。

「あんたもシュヴァイツァーのような人になるといいわねえ」

それまで私は将来何になりたいかなど、確たる目標もなかったし、母に話したこともなかった。伯母がくれた顕微鏡と、「将来はノーベル賞を云々」の言葉は胸のどこかにくすぶってはいたが、医者になりたいという思いにはつながっていなかった。

シュヴァイツァーが脚光を浴びたことで異国の邪教視されていたキリスト教が見直され、仏教と神道の国日本で肩身の狭い思いをしていたマイノリティのクリスチャンたちが自分はキリスト者だと胸を張って名乗り出られるようになったことは確かだ。親戚縁者、更には夫からも白眼視されていた母が、感激の余り「シュヴァイツァーのような人に」と、ようやく物心ついたばかりのひとり息子に興奮の面持ちで言ったのも宜なるからである。そして私は母のこの言葉を真に受け、遥か彼方の密林の聖者を慕わしく思い、なれるものなら母の望み通りの人間になりたいと思った。

医者になりたいというその思いに拍車をかけたいまひとりの人物がいた。

小学四、五年の頃だ。夏休みに思いがけない小包が二つ家に届いた。差出人は台湾の羅文堂さんで、中味は見たこともないパイナップルの缶詰めだった。一つは母宛に、もう一つは、昔世話になった岐阜刑務所の法務医官島田医師に送って欲しいと書かれていた。母はその通りにしたらしいが、ほどなくその包みは送り返されてきた。中に、その頃は引退して田舎で静かに余生を送っていた島田医師の短い手紙が添えられていて、「私はこのような結構なものを頂くようなことは何もしておりません。羅文堂さんに親身に尽くされたのは大鐘様ですから、どうぞあなた様がお受け下さるように」とあった。

私が羅文堂さんの何者なるかを聞き知ったのはこの時が初めてである。島田医師との関わりもまた。

初めて口にする南国の果実の妙味に舌鼓を打ちながら、母が綿々と語って聞かせる羅文堂青年と五十嵐妙子嬢の悲恋、詐欺師にかかって捕らわれの身となり、肺病も併発、自暴自棄に陥った失意の青年を労り慰めて立ち直らせた島田医師の物語は、幼心にも確と沁《し》みて刻み残された。そうして、島田医師が、シュヴァイツァーと共に憧憬の人となったのである。

卒業を翌春に控えた六年生の秋頃から、教室は何となく慌ただしくなった。卒業後は皆近くの公立校城山中学に進むものと思っていたが、何人かは私学を目指して受験勉強を始め、丸山担任は放課後彼らの面倒を見るようになった。

男子の私学では中高一貫教育の先駆けとでも言うべき東海中学が有名だった。次いで、ミッション系の南山中学で、こちらは大学まであった。

女子では同じくミッションスクールで大学も備えていた金城中学くらいだったが、ここは良家の子女が通う学校と目されていた。

こうした私学を受けると言い出したクラスメートたちは、成績から言えば二番手で、上位一割に入っている者はいなかった。

比較的仲の良いクラスメートもこれら受験生の中にいたから、のほほんとして陸《ろく》に勉強もしない私は何か置き去りにされるような気がして落ち着かず、自分もどこか私学を受けたい気になった。そんな思いを親子三人の気詰まりな夕餉の席で口にすると、父は即座に言い放った。

「私学など受けなくていい。公立の城山中学で充分だ」

鶴の一声だった。私は一言も返せぬままうなだれた。家では勉強をしたことはないが小学校を首席で通して卒業式では答辞を読んだという父に自分は蔑まれている、と感じていた。

「あんたの実力では、受験したって受かりっこないよ」

と言われた気がした。そうかも知れなかったが、その実、名古屋の中学の受験で最も難関とされていたのは、公立の名古屋大学附属中学で、今を時めく将棋の天才藤井聡太が学んだ学校である。

この名大附属中学に、私のクラスはもとより全校でただひとり進学した生徒がいた。他ならぬ江上生子である。

彼女は決して弱音を吐かなかったが、自分をいじめた連中と中学を共にしたくはないと思い染めていたのだろう。彼らを尻目に、ひとり悠々と鶴の如く飛び立っていった。そして私の初恋も敢《あ》え無く終わった。

時を経て二十数年後、新聞のあるコラムの片隅に江上生子の名を見出して、思いがけず彼女の消息を知ることになる。お互い三十代に入っていた。私はまだ独身だったが、女性の多くは結婚し、子供を持っていてもよい年齢だ。小学校の姓そのものであるということは、彼女もまだ独身でいるのだと知れた。

そのコラムは、東京都立大の生物学者S教授が週に一度執筆していたものだ。教授の研究のさる実験の話が出ていて、その実験が成功したのは助手の江上生子の堅実な仕事振りのお陰である、と書かれていた。

名古屋のエリート校名大附属中学に進んだ彼女は、名古屋にいたらそのまま高校に進学するか、同校生の多くが受験する愛知県下でトップの進学校県立旭丘高校に進んだはずだ。それが十年を経て東京都立大の生物学の研究室にいる。名大時代から東大教授を兼ねていた父親が東大の専任教授になったという記事をどこかで見た記憶があった。と、なれば、江上生子はその時点で東京に転じたのだろう。そうして、都立大に入り、生物学者になった。いや、大学は別だったかも知れない。生物学者として俄かに時の人となっていたＳ教授の盛名を慕ってその門下に入ったのかも知れない。いずれにしても彼女は、父親のような学者の道を志し、一助手としての実直な仕事振りでボスの絶大な信頼を勝ち得ている。

（江上生子らしい！）

言い知れぬ感慨を覚えながら私はしばしそのコラムから目を離せなかった。

# 第二章　思春期

（一）

中学に入って驚いた。小学校でも一クラスに七十人近くいたが、それでも精々七クラスだったのが、中学では何とA組からR組まで十八クラス、一学年一千名を超える大世帯で、聞けば日本一のマンモス校だという。

それもそのはず、城山中学は、私のいた田代小と、その東方の地域の学童が通っていた東山小、更には、父方の従兄妹たちが新栄町の長屋住まいから新居に移り住んでいた坂下町以西の住宅街にあった春岡小の三校の卒業生が一堂に会したからだ。

田代小の卒業生が五百名近くで半ばを占め、他の二校の卒業生が四分の一ずつだった。

城山中学は覚王山の東の、市電で言うなら〝本山駅〟に近く、田代小学校の南に広がる住宅街の中にあった。小学校へは覚王山に出る道を辿っていたが、中学への通学路は、私の場合、隣の丸山町の脇から母方の従兄妹が住む御棚町をよぎり、急な階段を降りて私立椙山《すぎやま》女学校を横に見て一路東へ進んで約一キロメートルの所にあった。

通学は、無論徒歩だ。ざっと三十分はかかった。春岡小の卒業生たちはもっとかかっただろう。旧校舎に収容しきれず、我々新一年生にあてがわれたのは俄作りのバラック建ての教室で、一クラス六十名、まさにぎゅうぎゅう詰めだった。

私はO組に配属された。中島君が小学校に続いて同じクラスになった。大澄教諭の首に蛙さながら跳び上がって腕を巻きつけた、かの関戸洋二も同クラスとなった。私は関戸とは小学校の三年間一度も口をきいたことはなかったが、何か厭な予感がした。大澄担任のクラスメートには会いたくないと思っていたからだ。スカートめくりの〝旧悪〟を覚えているに相違ない、いつかそれを新たな同級生たちに言いふらさないとも限らないからだ。


学校の規模もさりながら、教科毎に担任が変わることも新鮮な驚きだった。小学校では一人の担任がほぼ全教科を教えたからで、担任との相性が悪ければ、学校へ通うことは年余に亘って苦痛になったからである。私が高学年で成績を落とした理由の一つがそれだ。

英数国理社、更に体育、音楽と、一時間毎に担当教師が変わる授業は面白く、飽きがこなかった。中に一人か二人気に食わない教師がいても、他に好きな教師がいれば気分を紛らすことができた。

バラック建ての教室に、最初に姿を見せたのは、クラス担任の松下さんではなく、色浅黒く頭が半ば禿げた相当年配の男性で、何と彼は日本語でなく、英語でペラペラと喋り出したから、教室はざわついた。顔は日本人だが一体何者だ、白人でもなさそうだが等々、呆気に取られながら生徒たちはボソボソと囁き合った。だが、その摩訶不思議な人物は意に介さぬ風情で更にひとしきりペラペラと英語で続けると、一言の日本語も発しないまま教室を出て行った。

やや遅れて入ってきた担任の松下さんが種を明かした。先に姿を見せたのは英語教師の橋本先生で、僕が遅れることを知って、じゃ時間潰しにちょっと行ってやるよと言ってくれたんだ、云々と。

〝算数〟が〝数学〟と名称が変わって、担当の教師は本田という、五十前後かと思われる四角い顔に眼鏡をかけた人物だった。この教師の最初の授業は印象に残っている。

「一足す一は幾らだ？」

と彼はいきなり、ややハスキーながらよく通る大きな声で言って前の席の生徒に答えを求めた。

「二です」と当たり前過ぎる答えを生徒は返した。

「そうか」

と本田教諭は眼鏡の下でほくそ笑んで見せると、

「ではここに小さな皿があるとする。そこへ一滴水を垂らす。次いでもう一滴水を垂らす。すると水滴は幾つになるかね？」

先刻答えた生徒は答えられない。本田教諭は得たりや応とばかり教室中に視線を巡らした。

「誰か、分かる者？」

「一滴です」

二、三の生徒がややあって声を合わせた。私は不覚にも思いつかなかった。

「そう、一滴だね」

本田教諭は声の主に視線をやって言った。

「つまり、一足す一は、常識では二だが、状況によっては一になる。あるいは三か四になるかも知れない。

要するに、答えは必ずしも一つではないということ。そこに、これから君たちが学ぶ数学の面白さがある」

本田教諭の言葉をかみしめるようになったのは、数年後、高校で数学の一分野〝代数〟を学ぶに至った時である。

クラス担任が英数国理社の主要五教科でなく体育の教官であったことにほっとした。五教科に秀でている生徒に格別目をかけることはないだろうと思われたからだ。

我々を煙に巻いたまま立ち去った橋本教諭に代わって姿を見せた松下担任は、一際若い女性を伴っていた。

「こちらのお方は副担任として僕を支えてくれる理科の長田先生だ」

自己紹介を済ませてから松下さんは傍らの女性を紹介した。

「見ての通りのお美しいご婦人です」

幾らかやに下がった面持ちで松下さんはつけ足した。

あでやかなルージュの唇が開いて、白い歯がこぼれた。

異存はない、本当に奇麗な人だと思った。年の頃は三十前後だろうか？　大人の落ち着きを感じさせる佇まいがあった。それは、小学六年時の臨海学校の海辺で丸山担任と肩を寄せ合っていた尾崎教諭が漂わす蠱惑的なものではなく、いかにも利発そうな、それでいて女性らしい容貌には、尾崎教諭からは余り感じ取れなかった品の良さがあった。

長田教諭の紹介を終えると、松下さんはさし当ってクラスの代表委員である〝総務〟を指名した。男子では真弓宏、女子では山本道子、いずれも見知らぬ生徒だった。それもそのはず、真弓は私の学んだ田代小学校ではなく、春岡小学校の卒業生、山本は丸山町の　角に住んでいたからで、田代小学校の同期生に違いなかったが六年間一度もクラスを共にしたことはなかったからである。

小学校でもそうであったが、クラス委員は担任教諭の裁量ではなく、クラス全員の投票によって選ばれるのが通例だ。しかし、三つの小学校の卒業生から成る中学の新たな学級ではお互いに見知った者は数知れているから、誰に、何を根拠に投票してよいか分からない。担任の教師に至っては尚更であろう。

では何故真弓宏と山本道子を松下さんは指名したのか？　思い当たることがあった。小学校を卒業する数ヵ月前に、ある試験が施行された。それはどうやら、私の学んだ田代小学校だけでなく、春岡小と東山小でも同時進行で行われたと思われる。無論試験問題は同じだったろう。その結果を分析し、あるクラスにのみ成績優秀者や劣等生が固まらないよう、各クラスの学力が均等になるよう配分するための参考資料とするために。

総務に指名されたのは、振り分けられた十八クラスの各々で最高点を取った者に相違なく、松下担任の口からもそれらしきを匂わせる口上が述べられた。

クラス委員は他に、会計、風紀、文化、美化、放送、保健体育等幾つかあって、これらは一、二ヵ月して生徒間の投票で選ばれた。私と中島延幸、それに関戸洋二がいずれかに選ばれた。女生徒では大柄で教室の後部席を占めていた幅悦子、梶浦浪子、臼井久美代等々。

幅悦子と臼井久美代は、数年後、高校を別にしながら仲田町の一麦教会で日曜毎に顔を合わせることになる。幅は恐らく、席も近く仲の良かった臼井に誘われてのことだったろう。臼井久美代は、私の従兄妹が住む御棚町に郊外の守山から引っ越して来て、私の母にキリスト教を伝えた日江井のぶの隣の家に住むようになったから、のぶさんに教会へ誘われたものと思われる。

臼井の母も私の母と同様亡国病の異名を奉られた結核を患い、昭和二十八年だから私の母が病の床から立ち上がった頃、母とは裏腹に不帰の人となった。十八歳年長の姉と十六歳違いの兄も結核に罹り郊外の地大府《おおぶ》のサナトリウムに入院したという。兄は私の母が拒んだ胸郭形成術まで受けたが、九十四歳の今日尚息災でいるという。姉の方は一年そこその入院だったが、晴れて家に帰って見ると夫が浮気していることが分かって離縁、久美代と病身の母親が住んでいた御棚町の家に移り住み、小学校の教員をしながら二人の面倒を見ていたそうな。母親は間もなく死亡、姉が生まれたばかりの久美代の母親代わりともなった。自らの病、夫の不貞、母親の死等々人生の悲哀を味わった彼女は、隣人日江井のぶの熱心な勧めで一麦教会に通うようになり、私の母との交流も深めたようだ。今ではもう泉下の人になっているが。


一学期の終わり、教科書から問題が出される定期試験とは別に、〝実力テスト〟と称される試験が施行され、その成績がバラックの校舎の板壁一面に貼り出された。横長の模造紙に、一番から百五十番までの氏名と点数が表記されている。

何と一千余名中のトップは同クラスで総務の真弓宏だった。中島君がクラスでは二番手で二十一番、私は男女併せて六、七番目、全体で百二十番そこそこの不甲斐ない成績で、クラス委員では総務に次ぐ二番手の会計に選ばれていたから、消え入りたい思いだった。掲示板のどん尻近くの自分の名に見入りながら、口惜しさと恥ずかしさに涙が出た。試験中は結構できたという手応えを覚えていただけにショックは大きかった。

断トツで総務にも指名された真弓宏に勝てないのは仕方ないとしても、同じ町に住み、登校を共にし、下校後も日が暮れるまで遊びを共にしている中島君に大差をつけられたことが悔しかった。

私は猛省し、机の前に座る時間を二倍にした。

秋に、再び実力テストが行われた。私は中島君に代わってクラスで二番、学年全体で二十番代に躍進した。学年のトップはやはり真弓宏で、彼の存在を目の上のたんこぶと感じることになる。

今度は中島君が悔しがった。それか、あらぬか、ある日、写生会で戸外に出て絵を描いているさ中、思いがけない言葉が彼の口を衝いて出た。

「君な、小学校の時女の子のスカートをめくっただろう」

彼は私のすぐ後ろで絵を描いていた。驚いて振り向くと、中島の隣に関戸洋二がいた。五年の二学期に転校してきた中島君が小学校二年時の私の〝旧悪〟を知っているはずはない。ちくったのは関戸だ。

私は肩に掛かった中島君の手を払いのけるように身を捩ると、関戸洋二に憎悪の一瞥をくれただけで無言のまま顔を戻した。恥辱に染まった頬、狼狽振りを見られまいと。

私は関戸と中島がクラスの誰彼にその〝旧悪〟を言いふらすのではないかと恐れた。だが、この懸念は杞憂に終わった。中島君は何と言っても同じ町に住み、登校を共にし、学校から帰れば私の家の近くの空き地――実際はお隣の不動産業者三宮家の所有する土地だったのだが――で従兄の矢吹一郎を交えて相撲を取ったり野球に興じたりする仲だったのだ。関戸洋二から聞き及んだ私の〝旧悪〟が友情を損なうほどのものではないとややにして思い至ってくれたのだろう。関戸洋二も中島君以外のクラスメートに告げ口した気配はなかった。だが、私は極力彼と距離を置いた。

中島君は、いつしか私と一緒に一麦教会の日曜学校に通い出した。二人の従兄も足並みを揃えた。母は妹の服部明子を日曜学校に続く大人の礼拝に誘い出していた。夫の吉助は妻や子供たちの教会通いを快く思わなかったようだが、私の父と同様、黙認していた。

叔父は酒癖が悪く、私がもらい湯に行くと妻子は皆食事を済ませているのにひとりちびりちびりと盃を傾け、酔いが回るとしつこく叔母に絡み、時に盃を投げつけたりした。

叔父は私にも難癖をつけ、

「稔ちゃんも糞《くそ》イエスを信じているのか？」

と矛先を向けてきた。私は叔母と目配せを交わしてから、無言で頷く。すると叔父は、「アー

メン　ソーメン、うどんにきしめんだあ。アハハ」

と、笑い飛ばす。

シベリアの抑留生活で地獄を見た叔父は、この世に神も仏もない、頼れるのは自分だけ、との人生観を抱くに至っていたのかも知れない。

そんな叔父も、子煩悩で、格別、帰国後に生まれた末娘を可愛がった。家で酒を飲まない時は勤め帰りに行きつけの飲み屋で一杯やり、その頃他府県に先駆けて名古屋で流行り出したパチンコ店に寄っててせしめたらしい景品を両腕に抱えて来て、

「ほれ、おみやげだぞー」

と、専ら末っ子の前に投げ出すのだった。兄の英昭や姉の律子はおこぼれに与かる程度、甥っ子の私にも何か一つくらいくれてもよさそうなものだが、遂に一度たりとも私へのおこぼれはなかった。私はそそくさと叔父の家を後にした。私の父に限れば、勤め帰りに一杯やることは滅多になく、パチンコなどの遊興はそれこそ軽蔑の対象でしかなかったから、ひとり子にも叔父のようにみやげ物を持って帰るようなことは絶えてなかった。

父は酒を飲まないことはなかった。夕食の折、グラスに二杯のビールを嗜んで足れりとし、飲みきれなかったビールは翌日に回した。グラスに二杯のビールで顔は真っ赤になった。それだけで酔いも回るのだろう、母が食後の後片付けをしている間にさっさと座敷の蒲団にもぐり込み、

やがて大鼾をかきだすのだった。

私がもらい湯に出かけるのは自宅で夕食をすませてからだから八時頃になる。叔母や従兄妹たちは既に食事を終え、叔父がひとりチビチビとやっているわけだが、ある夜、掘り炬燵の前に胡坐をかいた叔父の股間に目が行って、そこに下着らしいものが無く、開《はだ》けた寝衣の隙間からペニスがのぞいているのに気が付いた。風呂上がりにさっと寝衣だけひっかけて食卓に付くからだろう。

叔父は酔いに任せて卑猥《ひわい》なことも口走った。もっとも、それが卑猥なことを仄《ほの》めかしていると思い至ったのはもう少し後のことで、性の秘密を知ってからであった。私がもらい湯に来て帰るまでの二時間余りは、父母にとっての情交のまたとない時間であるというようなことを叔父は匂わせたのだと。その実、私の両親に限って絶対にそんなことはあり得ないと思ったのだが。何せ父は既述したように夕食を済ませるとさっさと寝床に入り、半時も経たぬ間に鼾をかき出したし、母は聖書や信仰書に読み耽る傍ら、いつの間にか習得した点字の道具を持ち出して専ら信仰書の点訳にいそしんでいたからだ。

だが、叔父夫妻はどうやらそうではないらしかった。

叔母はよく姉である母を訪ね、ひとしきり雑談に及んでいたが、ある時、土曜の午後だったか、叔母が訪ねてきた時、私はそれとも知らず、二人が話し込んでいる居間の隣の座敷で昼寝をしていた。

どれほど経ったか、目覚めた時二人はまだ話し込んでいたが、寸時会話が途絶えた後、叔母が不意にこんなことを言った。

「今子供ができたらどうしようかと思うのよ」

母はそれに対して何も答えず、叔母も二の句を継ぐことなく、その話題が伸展することはなかった。

私はこの時にはもう室生犀星《むろうさいせい》の小説ではないが、『性に眼覚める頃』で、たとえば叔母の家に遊びに行った時、座敷に続く部屋の箪笥の上にさり気なく置かれた婦人雑誌の一頁になまめかしい下着姿の女性の絵を見出して胸をときめかしたものだ。それは読者の投稿欄で、お色気を謳った川柳のようなものの入選作が載っていた。その一つ、新婚夫婦の夫が詠んだ川柳もどきに思春期の少年の胸は怪しく騒いだ。

ストリップ真似してシュミーズ脱いで見せ

五七五でまとまっているが季語は欠けているから俳句ではない。もっとも、シュミーズを冬にアンダーウェアに着る女性はそういないだろうし、シュミーズを脱いで裸になるのは寒い時候ではない、少なくとも春遅くか夏の行為であろうから、シュミーズは夏の季語になり得るかも知れない。

イラストにはシュミーズの肩紐に手をかけて一方の乳房をさらけ出した若い女性が描かれていた。

結婚すればこういうことができるんだと、結婚への焦がれるような渇望と共に、それまでにはまだ十年以上の歳月があると思い至って気が遠くなり、絶望感にさえ駆られた。

「子供ができたらどうしようかしら？」

という叔母の一言は、それより少し前に垣間見たある光景を思い出させた。叔母の家へもらい湯に出かけたある夜、トイレに立って戻ってくると、居間には従兄妹たちが談笑しているだけで、先刻まで管を巻いていた叔父と、それを適当にあしらっていた叔母の姿が見えない。どこへ行ったのかと子供たちの蒲団が並べてある隣の座敷を覗き込んだ私は、座敷の向こう、例の婦人雑誌を見出した六畳間の部屋を素っ裸でよぎって行く叔父の後ろ姿が見て取れた。その向こうには、シベリアから帰還以来叔父が寝所としている、普段は閉ざされたままの玄関に通じる三畳ほどのスペースがあって、そこに屈んで何やら繕っている叔母の姿があった。

叔父は全裸のままスタスタと歩いて行き、気配に気付いた叔母が視線を上げた。彼女の真ん前に叔父は仁王立ちになって何やら口走った。叔母の目の前には叔父の股間が丸見えになっていたはずだ。

　何かいけないものを見てしまった思いで私は慌てて従兄妹たちのいる居間へ引き返したのだが、思えばそれは、後刻、夜の営みへ叔母を誘う叔父の合図だったのだろう。叔母はと言えばかつて「みっちゃん」という女中が起居していた、廊下を隔てて更に奥の小部屋を寝所としていたらしく、子供たちが寝静まった後、おそらく叔父はそこへ忍び込んでいたのだろう。

　母は四十代前半、五、六歳違いの叔母は三十代後半で、私の母はもとより、叔母ももう夫婦生活とは無縁の生活を送っているとばかり思っていたから、図らずも盗み聞きしてしまった叔母の一言に私はショックを覚えたのだ。叔母が四番目の子を身籠ることは私の知る限りなかったのだが。

〝盗み聞き〟と言えばいまひとつ思い出すことがある。

　母の愛知女子師範時代の学友で、母の感化か一麦教会に通うようになっていた女性がいた。〝加藤〟が旧姓だが、台湾人の張という人と結婚していたので、母は張さん張さんと呼んでいた。

　この人はよく我が家に来た。彼女は仲田町のもうひとつ向こう、繁華街の今池辺りに住んでいた。夫は耳鼻科の医師で開業医、一度限り、小学生の折に母に連れられて張医院の敷居を跨いだことがある。主の張医師は人の好さそうな五十年配の人で禿頭だった。白衣をまとった夫人と共に、にこやかに迎えてくれた。国際結婚だが、二人の間に子供はないということだった。それでも仲睦まじい夫婦に見えた。

　だが、それからしばらく経ったある日、いつもながら日曜礼拝の後に我が家に立ち寄って母と話し込んでいた張さんが不意に泣き声になった。私は日曜学校が終わると母が礼拝から帰るまで従兄や中島君と家の近所で相撲や野球に興じ、昼食を終えると遊び疲れてひと寝入りするのが常だった。

　その日は張さんも一緒に昼食を摂った。しかし、その後母と話し込んでいるうちに、襖一枚隔てた隣の座敷で昼寝をしている私のことは念頭から消え失せたのか、やや小声になった張さんが、涙ながらに思いがけないことを母に打ち明けたのだ。

　夫の浮気だった。その現場を目の辺りにしたというのだ。相手は医院に勤める若い看護婦らしかった。外出から帰って自宅に夫がいないので医院をのぞいたら、二人がベッドで情交のさ中だったという。

　私はちょうど目を覚ましたところだったが、耳を疑った。張医師のにこやかで優しそうな顔からは、妻を裏切るような背徳の行為をしでかす人にはとても思えなかったからだ。

　その後、夫妻が離婚したという話は聞かなかったから、丸く納まったのかも知れないが、不条理な夫の裏切りと神への信仰を張さんはどのように折り合いをつけたのだろうか？　問い質したい思いをそれから後しばらく私は抱き続けた。

叔母の家でこっそり盗み見た婦人雑誌の半裸体の女性の絵に胸をときめかせた私だったが、絵ではない、生身の姿態を眩しく感じさせる女性が身近にいた。

副担任となった長田教諭である。松下担任は、彼女が新婚ほやほやの新妻であると言った。長田教諭は控えめなルージュの唇から白い歯をのぞかせてはにかんだように微笑んだが、その美貌もさりながら、目を引きつけたのは、セーターを突き上げている、丸く柔らかそうな胸の高まりだった。

父方、母方双方の家にもらい湯に出かけていて、脱衣場で上半身裸の叔母とすれ違うことがあり、その胸元を垣間見ることがあったが、どちらの叔母も乳房は僅かについている程度で、およそどきりと胸を弾ませるものではなかった。

同じ桐林町にある中島君の家でも、夏のある日の昼下がり時に、彼の母親の裸を見たことがある。

社宅は平屋で、狭い庭に入った私は、縁側に屯《たむろ》している彼とその弟妹、更に祖母の向こうに彼らの肩越しに、奥の部屋から突如母親が素っ裸で出てきたのを見て取った。彼女は、隣の浴室に座り、こちらに裸の背を見せている夫の背を流し始めた。

中島君がいつか自慢気にいったように、オフィスラブで結ばれ、美男美女で似合いのカップルと言われただけあって、父親は慶応ボーイらしい品の良い洗練された紳士だったし、母親も理知的な美しい人だった。しかし、陸上競技をよくしたスポーツウーマンであったという彼女の肢体は、浅黒く、およそまろやかさに欠けた筋肉質で、横目にチラと見て取れた胸もとはほとんど平らで、およそ乳房らしい膨らみはなかった。

後に多感な青春期の危うきを救ってくれた本の一つにフランスの啓蒙思想家ジャン・ジャック・ルソーの膨大な自伝『懺悔録《ざんげろく》』があるが、中にこんな件がある。社交界に出て多くの上流階級の女性に触れたルソーはある貴婦人の美貌、人となりに惹かれ、彼女の好意も感ずるが、恋愛感情にまでは発展しなかった。

「何故なら彼女には乳房がほとんどなかったからである。私は一貫して胸の貧相な女性に異性を感ずることはなかった」

私の女性に対する好みも、既に思春期にルソーのそれにも似たものが芽生えていたようだ。

叔母や中島君の母親とは違って、まろやかな胸を持った副担任の長田教諭に大人の女性の色気を感じ憧れたのも、そんな性向に根ざしたものに相違なかった。加えて彼女は、女性の多くが苦手とする理科を専攻するだけあって、頭脳も明晰、天に二物を与えられた類稀な女性に思われた。

私は理科は苦手だったが、彼女に目をかけられたい一心で勉強に精を出し、何とか八〇点台の成績は取った。

長田教諭は既婚者だった。しかも、結婚して間もない新妻だと担任の松下教諭は言った。果せるかな、数ヵ月経つと、彼女のふっくらとした胸の高まりは更にまろやかさを増し、それと共に腹部も膨らんできた。タイトスカートは、いつしかロングスカートに変わっていた。

クラスに水野という悪がきがいた。隣町の丸山に住んでいたので下校路が同じだったが、何かと絡んできて厭がらせをした。私は早生まれのせいもあったか体は小さい方で、三十人の男子生徒の中で下から七、八番目、一方、水野はがっしりした体格で上背もあり、腕力も強そうだった。

この水野がある日の理科の授業中に長田教諭をからかって、その豊満な胸を〝ミルクタンク〟と呼んだ。

長田教諭のピンク色の頬からさっと血の気が失せた。と、見るや、

「今日の授業はおしまいっ!」

と言うなりチョークを投げ出し、さっさと教室から出て行ってしまった。昼前の授業だった。

私は水野を睨みつけたが、水野は悪びれた風もなく、悪がき同士で更に卑猥なことを喋り合った。

ベルが鳴って昼休みに入るや、私は運動場をよぎって理科の実験室に馳せた。副担任には職員室に机と椅子があてがわれなかったのか、長田教諭は実験室の隣に設けられた小さな部屋に机を置いていた。

彼女は椅子にかけて虚ろな表情で何やら物思いに沈んでいる風情だったが、私を認めるや、うっすらと微笑んだ。

「先生、大丈夫ですか？」

切ないものに胸を突き上げられて渇いた喉の奥から私はやっとこれだけ言った。

「ありがと、ご免ね」

目尻の涙を指で拭って、彼女はもう一度、先刻よりも大きく微笑んだ。

大人の女性への思慕は、小学六年時の尾崎代用教員以来二人目だ。尾崎教諭へのそれは、切ないほどのものではなく、もう少し淡泊なものだったが。

次の授業日には、幾らか表情は強張っていたが、前のことは忘れたかのように、淡々と長田教諭は授業を進め、終えた。

しかし、それから間もなく、理科の授業は別の教師に取って代わられた。聞けば、彼女は産休に入ったという。

教諭の家は、登下校時に通りすがる、余り出来の良くない女生徒が通う私学の椙山女学校の近くにあると噂されていた。

私は水野を避けるようにして下校するようになっていたが、そのためには下校時間を遅らせなければならなかった。登校を共にしている中島君は柔道部に入っていてそのクラブ活動のために下校は別々になっていた。

道草を食うついでに、私はいつしか長田教諭の家を捜し回るようになっていた。何日も徒労に帰したが、遂にある日、二階建ての小ぢんまりとした家の玄関に「長田」と書かれた表札を見出した。家は静まり返っていたが、玄関脇に身を潜めた私の胸は怪しく騒ぎ出した。どれほど突っ立っていただろう。不意に、二階とおぼしき辺りから赤ん坊の泣き声が聞こえ、私はハッと我に返った。

しじまを突いたその声は、少年の夢も破り、現実に引き戻した。その瞬間、我が思慕と憧憬の人は手の届かない遠い所へ行ってしまった。

事実、長田教諭は、少なくとも私が中学を終えるまで教室に復帰することはなかった。

＊　＊　＊

期せずして六十有余年経たつい最近、彼女の消息を知ることになる。

一年O組の学年末に文集『いも虫』を刊行していたことも忘れていて、今も尚交友のあるクラスメート臼井久美代がそれを送ってくれたが、同時に送ってくれたものに城山中学の「第九回卒業生名簿」がある。そこには、卒業時に城山中学に留まっていた教職員と、他校に転じたか、退職、あるいは消息不明の旧職員の名簿も併記されている。

後者に、長田教諭の名が見出されたのだ。姓しか知らなかったが、下の名は〝美喜子〟というのだと初めて知った。

転校、あるいは退職した教員たちも住所は所番地まで記されているが、長田教諭のそれには「大阪府」となっているだけだ。城山中学を退職後の進退が所番地の下に（　）で付記されている。三十余名のうち、他校に転じた者が半ば、（退職）と書かれている者が五、六名、（家事）が四、五名、他は氏名と所番地だけだ。この（家事）と書かれている一人が長田美喜子であった。しかも、愛知県外の地名が書かれているのは彼女だけである。憶測するに、彼女は子供を出産した後教職に復帰することなく、恐らくは夫の転勤に伴って郷里名古屋を出たのだろう。

思えば束の間の出会いと別れだったが、その花のような笑顔と、裏腹な涙はいまもって鮮明に思い出される。

（二）

小学校と違って中学では一年でクラス替えが行われた。更に、二年の一学期を終えたところで、また新たにクラス替えが行われた。

覚王山と本山の間の山の手自由ケ丘という小高い丘陵地を切り開いて、バラック交じりの本校校舎とは打って変わってモダンな建物が分校として建ち、LからRまでのクラスがそこに移された。

私の住む桐林町からは随分隔たった所で、歩いて通える距離ではなかったから、本来なら私や中島君は本校に留められるはずだったが、何故か二人共分校に配属された。自転車で三十分を要した。それはそれで楽しかったが、困るのは雨天の日だ。雨合羽をつけて通った記憶もあるが、大雨や雪の日はそうは行かず、覚王山まで歩いて行き、電車通りのバス停で分校行きのバスに乗らなければならなかった。

中島君とはクラスは異にしていたが一学期は同じ本校に通っていたから登校は共にしていた。二学期になって自転車通学になるとスタートがまちまちとなり、下校も別々になった。

一年の時には家に帰るや鞄を放り出して近所の原っぱに馳せ、二人の従兄も交じえて相撲や野球に興じたものだが、四人が顔を合わせるのは教会に通う日曜日だけとなった。

私はL組に、中島君はQ組に配属となり、教室も隔たって、学校では滅多に顔を合わせることはなかった。

分校は、新築でモダンな造りということも相俟って、他府県からの教育関係者がよく見学に訪れた。分校の教職員も、そうして全国から注目されるピカピカの真新しい校舎で教鞭を執ることは教師冥利に尽きるのだろう、皆張り切って見えた。

新たな担任は荒木という理科の教師だった。五十代半ばかと思われる、ほっそりとして一見飄々《ひょうひょう》とした人物だった。

私は初めてクラス委員の代表格の総務に選ばれた。クラス全員の投票で決められることは、一年の二学期以来の恒例行事だ。

女子の総務は鈴木照美という目のパッチリした色黒の女生徒だったが、細身でスカートからのぞく脚はごぼうのように細かった。かくいう私も相変わらず小柄で痩せていて、席は教室の前から背の順に並ばされたから、三列目くらいだった。一クラスは男女とも二一五人程度で、一列に六人ほどだから八列はあった。

最後部席には高校生並みの体格と上背のある生徒四、五人が並んだ。その一人に上野肇という、大阪から転校してきた生徒がいた。よく出来た。野球にも長け、放課後はいつもグラウンドに出てボールを投げていた。

担任の荒木教諭の息子かと見紛うほど体型や顔が似ている服部という生徒がいた。覚王山の電車道添いの仏壇屋の息子で、椙山女学院の近くに住む恩田と自転車を並べて下校するようになった。恩田はしきりに、塾は面白いぞ、服部は塾でも優等生だ、君も来ないかと私を誘った。

塾は学校の授業に追いつけない者が補習で通うところと思っていたから、私や上野とトップを競っている服部が塾に通っていると知って意外だった。

塾ではないが、母方の従兄の服部英昭に三年になってから名大生の家庭教師が付くようになり、彼と将棋をさすのを楽しみに週二日はもらい湯を兼ねて御棚町の彼の家に出かけていた私としては、その楽しみが奪われて足が遠のいていた。

私の家には風呂がなかったから、父方の従兄矢吹一郎の家にも交互にもらい湯に出かけていた。父もたまには実の妹のいる矢吹家に一緒に行くことがあったが、大概は池下の電車道に出る手前にあった銭湯に出掛けていた。母は闘病期から始めていた冷水摩擦をずっと続けており、その延長の清拭で済ませていたようだ。

だが、矢吹家にもらい湯に行くことも憚られるようになった。矢吹一郎にも家庭教師が付くようになったからである。

そうして服部家にも矢引家にももらい湯に行き辛くなったので、自宅に風呂を作ってくれるよう父に頼んだ。母も賛成だと言ってくれた。銭湯で事足りていた父は渋った。私も銭湯は嫌いではなかった。父の前で裸になるのは厭だったが、別の楽しみがあった。銭湯代をやりとりする番台にはいつもぶすっとした顔の老人が座っていたが、玄関を開けると老人の肩越しに女湯の脱衣所が垣間見られるからだ。

番台の老人が限りなく羨ましかった。裸の女体を毎晩眺められるのは極上の特権に思えたのだ。しかし、我が家に小さいながらも浴室ができて、密《ひそ》かなその楽しみもおしまいとなった。もっとも、父は自宅に浴室ができてからも時々ひとりで銭湯に出かけていた。

学期毎に前半と後半に定期試験が行われたが、英数国理社の主要五教科の他に、音楽と、男子では職業、女子では家庭科があった。

職業家庭科の授業は男女別々となり、お隣のM組の男子が私のL組に、L組の女子がM組に移って行われた。

この職業科の授業は苦手だった。おまけに、これを受け持った教師は残酷なことをした。全員の試験の点数を読み上げながら答案用紙を一人一人に手渡したのである。それも、名前を読み上げて。

私は二学期最初のこの科目に四五点という、五十人の男子生徒の中で下から数え上げる方が早い劣悪な点数を取ってしまった。顔から火が出るほど恥ずかしかった。

上野と服部は上位五人に入る八〇点そこそこだったが、最高点の八〇点後半の点数を取ったのはM組の川北だった。

川北健次――教師がその名を呼び、前に進み出た生徒を見た時、あっと思った。大澄担任の小学一年から三年までを共にした少年だと記憶が蘇ったのだ。

川北はまるで目立たない生徒だった。良家のぼんぼんを思わせて、いつも身綺麗《みぎれい》ないでたちでいたことが記憶に残っている程度だ。

川北と目が合った時、向こうも「君のこと覚えているよ」と言いたげな表情をしたが、お互いに歩み寄ることはなかった。まして私は、屈辱的な点数を読み上げられて、面目この上ない思いをかみしめていたのだ。クラスの代表である総務にして何たる不様なことか。

聞けば川北はM組でトップの成績を収めているという。おとなしい性格だからだろう、成績に相応しい総務には選ばれていなかった。三番手か四番手の得票で選ばれる文化委員になっていた。私のL組では上野肇が文化委員だった。図体が大きくその威圧感と共に人を小馬鹿にしたような言動が特に女生徒に人気がなく、彼女たちからの得票が乏しかったのだ。

実際上野は私にも嫌みったらしいことを言った。

「俺は君みたいなひどい点は取らないぜ。最低でも六〇点は取るさ。ほらな」

上野は音楽の答案用紙をこれ見よとばかりに突き出して見せた。然り、上野の泣き所は音楽だった。私はそちらでは九〇点以下を取ったことがない。職業科を除けば他の教科はすべて九〇点以上だったが、この一科目の劣悪な点数故に全体の平均点を八〇点台に落としてしまったのだ。その点は上野も似たり寄ったりだが、彼の音楽の点数と私の職業の点数の差で平均点に僅かな開きが出て彼がトップになっていた。服部と私が二番手で並んだ。定期試験ではいつも三人の三つ巴《どもえ》の争いになった。

屈辱感に打ちひしがれた職業科のテストを、期末試験では八〇点以上取って汚名を返上、全体の平均点でも九〇点を上回りトップに立った。

だが、癪な教師は他にもあった。数学の山崎教師だ。彼は定期試験の合間にちょこちょこ三〇点満点の小試験を行い、その度に結果を公表した。問題はそのやり方だ。職業科の教諭のように全員の成績を読み上げるのではなく、満点を取った生徒の名前だけを公表するのだ。三〇点満点を取るのは上野と服部以外に二、三いたが、私は何故か常に一問間違えて二九点だったから、名前を挙げられることがなかった。

私は故意に恥ずかしめを受けているように思い山崎教諭を恨んだ。一点差、二点差の生徒の名前も読み上げたらいいではないか。満点を取れないお前は総務の資格がないぞと言われているような気がした。

しかし、数学教師よりも辱めを受けたのは国語の山田教諭からだった。エコーの効いたよく通る声の持主で授業も明快、こちらも得意の国語だけに山田教諭の覚えめでたしと思っていたのだが、ある時この思いは覆った。

一年次に前後期二回施行され、その都度優秀者の氏名が張り出された実力テストが二年のこの時も施行され、何と上野が真弓宏を抜いてトップの成績を収めていたのだ。一年次のように全校生徒に公表されることはなかったが、荒木担任が誇らし気にクラスで公表したのだ。私は五十番で、一年の後期の時より順位を下げた。一年次は真弓宏が総務で私は二番手の会計委員だったたからまだしも、この時はクラスの代表委員総務だったから、クラスでトップであることは無論、学年でも十番前後にいて然るべきだったのだ。

何がきっかけでそんなことを言い出したのかは記憶にないが、山田教諭は突然「学年一のクラスなのに……」

と言って、あてつけがましくニタリと私を流し見やったのだ。

私は思わず目を伏せた。屈辱感で一杯だった。

（主イエスよ、何故あなたはこんな辱めを受けることをお許しになるのですか？）

クラスの皆に、私がクリスチャンであることは知られていた。自分の口から言ったのではない。

国語の授業が始まって間もなく、山田教諭が不意に、

「この中でキリスト教を信じている者はいるか？」

と尋ねたのだ。私は一瞬ためらったが、手を挙げた。他に手を挙げる者はいなかった。それを見届けただけで、山田教諭が何か言葉をつけ足すことはなく、何故そんな質問を放ったのかは謎のままに終わった。

その爽やかな外見から、ひょっとしたら教諭自身クリスチャンで、同信者がいるか知りたかったのかもと思った。それかあらぬか、私は山田教諭に格別目をかけられている気がしていた。国語のテキストに樋口一葉の『たけくらべ』が載っていた。文豪として名を馳せていた森鷗外を感

服せしめ、彗星の如く現れた才媛に感動を伝えたいと、軍医総監であった鷗外は馬に乗って一葉が身を置く貧乏長屋を表敬訪問したという逸話が残っているが、鷗外ならぬ一介の中学生の私の魂も『たけくらべ』は震撼《しんかん》せしめた。

出だしからして衝撃的だった。一体どこまで続いて区切りになるのかと思わせる長い文章だが、文語体の快いリズム感に魅せられ、朗読して飽きなかった。他の生徒はつっかえつっかえしてリズム感を損ね、聴くに堪えなかったが、私は淀《よど》みなくすらすらと朗読できた。一人二行読むのがやっとだったが、山田教諭は私には数行の朗読を許した。

『たけくらべ』は花街に生を享けたおませな少女美登利と、同級生でお寺の子である秀才の信如との淡い恋を描いたものだ。

「君たちの中にも、美登利は私だ、信如は僕だと感情移入出来る者がいるかも知れんな」

山田教諭はこう言ってちらと私に目をくれた。私はそっと女子の総務鈴木を盗み見た。果せるかな鈴木は思わく気な視線をこちらに流していた。

(残念ながら君は美登利じゃないよ)

私は彼女の視線をはぐらかしてこんな独白を胸に落とした。

鈴木が私に好意を寄せていてくれることは感じていたが、私は特別な感情を彼女に抱いていなかった。小作りな目鼻立ちの愛らしい顔をしていたが、ごぼうのような細い脚に幻滅を覚えていた。中学二年の後半ともなれば女性は生理が始まり、二次性徴も目立ってセーラー服越しにも胸の膨みは目立つ頃だが、彼女の胸は平坦で、およそ丸みを帯びていなかったからだ。

屈辱的な実力テストのほとぼりが冷めかかった頃の冬の一日、今度は数学の学年統一テストが行われた。問題のすべては円や三角四角等の図形で、角度や面積を割り出すものだった。およそ二十問あった。

試験の数日後、私は風邪を引いて熱を出し学校を二、三日休んだ。風邪に遣られるのは毎冬恒例だった。医者にはかからず、水枕をするくらいで、ひたすら寝ることによって癒した。近年はインフルエンザの流行が取り沙汰され、事前の予防注射、罹患後の薬を大人と子供で使い分けるなどうるさいが、当時はインフルエンザのイの字も人の口に上らなかった。

初日と次の日は苦しいが、それでも薄紙を剝ぐように気分が良くなっていき、三日目には嘘のように快癒するのがお決まりの経過だった。

そうして学校に出た私に、授業の後で山崎教諭は職員室に来るようにと言った。

「この前の数学コンクールで、君は学年でただ一人満点だったよ」

相対するや、教諭はこう言って私の答案用紙を差し出した。〝満点〟と聞いたが、九九・九になっている。私が訝ると、

「全部正解だが、厳密に言えば何々……」

と理解し難い講釈を山崎さんは始めた。

「よって、〇・一点だけ引かしてもらったよ」

と。私は訳が分からなかったが、何にせよ〝学年でただ一人満点〟だったことに山崎さんを見返した思いで内心快哉を叫んでいた。

だが、気懸りなことがあった。私のその快挙を、山崎さんはクラス全員の前で公表してくれただろうか？　私が休んでいる間に答案は皆に返されたはずだ。定期テストの合い間の三〇点満点の小出しのテストでは満点者の名前だけを、それこそ私に聞こえよがしに発表していた恨めしい限りの山崎さんだ。学年一斉に午前中二時間を費やしてのテストで唯一満点を取った生徒の名は当然公表してくれてよい。もし、上野や服部が満点ならずとも学年で最高点を取っていたら、山崎教諭は絶対皆の前で私を尻目に公表していたに違いない。

上野の得点は八六点だったと、どこからともなく聞こえてきた。私は勝ち誇りたい思いだったが、山崎教諭への不満はくすぶり続けた。

皆に答案を返したその日、もし山崎さんが「満点は大鐘だけだった」と言っていたら、クラスメートの誰かがそれを伝えてくれたはずだ。僅か一点差の二九点故に名を挙げられず面目を失っていた私に同情してくれる級友もいたのだから。こうした悔しい思いを、その数年後、高校でも味わうことになる。

近年は、教師が生徒を露骨に叱ったりはたいたりしようものなら、即父兄から苦情が出てその教師は譴責処分に付されることになりがちだが、昔は教師が生徒を叩くことは珍しいことではなかった。

教室の最前列で隣同士騒いでいる生徒を「やかましい！」と一喝するや教科書で生徒の頭をひっ叩く教師がいた。一年時の担任の松下教諭も、何が気に障ったのか、体育の授業のさ中、突然怒り出し、男子生徒数名（私もその一人だった）を並ばせて順ぐりに平手打ちを食らわせたことがある。中島延幸もその被害にあった一人で、「何で僕が殴られなきゃいかんのか、さっぱり分からん」と涙ぐみ、憤懣《ふんまん》やるかたない顔だった。私もまったく同感で、殴られる筋合いはないと憤ったものだ。

だが、理不尽ならぬ当然の鉄拳を生徒に見舞った教師がいた。他ならぬ数学の山崎教諭である。二年の終わり頃だ。クラスの後ろの席でいつも騒いでいる生徒がいた。図体が大きいから同じ図体の上野と同列の最後部の席を占めていた田辺と山本だ。噂では、二人は放課後につるんで東山界隈に繰り出し、何やら良からぬ遊びをしているということだった。

その日も二人はこそこそと何やら喋り合っていた。授業の終わりがけに、山崎さんは突如二人を名指し、「前に出てこい！」と叫んだ。ふてくされた顔で進み出た田辺と山本が教壇の横に立つや山崎さんはいきなり二人に平手打ちを一発、二発食らわせ、足蹴りを加えてよろめかせた。

あっという間の出来事だった。山崎さんは数学教師には似合わぬがっしりした体格をしており上背もあったが、田辺と山本も山崎さんに劣らぬくらいの体格をしていた。二人が力を合わせれば山崎さんを打ち倒すことは不可能ではないと思われたが、「席に戻ってよし！」言われて二人は頬を押さえながらおとなしく引き下がった。

上野や服部を贔屓にし、私にはいけずの限りを尽くしたとしか思われず好きになれなかった山崎さんだが、この時ばかりは幾らか見直した。田辺や山本はその後、少なくとも数学の授業中は騒ぐことがなかった。無論、彼らの親が、近年の父兄のように校長に抗議を申し入れることもなかった。


同じライバルでも横柄な上野は好かなかったが、服部とは気が合った。

しかし、恩田がある日何気なく放った一言によって彼が別の意味でライバルと知った。

「福岡の本当の〝みこ〟を教えてやろうか。服部だぜ」

福岡とは音楽の教師だ。丸顔で小作りな目鼻立ち、ふくよかな体つきの三十そこそこの女性だった。明眸皓歯《めいぼうこうし》、項《うなじ》の辺りでウェーブのかかった柔らかそうな黒髪と相俟って、彼女が教室に入って来るや、それこそパッと花が咲いたような華やかさが漂った。

それまでの音楽の中山教諭は中年を過ぎ初老に近いと思われる男の教師で、ひょろ長く、首も長かったから〝キリン〟の渾名を奉られていた。校歌を斉唱する時は得々とタクトを振ったが、日常の音楽の授業で彼が模範を示して自ら歌うことは皆無だった。なんでも貝の収集家として知る人ぞ知る人物ということだったが。

福岡教諭は違っていた。紅を引いたやや厚めの、しかし愛らしい唇から皓歯をのぞかせて放つ声は、これでこそ音楽の教師だと思わせる澄んだソプラノで、たちまち魅了された。一年の折の豊かな胸を持った理科の長田教諭に対して覚えた熱い感情が湧き来った。このミューズの女神の覚えめでたい生徒になりたいと思った。

中山教諭と違って、彼女が生徒に独唱させることはなく、自ら一、二小節ずつ歌って模範を示すと、後は斉唱するよう促し、そうして何日かかけては一曲ずつ終えるようにするのだった。私はまだ声変わりしていなかったから、五線譜の上の高音まで出せた。独唱して福岡教諭の耳目を驚かせたかったが、その機会はついに与えられなかった。

彼女の気を引くには音楽のペーパーテストで高得点を、できれば満点を取ることだと思ったが、残念ながら精々九〇点だった。服部はいざ知らず、ライバルの最たる上野は音楽が苦手で六〇点そこそこだったから、その点では優越感を覚えていたし、二学期の通知表の音楽の成績は五段階のトップの五だった。福岡教諭の私を見る目は他の生徒にいや増して優しいと感じられた。それ故に、恩田の言葉は俄かには信じられず、私をからかっているのだと思った。

（そんなことはない、彼女の〝みこ〟は僕さ）

私は胸の裡で言い返した。

三学期の期末テストが終わって一日休日があり、再び登校したその日の昼休み時、私は例の如く服部と恩田とつるんで校庭に出ようと、二階の教室から階段の踊り場にさしかかった。視野がパッと明るくなった。福岡教諭が階段を上がってくるところだった。それと気付いた私は一瞬身構え、その明眸が私に注がれるのを待った。が、次の瞬間、信じられない言葉が彼女の愛らしい口もとから発せられ、私の視線は空しく的を外れた。

「服部くーん」

甘ったるい声が無情に耳もとを掠《かす》め、向日葵《ひまわり》のような満面の笑顔が目と鼻の距離に迫っていた。

「今度も満点だと思っていたのに、一つ間違えちゃったわねえ」

「はあ……」

服部はほとんど声にならない曖昧な返事をした。

「ほらな」

恩田がにやっとして私の腰の辺りを小突いた。

福岡教諭の目は私など眼中にないかの如く服部に注がれ続け、気が付いた時には傍らを掠めていた。

この時を期して、音楽の時間は些かも楽しくなく、苦痛のひとときになった。

恋敵と知って妬ましかったが、服部をやっかんだりはしなかった。服部が美少年だったらいざ知らず、どう見ても平凡な造りの平凡そのものの顔立ちだったからである。クラスでも女生徒にもてている気配は全くなかった。それなのに何故福岡教諭の〝みこ〟になり得たのか、あのショッキングな光景を目の辺りにしても尚不可解至極であった。服部が音楽の筆記テストで満点を取り続けていたからか？　満点は取れなかったが、私だってそれに近い成績を取り続けていたというのに！

目をかけてくれた美貌の長田教諭の顔を懐かしく思い起こしながら、つれない福岡教諭を私は恨み続けた。

定期考査が近づいたある日、服部が右腕を肩から吊って現れた。手首を骨折したという。

上野を交じえて服部とも僅差でトップ争いをしていたから、これで三つ巴の一角が崩れたな、と思った。試験までに右手の自由が戻る見込みはないと知れたからだ。後日に追試を願い出るかも知れないが、ともかくテストの三日間は服部は欠席するだろうと思っていた。

ところが何と、彼は三日間とも教室に姿を見せ、答案用紙に向かったのだ。恩田がこっそり私に耳打ちした。

「あいつな、塾も休まず来ていて、左手で書く練習を必死にしていたぜ」

私は服部の根性に驚いた。僅か二週間そこそこで、利き手でない左手で何とか読める字が書けるようになったというのか？　それにしても利き手のようには、特に英語などはすらすらと書けないだろうから、時間切れで終わる科目もあるだろうに！

それでも服部は恩田からの情報によれば平均で七〇点台半ばを取ったというからこれまた驚きであった。

（三）

三年になって、私は再び本校に戻された。自転車で通学することはなくなり、歩いて通う日常となった。

同じ桐林町の千代田生命の社宅に住む中島延幸も当然ながら本校に戻ったからまた登校を共に

することになった。クラスは異にし、私はE組、中島君はG組で、棟が離れており、日頃廊下でも授業の合い間や放課後に校庭に出ても顔を合わせることはなかった。下校時間もまちまちで、滅多に一緒になることはなく、顔を合わせるのはやはり週に一度、日曜日だけとなった。

二人の従兄は明暗を分けていた。母方の従兄服部英昭は家庭教師がついた成果か、クラスで五、六番手から二番手になっていて、県下で東大や京大、さては地元の名大など国立大学の合格者で最多を誇る県立旭丘高校に入学を果したが、父方の従兄矢吹一郎は西地区の名門明和高校に次いで三番手と見なされていた県立瑞陵高校を受験して落ちた。本人は自信があったらしく、それと聞いて周囲も合格は必至と思っていたから、本人はもとより周りのショックは大きかった。止むなく彼は滑り止めに受けていた私学の愛知学院校に入った。

服部英昭は妹二人や私と中島君共々一麦教会に通い続けたが、矢吹一郎は通うのを止めていた。彼がどこまで神を信じていたか知れないが、信じていたとしたら、受験に失敗したことで神に裏切られたと思ったことだろう。二年後の話になるが、服部英昭の妹で私の一つ下の律子は、クラスでもよく出来て当然受験した県立高校に合格すると思っていたが不合格になり、それ以来ぷっつりと教会通いを止めてしまった。母親の明子は私の母峯子と共に熱心に通い続けていたが、そんな母親に、「神様なんていない！」と律子はふてくされ続けたらしい。意に添わない遠方の二流の私立女子校に遠路通う羽目になったことで、ますますキリストに背を向けた。その私立校では断トツ優秀な成績を収めたということだが。

本校に戻った三年E組で、私の小学校時代の旧悪を知っていて中学一年時に中島君にそれを漏らした関戸洋二と一緒になった。この男がいつまたそれを口にするかも知れないと思うと、内心穏やかならぬものを覚え、できるだけ距離を置いた。

クラスには、越境入学者も二人ばかりいた。一人は藤城俊雄、いま一人は壬生忠文で、二人共よくできた。

初学期の定期考査で、私は藤城に負けた。

分校時代の三学期には平均九〇点を取っていたのだが、この一学期の試験では理科の滑車の問題で躓《つまず》き、分校時代の職業のテストではないが似たような五〇点そこそこの不甲斐ない成績、全体の平均点が八五点に落ち、一方藤城は九〇点以上を挙げていたのだ。

答案用紙がすべて返って来た数日後のある日、担任の近藤教諭に職員室へ呼び出された。彼は、私が苦手とした職業科の教師で、豆タンクのような体つきをしており、水泳部の顧問でもあった。

「お前が一番になると思っていたが、どうしたんだ？」

新学期早々のクラス委員の選挙で、私は代表格の総務に選ばれていた。総務たる者、名実ともにトップでなければならない！　分校時代、実力テストで上野肇のはるか後塵を拝し、国語の山田教諭に嫌味な言葉を吐かれた苦々しい記憶がフラッシュバックした。

忸怩たる思いだったが、一方で、近藤教諭が私を高く買ってくれていることを知って嬉しかった。

「長い目で見ていてください」

ひとしきり唇をかみしめてから、私は言い放った。

「必ず先生の期待に応えて見せますから」

「ほー！」

近藤さんは感嘆したように口をすぼめ、にやっと笑った。訝りの表情も読み取れた。

「何故、そう言い切れるのだ？」

（神は世の強き者、賢き者を恥ずかしめんとて、弱き者、愚かなる者を選び給へり。神の栄光を顕さんがためなり）

母が繰り返し読んで聞かせた新約聖書の文句が浮かんでいた。

（僕は今は弱い愚かな者で、藤城は強く賢い者と先生には映っているでしょう。でも僕は前者故に神に選ばれた人間だから、神は信じ頼る者をいつまでも辱めることはなさらない。必ずや立場を逆転させてくれます。そうなれば先生は神の偉大さに思い至ってくれるでしょう）

近藤さんよりも、この中でキリスト教を信じている者はいるか、と尋ねた二年時の国語の山田教諭にこそ返したい言葉だった。名前こそ公表しなかったが、上野肇が実力テストで学年一の成績を上げたことを匂わして、それに比べ総務たるお前は、と言った目でちらと私を流し見た彼にこそ。

山田教諭は私がキリスト教徒であることを知った。それにしては神の加護はなかったな――教諭の思わせ振りな流し目に私はそんな色合いを感じ、（主よ、何故あなたはこんな辱めを与えなさるのですか！）と神を呪ったものだ。その後の定期考査や数学コンクールで私は上野を凌ぎ、汚名を幾らかなりとすすいだのだが、山田教諭がそれを知ってくれていたか否かは覚束ない。

だが、近藤さんは多分、二学年後半の私の成績を知ってくれていて、まず間違いなくクラスでトップの成績を収めるだろうと期待してくれたに相違ない。

その期待を早々にして裏切ったわけだが、私の信仰を持ち出して弁明する勇気はさすがになかった。近藤さんは私がキリスト教徒であることを知らないし、たとえ知っていたとしても、私が弁明に持ち出す聖書の言葉を理解してくれることはないと思われたからだ。一年の終わりに、「必ず先生の期待に応えて見せます」と言い切った私の言葉を覚えていてくれて、

「本当にお前の言う通りだったな。何故あそこまで言い切れたのだ？」

と尋ねてくれたら、その時こそ、それは私の信仰に依る確信であったことを話そう――そう思い直し、喉元までこみ上げた弁明を呑み込んだ。

期末テストで平均得点は全く逆転し、私は藤城にリベンジを果たした。その後の定期考査はもとより、後半に至って県下の中学生十万人を対象とする模擬テストにおいても、藤城が私の上に立つことはなかった。それどころか、藤城はクラスで二番手の座を他の生徒に奪われた。藤城に入れ代わったのは彼と共に越境入学してきた壬生忠文だったり、例の関戸洋二だったり、さては、女子で総務の志村紘子だったりした。

夏目漱石の『坊っちゃん』に因んだか、教師たちの何人かは〝なるほど〟と唸らせる渾名を私の先輩たちに奉られていた。

音楽担当の〝キリン〟のことは前に話した。英語の鈴木教諭は上背が一五〇センチもなかっただろう、小男だったから頭の大きさが目立ったのか〝火星人〟。国語の曾根教諭は早口で立て板に水の如く熱弁を揮《ふる》ったが、歯並びが悪く、その隙間からひっきりなしに唾が飛び散るので〝散水車〟。遡って一年時の国語の木村教諭は初老で禿頭、声も小さく、鈴木教諭並みの小男で印象が薄かったが、奉られたのが〝ニコチン〟。この渾名を本人は大層厭がっていて、授業中に心ない生徒が不用意に放ったその渾名を耳聡《みみざと》く聞き取った木村教諭は、咄嗟《とっさ》に手にしていた教科書を放り出し、

「誰だ、今ニコチンなどと言ったのは?」

と顔を真っ赤にして怒り出した。英語の〝火星人〟もこの渾名を嫌っていた。〝散水車〟はまだしも鷹揚《おうよう》で、最初の授業で最前列の生徒がのけ反ったのを見て口元を拭いながらこう言ったものだ。

「私に〝散水車〟と渾名を奉られているのはよく承知しています。歯を直さなければと思ってはおりますが……」

悪びれない物言いに好感が持てた。

『坊っちゃん』張りの唸らせる渾名はこれくらいで、我が担任近藤教諭は何故か〝トッツアン〟と、これは当人の耳に入っても気を損じることはないと思われる渾名が付けられていた。

水泳部の顧問であったトッツアンは夏ともなると放課後大抵プールサイドにいた。我がクラスでは関口毅という男が水泳部員で、細身だが筋肉質の持主だった。勉強はさほどできなかったが、スポーツマン振りを買われたか、体育委員に選ばれていた。

夏休みが近付く頃、関口は放課後毎日のようにプールに馳せ、その鋼のような赤銅色の体をこれ見よがしに曝《さら》け出していた。

この男がいつの頃からか私に厭がらせを始めた。授業の合間の休憩時間になると、日頃つるんでいるクラスメートに私を羽交い絞めさせ、自分は前方から勢いよく私に体当たりを食らわせる。

さては教室外に私を引き出し、

「お前は勉強ばっかりして青白い顔をしとるから好かん。同じ総務でもC組の水野はお前なんかと違うぞ。勉強はできるがお前みたいながり勉じゃねえ。遊ぶときは遊ぶ。ほれ、見てみろ」

とC組の教室の前、プールとの間の運動場の一隅を指さす。そこには、地面に描いた円の中で相撲を取っている水野がいた。

水野輝彦は、私の住む桐林町のはずれ、丸山公園を道一つ隔てた家に住んでいた。田代小学校の卒業生だ。私が落ち目になった頃、彼は俄然《がぜん》その名を轟かせた。算数が抜群にできるということで。単純な計算問題では断トツだった私も、高学年になり応用問題が入ってくるようになると成績が振るわなくなっていたから、水野輝彦の英名は妬ましい限りであった。

一度限り、私は彼の家を訪ねたことがある。小学校の頃だ。水野は将棋が強いという噂を聞いて、挑戦に出向いたのだ。クラスを共にしたことは一度もなく、丸山神明社の広場で時折見かける程度だった彼にどう持ちかけたかは記憶にないが、将棋は一勝一敗で引き分けたことを覚えている。当時の私の棋力など高が知れているから、水野も噂ほど強くはなかったのだろう。

その水野輝彦と比べて関口は私を軟弱ながり勉ときめつけたわけだが、それは筋違いで言いがかりも甚だしいと抗弁したかった。色白で小柄な私の外見がそう見せているだけではないか。三年になってからはさすがに机にかじりついたが、それまでは従兄や中島君と野球や相撲に興じたし、町の卓球場にも通い、さては半年余り父方の従兄矢吹一郎と柔道の町道場にも通った。

いや、三年になっても、越境入学してきた壬生忠文と格別親しくなり、放課後のいっとき、彼を誘っては相撲を取ったりもしていた。つまり、私はひ弱ながり勉ではなく、スポーツが好きで体を動かすことにもやぶさかではなかったのだ。関口の文句は言い掛かりも甚だしいものだった。

現に私は、関口の体当たりも、彼に同調して私を羽交い絞めにしている連中の束縛に抗いながら、持ち前の運動神経の良さでまともに胸や腹に衝撃を受けないよう身をかわしていたのだ。

関口は性懲りもなく、更に次の手を繰り出した。授業の合間の十分間に今度は私を運動場に連れ出し相撲を強いたのだ。

相撲なら私もそう簡単に負けなかった。体格もそんなに違わない。だが、毎日水泳で鍛えている関口の体は弾力性に富み、力でも技でも勝っていて、悔しいが私はいつも地面に這わされた。

後期のクラス委員の改選が迫ったある日、竹田元彦という、成績は三番手で、総務以下五つ六つあるクラス委員のいずれにも選ばれていない男が、にやついた顔で近付いてきて耳打ちするように言った。

「関口らが、今度は君を総務から外し、藤城を総務にしようと企んでるよ。因みに僕は風紀委員にと言われてるんだけどね」

どことなく陰湿で虫の好かない男だったが、この一言で生涯こいつとは付き合いたくない、付き合うまいと思った。

　私はこの頃赤面恐怖症に悩んでいた。総務という立場上、前に出ることが多かったが、そんなある日、前に出て黒板に何やら書いていた時、その病気が突然始まったのだ。皆の視線が自分の背に集中していると意識した時、俄かに顔がほてり、目も充血し、そのまま正面に向き直れば醜い顔になっているだろうと思われたから、書き終えても白墨を手にしたなり黒板を向いたまま動けなくなった。幸か不幸か、教師の都合で自習時間になって私が代役を命じられていた。数学の時間だった覚えがある。私は幾何の問題を作って誰かに解かせようとしていた。不良生徒にビンタと足蹴りを食らわせたことでは見直したが、小試験では一点違いで差別され悔しい思いをさせられた分校時代の山崎教師とは違って、三年時の数学担任今井教諭は私に目をかけてくれており、ピンチヒッターにも任じてくれたのだ。

　数学の問題を考案している振りをしていつまでも黒板を向いているわけにもいかず、顔の火照りや目の充血が引かないまま、仕方なく私は向き直った。すかさず何人かの者が私の異変に気付き見咎めた。

　竹田はその代表格だった。彼も私と同様小柄だったから前方の席におり、私の顔をまともに見て取れたのだ。

「見ろ、真っ赤になってるぜ」

竹田は周りの生徒をつついて鬼の首でも取ったように勝ち誇った顔で言った。

竹田がもし田代小の低学年時クラスを共にしていたら、関戸洋二が写生会の折中島君にちくったように、事あるごとに私の〝旧悪〟を持ち出して赤面させただろう。幸いこれまでは一度もクラスを共にしてこなかったが、何の因果か、こんな厭味な男と中学最後の年に同クラスになった巡り合わせを私は恨んだ。

私の〝旧悪〟をしつこく覚えていることを知って、もう二度と同じクラスにはなりたくないと思いながら不幸にしてまた同じクラスになってしまった関戸洋二は、二年前とは違っていた。彼は確かに偏屈な所があった。一年の終わりにクラス委員で作成した文集『いも虫』に寄せた一文からもその片鱗《へんりん》が窺える。他の生徒は皆作文にタイトルをつけているが、彼は「無題」としている。それだけで彼の特異性を表しているが、書いていることも独特で、既にこの頃から世の中をはすかいに見ていたことを思わせる。

「僕には、大きくなったらなにになろう、と思う希望とかゆめのようなものが、あまりないような気がする」

出だしの文章だが、平凡に見えて凡庸ではない。

「大人になればなんだ、べつにおもしろいこともないのではないだろうか。大人になれば働かずにいるわけにはいかない。今のままならば、ただボサッとしていればよいのだから、大人なんかは、およそおもしろくないもののような気がする」

叔母の家にあった婦人雑誌の一頁に見つけた「ストリップ　真似してシュミーズ　脱いで見せ」の俳句もどきに胸をときめかせ、いっときも早く大人になりたいと思った私とは対照的だ。

一言で言えば、醒めている。それでいて自省的な一面も持ち合わせている。

「今、僕は作文を書いているわけだが、普段はボサッとしているせいだろうが、みんなに見られるとはずかしいようなものばかり書いている。学校でも授業中にダラーンとしているのも、睡眠不足のせいかもしれない。睡眠不足になるのもあたりまえかもしれない。それは、学校から帰ると家でおやつらしいものを食べて、ラジオの『楽しいリズム』などを聞いてから、また一時間ほどもべつの番組のラジオを聞いて、新聞、本などを読んで、それから夕食をとるが、父を待っているので早くとも七時半で、勉強は九時か九時半くらいから十一時ごろまでだからねむいのもむりはないが、僕は夜でないと勉強の出来ない性分である。小学校のころは学校から帰ってすぐに宿題等をすませたが、中学校へ入ってからは、ちっとも宿題をする気がしない。

僕は学校で字を書くと、すぐに手があせばんでくるので、ハンケチで手をふくから、ハンケチがすぐによごれてしまう。

ハンケチを見て考えることだが、大きくてかさばらぬハンケチがあるといいな、と」

文集の中では断トツユニークで強烈な個性を感じさせる文章である。父親の弥太郎氏は宇宙工学か何かの学者で名古屋大学の教授だから頭脳明晰で勤勉な人物に違いない。その血を引いている関戸洋二も、同じく名大教授で生化学者であった父親を持つ江上生子のように秀逸で勉強好きな少年かと思ったが、三年間共にした小学校低学年ではその片鱗さえ窺わせなかった。中学三年の後半に至って俄然頭角を現した川北健次がそうであったように。

中学一年の時の関戸は、この文集の一文から想像させる〝ものぐさ〟な雰囲気は全くなく、私の汚点を漏らしてほくそ笑む底意地の悪さを持った油断のならない人間に思われ極力近づかないようにしていたが、二年の歳月は彼を大きく成長させていた。

小学生時代の私の悪ふざけがよほど印象に残っていたから向こうも好かない奴と思って私と距離を置いていたのだろうが、三年E組では別人になっていた。目立つ存在ではなかったが、時に藤城や壬生に代わって二番手につくなど、意外性の持主で、父親が父親だけに、将来はとんでもないことをやらかすのではないかと思わせた。

一年間を通して、竹田に覚えたような嫌悪を関戸洋二に覚えることはもはやなかった。彼が私の〝旧悪〟を持ち出すことは二度となかったし、三年の後半になると、進んで自分から話しかけてくるようになった。

竹田が匂わせたクーデターは、現実のものになった。関口が音頭を取って藤城俊雄を総務にかつぎ上げようとの企ては、水面下で着々と進められていた。藤城自身もそのことは知っていただろうが、いざその日が来るまで何食わぬ顔で私と接していた。水泳部の顧問で担任のトッツアンのクラスでは唯一部員であった関口はいわば彼の秘蔵っ子だったたから、〝大鐘おろし〟のことはそれとなく関口の口から伝え聞いていたかも知れないが、トッツアンは何も言わなかった。

私はと言えば、関口や竹田の動きを苦々しく思いながらどう仕様もないまま、その日を迎えた。トッツアンが投票用紙を広げ、藤城の名を読み上げて〝正〟が一つ二つと増えて行く度に関口は歓声を上げ、何人かが呼応した。

投票は無論クラス全員、男女各三十名ずつが行った。私と藤城以外にも名の挙がった者が二、三いたが、ほとんどの者は藤城か私の名を書いていた。男子生徒の多くは関口らの根回し宜しく藤城に一票を投じた模様だが、結果は私が何票か上回った。女生徒の多くが私に票を投じてくれたからだ。

「畜生、大鐘は女にもてるからな」

関口が辺りを憚らず大声で言った。失笑があちこちで漏れた。

クーデターに便乗しようとした竹田が風紀委員に選ばれたかどうかは覚えがない。五十余年後、彼は招かざる客としてひょっこり私の前に現れるのだが……。関口は前期に続いて体育委員に選ばれたが、私への暴力まがいのしごきはこの時を期して止んだ。

## （四）

総務には留まり得たものの、この役職に私は重荷を覚え始めていた。

週明けには生徒全員が運動場に集められて朝礼が行われるのだが、校長の訓辞の前に、総務は各クラスの先頭に立って列が乱れていないか点検する役目を仰せつけられる。主には男子生徒だが、例の関口や後方に群する連中はふざけて列を正そうとしない。これを注意し真っ直ぐ並ぶよう指示しなければならないが、〝赤面恐怖症〟に陥った私には、先頭から号令をかける勇気が出ないのだ。前に進み出るだけで顔が赤くなってしまう。他のクラスの総務はと流し目をくれると、私のように身を縮め声も出せないでいる者はいない。

前に立つことが苦痛になった私は、前から七、八番目辺りの自分の席に逸早く紛れ込んで整列の役目をエスケープすることにした。

二、三回は何事もなく過ぎてやれやれという思いだったが、ある週明けの朝礼でトッツアンが血相を変えて私の所に歩み寄るや、「前に立て！」と一喝、私を列から引き摺り出した。周囲の目が一斉にこちらに注がれ、私は恥ずかしさに真っ赤になった。

担任を務めるクラスの総務がひとりノルマを怠って、最前列に居並ぶ男女合わせて四十名近い総務の列に穴を作っていることをトッツアンは不甲斐ないと思ったのだ。

赤面恐怖症が対人恐怖症という強迫観念にまで及んで私を苛《さいな》んでいることにトッツアンが気付いてくれていたかどうかは分からない。

辺りを憚らぬトッツアンの剣幕に恐れをなして、以後は前に立つようになったが、他の総務のように号令をかけたりはできず、ほとんど棒立ちで、唯前に立っているだけ、それも早々と回れ右をしてクラスメートの視線を避けるという体たらくだったが、私としてはそれが精一杯のパフォーマンスだった。

顧みればこの赤面恐怖症は今に始まったことではない。小学二年時、大澄担任に立たされた時も羞恥心で真っ赤になったし、作文朗読コンクールで区の大会に出た時も審査員の幾つもの視線を浴びて顔面紅潮し、立ち往生しかねない状態だった。

顔が赤くなるのは人の視線を浴びた時だけではない。定期の試験でも、気が焦るのか緊張するのか、鉛筆を握ってややもすると顔がほてり出し、制限時間が迫る頃には熱いと感じるまでになるのだった。こんな調子では、高校の入学試験ではさぞや上がってしまってつまらぬミスをしでかすのではないかと先が思いやられた。

三年の秋頃から、県下の受験生約十万人を対象とした模擬試験なるものが行われ出し、三年のクラス担任はこれを進んで受けるよう生徒らを促した。主宰者は旺文社等、受験生向けの雑誌や参考書を発刊しているいわゆる受験業界の会社だ。

一ヵ月ほどして試験結果が各中学校にもたらされる。百五十名ほどの成績優秀者をリストアップしたプリントが配布され、受験した者に配られる。氏名と所属校名が明記されている。

我が城山中学でそのリストに載るのは十二、三名で、愛知学芸大附属中学と、江上生子が進学した名大附属中学と並んで他校を圧していた。

初めて受けたその模擬テストで、私は全校で十二番だったが、優秀者のリストからは外れた。リストのどん尻に中島君の名前があった。一桁違いの点差で彼の後塵を拝し、中学一年時の最初の実力テストで彼に差をつけられたことを否でも思い出させられ、悔し涙に暮れた。

リストには載らなかったが、トッツアンは私が城中では十二番だったことをクラスで公表してくれ、幾らか慰められた。朝礼で前に立てない不甲斐ない総務だったが、十八人いる総務の中では四、五番だったから、トッツアンに肩身の狭い思いをさせなくて済んだわけだ。

リストに載った同期生で「アッ！」と目を引いたのは、真弓宏だ。何と彼は二番手か四番手にいた。無論城中でトップだったことは言うまでもない。中ほどに、分校時代のライバル上野肇の名があった。隣のクラスにいた小学一年から三年までの同級生川北健次の名もあった。隣のD組の総務は小学六年時に生徒会の立候補で競い合った寮隆吉だったが、彼を出し抜いてリストに載っていたのは吉田豊明で、寮は、吉田は疎ましい存在だった、俺は総務だから当然クラスでトップを占めるべきだったがいつも吉田が一番だったからだと、後年、気の置けない仲になってから告白に及んだ。

隣の丸山町のガキ大将岩田正義の名も中島君の少し手前にあった。彼はL組の総務だったからE組の私の教室とは別棟で、日頃顔を合わせることはなかったが、ガキ大将宜しく横柄な振る舞いでクラスメートの人気を失い、危うく総務から外されかけた云々の噂が聞こえていた。

何かの折、昼休み時だったが職員室に足を踏み入れると、授業中は見たことがない音楽の担任〝キリン〟の相好を崩した顔が陽気な笑い声と共に目に入った。

「彼はねえ、何をやらせても一番なんだからねえ、ほとほと感心するよ」

真弓宏のことだ。彼はA組の総務で生徒会長も務め、担任の〝キリン〟にしてみれば、学年でトップはもとより、県下十万人の中学三年生の中でも五本の指に入る秀才だから、担任冥利に尽きることこの上ないのだろう。二年の後期の実力テストで真弓を抜いて上野肇がトップを占めた時、担任の荒木さんも似たようなことを口走った。十八クラスもある中で、学年トップの生徒を擁している担任としては鼻が高いというわけだろう。

〝キリン〟が真弓を誇らしく思うことにとやかくけちをつける気は毛頭ないが、相性が悪いというか、どうもこの人にはなじめなかった。国語の教師でもあるまいに、私の「シ」が「ツ」に見えると言い出して「シ」を五十字書いて来るように命じた。五十字書いて提出すると、「まだおかしい、もう五十字」と言いつけた。さすがに悔し涙が出た。挙句、テストでは九〇点以上を取り、五段階の「5」の評価に割り当てられる上位一割の中に入っているはずなのに、一学年と同じく通知表の音楽の評価は「4」に終始したのだ。

もっとも、音感の良し悪しから言えば、その評価は正しく、テストの成績に救われて辛うじて「4」を保っていたといえるかも知れない。

〝キリン〟はオルガンの鍵盤を押して今の音は「ドレミファ……」のどれだ、分かった者は挙手をするようにと言った。つまり、それはテストの一環で、正解を答えた者にはそれなりのプラス点が与えられるのだ。

私は一度も手を挙げられなかった。何と、真っ先に挙手するのは藤城俊雄で、大抵正解だった。何らかの楽器をやれる者も実技点を得た。女生徒の中ではピアノを習っている者がいてオルガンの演奏をこなしたし、男子生徒ではハーモニカが得意な者もいた。関戸洋二がその一人だった。因みに、関戸は、もはや厭な男ではなくなっていた。私の〝旧悪〟をばらす気配は全くなかったし、関口らの陰謀に乗じて漁夫の利を得ようとした竹田元彦のような陰湿な性格の持主でもないと知れた。

関口らに担ぎ上げられて私に代わり総務になりかけた藤城に、私は個人的な恨みを覚えることはなかった。藤城も当初は私にライバル意識を燃やしたようだが、後半はすっかり諦めた風情で、年が明け、いよいよ受験が近付いたある日、放課時に何気なく寄ってきて、

「今の僕の願いは唯一つ、旭丘に受かることだけだ」

と言った。

「君はもう間違いなく受かるだろうけれど」とも。

模擬試験でも生彩を欠いていたようで、次第に弱気の虫が疼き始めたのだ。トッツアンが模擬の私の成績を公表するに至っては、完全に私に白旗を挙げた。

年が明けて間もなく、最後の模擬テストが行われた。英数国理社の五教科以外に音楽の問題も出た。五線譜が数小節示されていて曲名を当てるというもので、三択か五択であったかは覚えがない。しかし、その曲がドボルザークの「新世界」の一節で、音楽の教科書では「家路」として載っていたものであることは覚えていた。音感には冴えない私だったが、この曲が好きだったこともあって、すぐに分かった。

主要五教科の問題もほとんど解けたとの手応えを覚え、この分なら僅か数点及ばず成績優秀者のリストから外れた前回の無念の思いを晴らすのみか、リストの中でも上位に食い込めるのではないか、あわよくば、かの真弓宏にも肉薄できるのではないか、と思った。

数週間後、待ち焦がれたリストがトッツアンから配られた。配り終えると、

「大鐘が全校で八番の成績だった」

とトッツアンは私をちらと見やりながら言った。

私は赤くなりながらプリントをめくった。真弓宏が城山中学ではトップ、全体でやはり五番以内にいた。上野肇、川北健次、隣のD組のトップ吉田豊明の名もあった。私の名はトップ集団からは大きく離れ、リストの最後の方にようやく見出された。少し下位に岩田正義と寮隆吉の名があった。中島延幸の名はなかった。

翌朝、中島君はいつも通り登校時間に私を誘いに来た。

「君の名前載っていたね、よかったね」

前回の模擬試験で彼に負けて悔しさを露骨にした私とは裏腹に、彼はさばさばした表情で私を祝福してくれた。これでおあいこになったねと言わんばかりに。

私が千余人中十番前後の成績を取るようになって、父の私を見る目が変わってきた。息子は県下随一の進学校旭丘に合格するのはもとより、その先々にはひょっとしたら東大に入れるのではないかと思い込んでいたようだ。定かには口にしなかったが、後年、そうだったんだと思わせる言動を見ることになる。

父も母と同様、私の成績が思わしくなくなった小学校高学年時にも勉強を強いたり塾に行けと言ったりすることは一度たりとなかったが、私の読書については一度限り眉をひそめ、蔑むような言葉を吐いた。何せ私の読むものと言えば漫画本に限られていた。小学校二年時、私の悪戯の犠牲になった女生徒がすべて私に白い目を向けたわけではない。中に好意を寄せてくれる少女もいた。その一人横井昭子は、隣の丸山町の神社の一隅にある広場の真ん前に家があって、私は時々遊びに行った。彼女は私に、自分が読んで感動したという漫画本を貸してくれた。拳で岩を砕く鉄人の物語や『小公女』等々。

前者はいわゆる活劇ではなく、何か物悲しいストーリーでいつまでも余韻が残ったし、後者は悲運にもめげず健気に生きる少女セーラが主人公で、後に江上生子とイメージが重なった。

小学校の高学年になると、母にせがんで少年雑誌を毎月買い求めた。すべて漫画から成るもので、剣道物の『赤胴鈴之助』や柔道物に夢中になった。父に内緒でこっそり読んでいるつもりだったが、ある時遂に見つかってしまった。

「そんな下らないものを！」

と父は背後から私の手元をのぞき込むなり言った。

数日後、父は私に一冊の分厚い本を手渡し、「こういうものを読みなさい」

と言うや、それがどんな内容の本であるか一言も説明せず背を向けた。

『クオレ物語』

作者はエドモンド・デ・アミーチス。イタリア人で、物語の舞台は、戦争の都度フランス領になったりドイツ領になったりして時代に翻弄される独仏国境の町アルサス・ロレーンの一小学校。主人公エンリコは飛び切り優秀な生徒ではないが正義漢で、クラスでいじめに遭う子を見たら身を挺してかばう少年だ。物語は彼が語り部となって学校での出来事を日記風に綴るという構成になっている。

私はいつしかエンリコを自分の分身のように感じて物語にのめり込み、僅か一日で読み終えた。父は私がちゃんと読んだかどうか、感想はどうかなど一切聞かなかったし、私も敢えてそれらしきは何も言わなかったが、父には密かに感謝した。活字の文学の面白さに目覚めさせてくれたからだ。そうして私は漫画本を卒業した。

中学一年の時、一つ年上の従兄服部英昭が、もらい湯に出かけた私に薄いプリントを示した。数枚のそれは、芥川龍之介の短編小説『杜子春』を謄写版刷りしたものだ。聞けば国語の教師がクラス全員に配って読後感想文を書くよう指示したと言う。従兄は、僕はもう作文を提出してしまったからよかったらあげるよと言った。

中学二年の従兄は、その頃はもう私と一緒に風呂に入ることはなくなっていた。恐らく二次性徴で陰毛が生えだしていたからだろう。彼が先に風呂に入っている間に、私はプリントを手にして読み始めた。

不思議な物語だった。仙人に憧れた若者の前にある日突然仙人が現れて、「あることを守れるなら望みを叶えてやる」と言うことから物語は始まる。〝杜子春《とししゅん》〟という名で分かるが、物語の舞台は中国だ。後で知ったことだが、芥川龍之介は東洋の故事来歴に詳しく、そこからヒントを得て物語を紡いだという。人を蹴落としてでも自分が生き残ろうとする人間のあさましい性《さが》を描いた『蜘蛛の糸』も然り。

私はプリントを家に持ち帰ると、繰り返し朗読した。そうしていつしか芥川の作品を読むようになった。無論安い文庫本で。師事した夏目漱石を唸らせたという『鼻』を始め、『手巾』、『河童』等々。

国語の教科書には井伏鱒二の『山椒魚』が載っていて、この作家にも惹かれ、彼の短編集も文庫本で買い求めた。それからかの『たけくらべ』だ。教科書には冒頭の件の一部しか載っていなかったから、全編を読みたくなって、これも池下の三洋堂という本屋へ買いに行った。

一葉の文語体の文章は些かも苦にならなかった。むしろ、その流麗なリズムに酔い痴れ、一度読み終えると、後は声に出して読んだ。

こうして私は次第に活字と言うより文学そのものに惹かれて行ったが、さりとてそちらの道に進もうとは思わなかった。トッツアンはある日何気に、しかし真面目な顔で「お前、一橋の経済へ行け」などと言って驚かせた。問い質したわけではないが、ひょっとしたら自分が行きたかった大学なのかもと思った。トッツアンは私学の拓殖大学の出だと聞いていた。国立の一橋を受けたが叶わなかったのかも知れない。果たせなかった自分の夢を私に託してくれたのだとしたら嬉しいが、経済学部などはおよそ御門違いなのに、と私は怪訝《けげん》な思いに捉われたまま何も返せなかった。

それよりも私はトッツアンに問い質したいことがあった。学年最初の定期試験で藤城にトップを奪われ呼び出された時にトッツアンと交わしたやりとり、他でもない、長い目で見て欲しい、必ず先生の期待に応えて見せますと豪語した私に対し、トッツアンは「ほー、何故そう断言できる？」と訝り見返したあの日のことを覚えてくれていますか、と。

「あれは僕の信仰が言わしめた言葉だったんですよ」

トッツアンの記憶を喚起して、私はひとしきりイエス・キリストを伝えたい衝動に駆られていたのだが、時期尚早と思い直して言葉を呑み込んだ。当面の高校受験に無事合格を果たすことが先決だ。幾ら模擬テストでトッツアンを喜ばせても、本番でしくじれば元も子もない、と。

身近なところで、ある受験生のことが話題になっていた。父の妹矢吹よそ子の女学校時代の友人中田夫人の息子のことだ。城山中学のような市街地のマンモス中学ではない、市の中心から外れた地域にある一学年精々数百名ながら、その中学ではだんトツ一番であった恒夫君が去年旭丘を受けて落ちたという。父親は、下手な私学になど行かなくてよい、浪人して来年受け直せと命じたという。大学受験に失敗した高校生が捲土重来《けんどちょうらい》を期して浪人の身に甘んじることは聞くが、中学生の浪人は聞いたことがないから驚いた。

　中田恒夫が滑り止めに私学を受けていたかどうかは知らない。エリート中学でなくても数人は旭丘を受けただろうし、中田恒夫が合格することはだれしもが疑わなかったに相違ない。本人も親も。だとすれば旭丘一本で受験に臨んだ可能性が大である。滑り止めに受ける私学は公立校に先立って試験が行われる。もし公立校だけ受けてしくじったら、その後に入れる私学はほとんどない。よほど定員割れしていて、いつでもどうぞと言ってくれる学校が、少子化ならぬ多子化の当時あったかどうか？

　私は不遜にも滑り止めの私学は受けなかった。鎬《しのぎ》を削り合った——もっとも、闘争心に駆られていたのは私の方で、彼は案外淡白だったかもしれない——中島君は、滑り止めと言っても容易には入れない私学の雄慶応高校を先に受けると言って驚かせた。父親が慶応大学出身であったこと、一家はいずれ父親の本社復帰に伴って東京に移り住むことになるだろうと見越してのことだったらしいが、何よりも大きな理由は、慶応高校に入ればそのまま無試験で大学に進めることにあったらしい。

　公立校の受験が迫ったある日曜日、教会の帰りに私の家に寄った中島君は、慶応高校に受かったから旭丘はもう受けないと言った。同時に、父親が広島に転勤することに決まった、自分は家族と別れて東京でひとり住む、従兄が東京にいるから心強い、と、急転直下の転機を告げた。さ

ては、従兄が帰った後、

「こんな問題が出たけど……」

と、私に解かせるつもりで出がけに用意してきたらしいメモを取り出して見せた。図形が書かれている。幾何の問題だ。五分ほどで解けた。中島君は感心したように頷いて見せ、「この前服部君にもやってもらったけど、彼はできなかったよ」

と言った。はてな、従兄は数学は得意なはずだが、と思った。実際彼は理系の人間で、二年後には東京工大と、滑り止めに私学の東京理科大を受けることになる。残念ながらいずれも不合格だったが、一浪後早稲田の理工学部に合格した。


受験校を旭丘一本に絞っているのは私ばかりではなかった。川手章嗣という風変わりな生徒が私と同様旭丘一本に絞っていると知って驚いた。

「駄目に決まっているのに、奴は言うことを聞かないんだよ」

川手は人懐っこい笑顔で私にも何かと話しかけてきたが、誰よりも接近していたのは藤城俊雄で、その藤城がこう言うのだった。

「トッツアンも、止めとけ、もっと分相応な所を受けろと説得しているようだが、彼は頑として聞き入れないらしい」

実際川手はクラスで真ん中くらいの成績だから旭丘を受けることは無謀の極みだった。

受験の当日、しかし川手は旭丘受験生の一団の中にいた。私のクラスから同校を受験したのは男子では他に関戸洋二、藤城俊雄、水野徹哉、壬生忠文、女子では総務の志村紘子の他に鴨祥子と寄田けい子、計九名であった。


受験当日は小寒い朝だったが快晴だった。私は比較的近い所に家がある水野徹哉と自転車を連ねて旭丘に向かった。

水野は妹が一人いたが母子家庭で、父親は若くして亡くなったらしい。母親はクリスチャンで、それと知った私の母がよく水野の家を訪ねていたが、水野の母はカソリストらしく、新教の一麦教会に誘い込むことはできなかったようだ。水野も私と同様母っ子で、彼女の影響だろう、教会に行っていたかどうかは知らないが信仰を持っているようだった。

受験生はまず校庭に集められ、定刻直前に数十名ずつのグループに分けられて試験会場の教室に導かれた。

その時点で私は例によって顔面が紅潮するのではないかと危惧したが、不思議にそんな兆しはなかった。

試験は午前中で終わった。私はほぼ完璧に出来たとの手応えを覚えた。顔がほてることもなく、神の加護を感じ、意気揚々と家路に就いた。待ち構えていた母にもその旨告げた。

夕刻、中日新聞の夕刊が届いた。驚いたことに、数時間前取り組んだばかりの入試問題が二面に亘って大きく掲載され、回答まで付されている。

問題もそれに対する私の答えもすべて記憶に新しい。間違えたとしても　つか二つだろうと高をくくって問題と解答を照合しに掛かった私は、ややにして、全身から血が引く思いに駆られた。何と、一、二個どころか三つ、四つ、五つ、六つ……計十二個も誤答していると知れたのだ。百点満点の八八点！

「僕は五つ六つ間違えたかな。悪くとも九〇点以上は固いからまず受かったと思ったよ」

先年旭丘に無事合格を果たした母方の従兄服部英昭が受験直後に母親に語ったという言葉が否でも思い出された。

(そうだ！　最低でも九〇点取っていなければ危ないんだ！)

血の気が失せ、茫然となって私は新聞を広げた茶袱台《ちゃぶだい》の横で畳にひっくり返った。

「今夜は御馳走しなければね」

と、母は上機嫌で買い物に出かけていた。二時間もすれば父も勤務先の松坂屋から帰って来るはずだ。この絶望的な結果を二人にどう告げたらよいものか？　父は、妹の矢吹よそ子の知り合いの息子中田恒夫の例もある、浪人して来年受け直せと言うだろうか？　長い目で見てて下さい、きっと先生の期待に応えて見せますと啖呵《たんか》を切り、なるほど有言実行だったなと思ってくれているはずのトッツアンは、私が最後にちょんぼをしでかしたら、何だ、結局有終の美を飾れなかったじゃないか、俺のメンツも汚してくれて、と思うだろう。私が自分の信仰を持ち出して啖呵を切れた理由を話していたとしたら、お前の神は結局お前を助けなかったじゃないか、とトッツアンは切り返すだろう。

小学三年まで担任だった大澄さんのことまで思い出された。私が中学に進んで間もなく大澄さんは退職、教員生活にピリオドを打っていたが、私の母は何故か大澄さんと手紙をやりとりしていて、達筆な文字の返書を見せられたことがある。そのある件が不意に思い出された。一麦教会が日曜の夕拝の前に行う路傍伝道に、母はもとより私もついて行ったことがある。大澄さんは一度限りそんな私の姿を垣間見たと書かれてあった。つまりは、母と共に私もキリスト教会に通っていることを大澄さんは知っているのだ。私がもし受験に失敗したことを知ったら、信仰のご利益は無かったんだな、と大澄さんも思うだろう。

いやいや、大澄さんばかりではない、もっと身近な人たちがそう思うだろう。母の入信を快く思っていない祖父やその一族、更には長男の一郎君が第一志望の公立校に落ちて悔しい思いをしている叔母もまた然りだ。神様を信じてたって同じじゃないか、と。

負の連鎖とも言うべき暗澹《あんたん》たる思いがひとしきり脳裏を駆け巡り、私は深い淵に沈みこんでいった。どれくらい時間が経っただろう。

（我を信ずる者は辱しめられじ）

不意にイエス・キリストの言葉が思い出された。

次の瞬間、天を覆っていた黒雲から陽が差し込むように、胸を占め尽くしていた絶望感が嘘のように拭い去られた。

（自分は絶対受かっている！　たとえ合格最低点を引き下げてでも、神は私を旭丘に入学させてくれるだろう！）

強いて己を鼓舞したわけではない。極々自然にストーンと一瞬にしてもたらされた確信だった。

ほどなく、買い物から母が返ってきた。私はありのまま、満点と思ったが十二問間違えていたことを告げた。

「ええっ……!?」

母は吃驚の声を上げた。血の気が失せている。

「徹哉君の所に寄ってきたけど、彼は五つか六つ間違えている、心配だ、て言っていたよ」

水野徹哉はクラスで五、六番、旭丘は難しいぞとトッツアンに言われていた由聞いている。その彼より私は倍近くのミスをしでかしたのだ。

しかし、日頃の信仰はどこへやら、すっかりうろたえて視線の定まらない母を見ても、不思議に私にもたらされた平安は揺るがなかった。

「大丈夫。水野君は勿論、僕も受かっているよ」

母は信じられないといった面持ちで私を訝り見ると、じっとしておれぬとばかり家を飛び出した。「英ちゃんの所へ行ってくる」と。

御棚町に住む従兄の服部英昭の家へは歩いて十分の距離だ。

一時間もせず母は戻ってきたが、いかにも落ち着かない風情だ。

「英ちゃんは去年五つ六つ間違えただけだったそうだよ。旭丘は最低九〇点取らないと難しいかもと言っていたよ」

それと聞いても、私はもはや些かも動揺しなかった。

「大丈夫。絶対に合格しているから」

私は重ねて繰り返した。母を慰めるべく虚勢を張っているのでも、自らを無理に鼓舞しているのでもない、本当に、そう固く確信しての言葉だ。

母は半信半疑の面持ちのまま台所に立った。

半時後、父が帰って来た。いつもより幾らか早い。私の受験日と知っていたから、急いで戻って来たのかも知れなかった。

母は待ってましたとばかり私の不手際を父に告げた。

父の顔色も変わった。

「浪人はいかん」

ややあって父は言った。

「今からでも学校へ行って、担任の先生に相談してきなさい。どこか入れる高校はないか……」

私は耳を疑った。てっきり父は、妹の矢吹よそ子の愛知第一高等女学校時代の同期生の息子中田恒夫が先年旭丘を滑った時に父親が放ったと同じ言葉を放つものと思っていたからだ。

が、すぐに思い直した。父は自分が旭丘の前身愛知一中に進めず、心ならずも新設の商業高校に入れさせられた、しかし、そこで首席を競い合った力富阡蔵という親友に出会い、更に、親友が名古屋高商（後の名大経済学部）に進んだことに触発されて、父親の家業を継ぐことなく師範学校に進んで教育者の道を選んだ、エリート校には入れなかったがそこで終わりではない、〝人間万事塞翁が馬〟だとの信念を持っているのかも、と。

「そうね。でも今日はもう遅いし、おられるかしら？」

母は相変わらず落ち着かない様子で時計を見上げて言った。六時を回っている。

「おられなきゃ仕方がないが、とにかく行って来なさい。誰か先生はいるだろうから」

父もちらと時計に目をやってから言った。

「大丈夫だよ。行かなくってもいいよ」

学校に残っていたとして、母を迎えたトッツアンの困惑した顔を想像しながら私は言った。母は踏み出した足を止め、私と父を交互に見やったが、父が母の背を押し、私にとも母に聞かせるともなく言った。

「ともかく、浪人はいかんで……」

母は夕食の用意を中断したままあたふたと出て行った。私でも徒歩で三十分を要する。日頃仲田町の教会へそれくらいの時間をかけて通っているからさほど苦にはならないとしても、母の足なら往復一時間半はかかるだろう。ついさっきまで水野徹哉や従兄の家へ行ったばかりでいい加減疲れているはずだが、母は意外に早く戻って来た。出掛ける前よりは幾らか明るい表情で。

トッツアンに会えたと言う。

「大丈夫だろう、ま、発表を見てからでも遅くないからって言われたわよ」

私にではなく、父に向かって母は言った。

「そうか……」

父は納得しかねる顔でぼそりと言った。

受験の結果が分かるのは二週間後、合格者名は旭丘高校の校庭に貼り出されることになっている。

翌日、水野徹哉が訪ねてきた。

「じっとしておれんから、どこかへ行こうや」

自転車を駆ってきた彼はそう言ってサイクリングに誘った。

「君は五つ六つしか間違えていないんだろう。受かってるに決まってるよ。僕はその倍ミスってるが、絶対受かってる」

「それだけ間違えて何故そんなに平静でおれるんだい？」

水野は心底不思議そうな面持ちを返した。

「何故って……そう信じられるから」

「神様のお告げかい？」

「まあね」

「ふーん」

水野は唸った。

「君の信仰は凄いな」

これも心から感服したような口吻《こうふん》と面持ちだった。

「君がそんなだったら僕も気が休まるよ」

その後の二週間、母は生きた心地がしない思いで過ごしたようだ。妹の叔母はもとより訪ねてくる誰彼――主に信者仲間だったが――に私の受験のことを持ち出して、「息子さんが大丈夫と言ってるんだから心配ないわよ」という言葉に慰めを得ていたようだ。
一体母の信仰は何だったのだろうと、それとなく来訪者と母の会話を耳にする度私は訝った。私はと言えば、母はもとより、その後も再々サイクリングに誘いに来ては「落ち着かない、不安だ」と漏らす水野徹哉をその都度慰める側に終始していたのだ。

三月半ば、発表の日が訪れた。まだ小寒い朝だった。水野と自転車を並べて会場に向かった。旭丘は私の住む千種区の隣の東区、市電では「古出来《こでき》町」が最寄りの駅で、そこから歩いて五分の所にあった。自転車では三十分の距離だが、私の家からは公立校で最も近い所にあり、その意味でも最適の高校だったのだ。

水野と私が到着した時には、校舎の端のスペースに既に大勢の生徒が群がって掲示板を見上げている。万歳を叫んでいる者、手を取り合って喜んでいる者、放心したような冴えない表情で立ち尽くしている者、様々だ。

私と水野は群れの中に割り込んで掲示板を見すえた。合格者は受験番号と共に氏名が記されている。

「あった!」

水野が叫んだ。ほとんど同時に、私も自分の氏名を見届けていた。

水野は顔をクシャクシャにして私の手を取り、握りしめた。握り返しながら私はふと、水野の背後、少し離れた所でじっとこちらを見すえている暗い表情の男に気付いた。

壬生忠文だった。彼の名は、合格者を列記した模造紙の末尾、「分校合格者」の中にあった。旭丘に分校があることは知らなかった。後に、それは名古屋の郊外春日井市にあり、本校合格者に準ずる成績で、落とすには忍びない受験生、あるいは、極少数ながら、地理的に至便という理由で最初から分校を志願した受験生のために二クラス設けられていることを知った。

壬生には声をかけられなかった。向こうから近付いてくる気配は全くなかったし、こちらから歩み寄っても何と言ってよいか分からない。下手な慰めはかえって彼の傷心に砂をまぶして痛みを加えるばかりだろうと思われたからだ。

壬生と再会したのは三十五年後、城山中学のこの年の卒業生が天命を知る歳に及んだ時である。

私と水野の他に旭丘本校に入学を果たしたクラスメートは、藤城俊雄、関戸洋二、女子で志村紘子と鴨祥子、寄田けい子、計七名で、十八クラスの中では四番手だった。トップはQ組で男子七名、女子四名、次いでK組の十名で男子七名、女子三名、三番手はC組の八名で男子六名、女子二名だった。最も少なかったのがM組で男子二名のみに留まった。このうちのひとりは二年の後半、分校時代のライバルだった上野肇だった。

総じて城中の旭丘合格者は男子八十名女子二十七名の計百十七名で、愛知学芸大附属中学とほぼ同数、四、五十名の合格者を出した名大附属中と併せれば、三校の卒業生が合格者五百名ほどの半ばを占めたことになる。

E組で一人だけ分校にも入れなかったのは他でもない川手章嗣で、藤城俊雄の情報によれば、受験者の中で川手は極立って不良の成績だった由、宜なるかなである。

無謀にも旭丘一本に絞ったらしい彼は、二流三流の私学に行くのは矜持《きょうじ》が許さなかったのか、城中では二番手のグループが進学した市立菊里高校の夜間部（定時制）に進んだと、これは後に知った。中学を出てからも川手と藤城の交友は続いていたらしい。私と川手が会うことはなかったが、何年かして藤城の思わぬ転帰（原因不明の高熱による夭折）を知ったのは川手からの情報であった。

私の家の界隈では、丸山町で小柄ながら親分風を吹かしていた岩田正義、小学校高学年で算数がべらぼうに出来ると聞こえてきた水野輝彦、『小公女』など漫画をよく貸してくれた横井昭子、一年で真弓宏と共に総務に指名された山本道子、クラスは一度も共にしたことはないが、丸山神明社の相撲大会で大男を持ち上げる怪力の持主で私などもしてやられた母の所請〝ときわけ君〟こと水野安男が合格者の中にいた。

田代小学校時代の同級生では二年目から台頭してきて、高学年のクラスではトップだったらしい落合正文、牧光徳、中学二年の後半から俄然頭角を現して瞠目《どうもく》させた川北健次、四年からの同級生では男子でお山の大将だった西村雅之、女子で江上生子に次いでいた山田貴久子がいた。

西村に次いで二番手に付けていた安藤隆夫は、男女共学ながら女子高の名門とされる市立菊里高校に入っている。山田と並んで女子の二番手であった水野美智子は中学で失速したか、私立の商業高校に進んだ。

岩田は何となく虫の好かない男だったが、未亡人の母親はにこやかで優しい顔つきの女性で好感が持てた。衣料店を岩田の姉である娘と共に営んでいた。母はたまに訪れることがあったようだ。岩田が合格したと知って、御棚町の妹の家に行く道すがら、母はその店に寄っておめでとうを伝えた。すると岩田の母親はこう返したそうだ。

「受験前から正義は、不安だ、心配だとしきりに言っていたんですよ。大鐘君はまず絶対に受かるだろうけれど、て」

最後の模擬テストで自分よりやや上位に私の名を見出していたから岩田はそう言ってくれたのだろう。〝お山の大将〟で我の強い面ばかりが目立っていたが、意外に弱気で殊勝な一面も持ち合わせていたんだと、幾らか岩田を見直し、高校で出会ったら声をかけてやろうと思った。まさか彼が入学早々、青天の霹靂《へきれき》などという一言では片付けられない悲運に見舞われようとは露疑わぬまま。

合格発表から入学までの二週間は至福の時であった。

母の信仰を認め、自ら仏壇も撤去していた父は、私にもよく話しかけ、笑顔も見せるようになっていた。

春休みの間に、関戸洋二が自転車を駆って私の家に来た。私の〝旧悪〟をしつこく覚えていて中島君にちくった厭な男の面影はもはやなかった。

家の前の道で、彼とバドミントンを始めると、いつもながらの着流しで父が出てきてプレイに加わった。目を細め、時に声を立てて笑い、関戸にもよく話しかけ、実に楽し気であった。父との間に久しく築かれていた壁が崩れ落ちた思いで、関戸の友情も嬉しく、私はしばし幸福感に酔い痴れた。

関戸とは高校では一度もクラスを共にすることはなかったからその後の消息は知れずじまいだったが、三十五年後のクラス会で再会、北海道大学理学部に進んだことを知った。その日をきっかけに、今日まで交友が続いている。

## （五）

旭丘高校の入学式は父兄同伴で行われた。母が伴ってきたから、自転車ではなく電車を乗り継いで行った。池下の次の次今池で乗りかえ、三つか四つ目の古出来町という停留所で降りて徒歩で約五分の所に学校はあった。

入学生の五分の一は城山中学の卒業生だったから見知った顔が多かったが、父兄の大半はお互い初対面のはずだ。だが、ふと気付くと母はにこやかに見知らぬ女性と話し合っている。式を終えて生徒たちはクラス毎正門前にしつらえられたベンチに整列して記念写真を撮っている。父兄はそれを囲むようにして息子や娘たちの晴れ姿に目を細めているのだが、順番が来てベンチの最前列に座った私の目に二人の姿が捉えられたのだ。

その女性は大柄で、母よりは若く見えた。気になったが、それよりも私は、正門前に群して撮影の順番を待っている入学生の一人に目を奪われていた。

（彼だ！　彼に相違ない！）

小学校三年時の記憶が蘇っていた。

旭丘には普通科十クラスの他に美術科が一クラスあった。私が配属されたのは一〇四、担任は音楽教師の都築健太郎と言った。小柄でかなり年配、そう、母より七、八歳も上で五十代半ばかと思われた。

私のクラスの撮影が終わり、一〇五の生徒と担任がベンチに整列した。撮影が終わればその日の行事は終わりで、先に終えた者たちは三々五々校門に向かっていたが、私は少し離れた所で、母と見知らぬ婦人が談笑しているのを横目に見ながら、一方で、これから撮影に入るべく待ち構えている〝彼〟を見失うまいと目を凝らしていた。

その〝彼〟のクラスの撮影が終わり、〝彼〟が列を離れて校門に歩きかけた。私は後を追い、校門前で追いついた。こちらの気配を察したか〝彼〟が振り向いた。

「橋本君、だよね？」

確信を込めて私は呼びかけた。

「やあ、久しぶり！」

名乗るまでもなく、〝彼〟も私が誰であるかすぐに分かってくれたようだ。

聞けば橋本君はあの日以来瀬戸市に留まって地元の小学校を出ると、愛知学芸大附属中学に越境入学し、今は旭丘高校の近くのアパートに下宿住まいをしているという。

「大澄先生を覚えているかい？」

彼が田代小学校に通っていたのはほんの半年ほどだったから、あるいは覚えていないかも知れないと思いながら私は尋ねた。彼との共通項は大澄担任を置いてはなかったからだ。「ああ、覚えているよ」

「じゃあ」

得たりや応と私は返した。

「二人で大澄先生の所へ行こうよ。春日井で、ちょっと遠いけど……」

「いいよ」

と橋本君は顔を綻ばせた。私は彼のアパートの電話番号を聞き出し、後で連絡する旨告げて別れた。

帰路についたところで、誰と話していたのかと母に尋ねた。

「上野肇君のお母さんよ」

決していい思い出はない中学二年時のライバルだった男の名を母は口にした。意外だった。上野は厭味な男だったが、母と談笑していた女性は、飾り気がなく、明るく朗らかで、親しみが持てたからだ。

「いい方よ」

と母も私の第一印象を裏書きするようなことを言った。

「上野君、普段は強気なことばかり言ってるくせに、受験が終わってから、合格したかどうか心配だ心配だと言ってたそうよ」

「へーえ！」

意外だった。城山中学では常に五番以内、一度は真弓宏を抜いて実力テストで一番を取った男だ。日頃の試験では常勝の男が、本番では私と同様、思わぬミスをしたのだろうか。そんな弱音を吐いたと聞いて、初めて上野に親近感を覚えた。

母は担任の都築健太郎に見覚えがあるとも言った。女子師範学校時代に音楽の分野で何らかの接触があったようだ。それを聞いて私は多少緊張した。いい加減な成績は取れないな、と。


旭丘高校は県下随一の進学校だったが、文武両道をスローガンに掲げていた。毎年、旭丘に次ぐ進学校でやはり県立の明和高校と私学の雄東海高校の三校で競うスポーツ大会を恒例行事としており、これに優勝することを目指していた。

入学式の翌日だったか、クラブの紹介と勧誘のための集会が講堂で開かれた。無論文化部もあったが、私は運動部のいずれかに入ろうと決めていた。選択肢は二つ。一つは卓球部、もう一つは柔道部だ。

卓球には自信があった。中島君や従兄たちとつるんでの遊びの一つは卓球で、これは池下にあった民間の卓球場に通って覚えた。中学には卓球部があったが、何故かそこに入る気はしなかったのだ。

　当時は専らペンホルダーで、卓球場に置かれているラケットも大方それ用の、一面だけラバーを貼ったものだったが、このクラブでよく見かけるやや年長の少年がいて、彼は何とシェイクハンドの丸いラケットを握っていた。聞けば東海高校の生徒で、この卓球場でピカ一だという。彼はいつもペンホルダーの仲間を相手にしていたが、左右に飛んでくる球を、右に左に体をくねらせながら何ともしなやかな動きで受け止め、ラケットの表裏両面を使ってスライスの効いたカットボールを打ち返す。スマッシュを主体とするペンホルダーに対し、スライスボールを返すシェイクハンドの使い手は〝カットマン〟と呼ばれることも知った。

　私はこの東海高校生の優雅な身のこなしに憧れ、自分も〝カットマン〟を目指した。ラケットを早速丸いシェイクハンド用のそれに切り換えた。

　一年そこそこでかなり上達し、中島君や従兄が相手では物足らなくなって、武芸者の道場破りではないが、中学の卓球部に出向いて部員に試合を申し込んだ。数人を相手にしたが、私が上だった。彼らは皆ペンホルダーだったから、私のカットマン振りに色めき立った。

「もしよければ時々来ようか？」

　と言うと、部長が険しい顔で首を振った。

「君のやり方はうちのクラブには合わないから来てもらわなくていい」

(何て了見の狭い奴だ)

呆れ返ったが、招かれざる客ならば敢えて踏み込むことはない。それっきり卓球部に顔を出すことはなかった。

卓球に熱中したのは中学二年の半ばまでだった。つるんでいた二人の従兄は受験勉強に忙しくなっていたし、中島君も卓球にはさして熱を入れなかったからだ。

柔道には、柔道物の漫画を小学高学年の数年間、父の目を盗んで少年雑誌で夢中になって読んでいたし、映画の姿三四郎に憧れたこともあって惹かれていた。

書きそびれたが、卓球に夢中になっている一方で、中学一年の一時期、私は父方の従兄矢吹一郎と共に池下にある柔道の道場に通ったことがある。きっかけは、何かで足を捻挫して、道場の横に設けられたその筋の治療院にしばらく通ったことだった。

学校にも柔道部はあり、既述したように、中島君は細身ながら運動神経に自信があったのだろう、柔道部に入って私も誘われたが、道場を見て腰が引けた。教室もバラック建てだったが、道場は教室の半分ほどもない、精々十二、三畳程度で、何とも狭苦しい感じだったからだ。

その点、池下の田代道場は、五、六十畳はあろうかと思われる広さで、入ってすぐの壁には黒帯の有段者以下数十名の名札が掲げられており、本格的な柔道場を思わせた。師範の田代さんは巨漢だったが温顔の持主で、入門したばかりの私や従兄の相手もしてくれ、私の見よう見真似の背負い投げに投げられてもくれた。

然り、私は馬鹿の一つ覚えで、大した腕力も無いくせに、背負い投げばかりを練習した。

道場に通っているのは主に二十代三十代の社会人で、私や従兄のような中学生は他に一人か二人いたくらいだ。必然、乱取りは従兄か同年配の彼らとすることになり、先輩たちが手取り足取り教えてくれることはなかったから、大して上達はしなかった。背負い投げの他には、相撲で得意技とした内掛けまがいの小内刈りに多少磨きがかかったくらいだ。この道場通いも、従兄の矢吹一郎が三年になって受験勉強に取り掛かるようになり先に止めてしまったので張り合いがなくなり私も止めてしまった。門人には黒帯の有段者が何人もいて垂涎《すいぜん》の的だったが、中でも一人の青年に惹きつけられた。上背は大してない。その頃一六〇センチの私より低いくらいだったが、目を見張るのはその筋骨隆々たる体格だった。自分より大きな相手の懐に素早くもぐって持ち上げた、かの幼馴染水野君を思わせた。

確か小川とか言ったその青年の十八番は私が極めたいと思っていた背負い投げだった。小川さんは、組むが早いか、水野さながらさっと相手の懐に入るや軽々と彼をかつぎ、肩越しに一回転させ、畳にもんどり打たせるのだった。

その小川さんが、ある時からぷっつり姿を見せなくなった。かと思うと、有段者の何番目かにあった彼の名札がいつのまにか消えていた。

ややにして理由が分かった。あの豆タンクのような小川さんが、事もあろうに技をかけ損ねて首の骨を折り、頸髄損傷で首から下が麻痺状態に陥ってしまったのだという。

このことを母に話すと、母はどこから聞き出したのか、小川さんの入院先を探り当て、見舞いに行った。母のことだから、聖書を持ち出し、自分はイエス・キリストによって不治の病から救われた、小川さんもイエス様を信ずれば奇跡がもたらされるかも知れないと言ったに相違ない。

母はその後、私が田代道場に通うことをやめても何度か見舞いに行ったようだが、母の祈りも空しく小川さんが寝たきり状態から元の体に回復することはなかったようだ。


卓球部か柔道部か、二者択一に踏ん切りをつけて後者を選んだのは、新入生を勧誘する各部の部長のアピールで、前者のそれに幻滅を覚えたからだ。他の運動部のキャプテンは、それこそ手振り身振り宜しく熱弁を振るったのに反し、卓球部のキャプテンはどんぐりのような頭にほっそりとした体つき、さして賢そうにも見えない風貌の持主だったが、何と、舞台に現れるなり、こう宣ったのだ。

「我が卓球部は目下の部員で満杯状態、入って来られても卓球台はほんの数台だから球拾いをしてもらうことになる。だから当部としてはもう入ってもらいたくない」

何という素っ気ない口上！　艶消しもいいところだ！　中学の卓球部の、カットマンの私を異端視して出入りを拒んだ陰湿な目つきの主将とダブって気分が悪くなった。

柔道部のキャプテン横井は、貧相な体つきの卓球部のキャプテンとは裏腹に、高校二年とは思えない堂々たる巨体の持主で、舞台に登場するや、ゴリラさながら、その部厚い胸を拳で打ち叩き、

「柔道をやれば俺のようないい体になれるぞ」と言ってのけた。

正直なところ、このパフォーマンスにも腰が引けた。小よく大を制す――それこそが柔道の醍醐味ではないか。百キログラムはあろうかと思われる横井の巨体は、黒澤明監督の映画『姿三四郎で藤田進の演じた主人公のイメージとはいかにもかけ離れていた。

野球やテニスにも惹かれたが、前者には宿敵上野肇がいたし、後者は従兄の服部英昭がテニス部に入っていて、コートは一面しかないのに部員は結構いるからなかなかコートに入れず、最初の半年は専ら球拾いと先輩たちのプレイを見学するに留まっていたと聞いていたから、それではつまらないと思って選択肢から外したのだった。

文化部にはさらさら入る気がしなかった。しかし、後で知ったことだが、東大を狙っていた連中は、放課後に時間のみか体力も奪われる運動部に入ることは端から避け、勉強にさほど支障を来さない、あるいは多少なりとも役立つ文化部を選ぶか、まるで入らないかのどちらかだったようだ。

さしずめ、真弓宏などはまず運動部には入らないだろう。川北健次は？　私とどっこいどっこ

いだった岩田正義や寮隆吉は？　等々ライバルたちのことが気にかかったが、結局、一抹の不安を覚えながら消去法で柔道部を選んでしまった。その癖私は、いつのころからか東大に入りたいと思っていたのだ。小学五年時には地元の名大どころか大学などは遠い夢の世界だと思っていたのに。

思えばトッツアンが、お前は一橋の経済へ行け、といった時に、何故東大へと言ってくれないんだろう、と秘かに不満を覚えた、それが東大を意識した最初だったかも知れない。

もっとも、引き金はあった。身近なところに、東大を狙っていると噂されている高校生が何人かいたのだ。

一人は西坂町の矢吹一郎の家の隣に住む東海高校生で、私は一度限り彼を見たことがある。その竹村家と矢吹家の前にはかなりのスペースがあって、当時はまだ車の往来もほとんどなかったからそこは空き地同然、格好の遊び場で、土曜だったたか、一郎君、中島君、それに近在の中学生らと野球に興じていた。

キャッチャーフライと思われたボールが意外に後ろに飛んで竹村家の塀を超え、中庭に入ってしまった。ボールは一個しかないから取りに行かなければならない。何故か私にその役目が回って、私はおずおずと竹村家の呼び鈴を押した。

出て来たのは詰襟に身を包んだ眉目秀麗の青年だった。高校三年ともなればかくやと思わせる大人びた風貌だ。

「何ですか？」

その涼し気な目元にいくらか影をにじませて彼は言った。

「ボールがお宅の庭に入ってしまったので取らせて頂けませんか？」

彼はうんともすんとも答えず、ちらりと私の背後に佇む遊び仲間たちに目をやってからおもむろに門を開いてくれた。

東海高校で主席を張り東大を目指すような男は、もう中学時代から運動にはそっぽを向き、ひたすら机にかじりついているんだろうな、さしずめ、こんな風に遊び呆けている我々を蔑んでいるに相違ない――あくまでクールで不愛想とも思える青年の、これが第一印象だった。

矢吹家には二十代半ばかと思われる、丸顔で体つきも丸々とした住み込みの女中初代さんがいた。彼女は回覧板を持って行ったり、たまたま道で出会ったりして竹村青年をよく見かけるらしい。

「男前で、賢そうで、素敵な人、て初代さんは彼の大ファンなのよ」

何かの折近所界隈の住人の話題に及んだ時、叔母がからかい気味に言った。頰を赤らめた初代さんを愛らしいと思う反面、竹村青年を羨ましく思った。矢吹家は立派な門構えで、もらい湯に出かける時はやはり呼び鈴を押して来訪を告げなければならないから幾らか敷居が高かった。私だと告げると初代さんがにこにこと満面の笑みを浮かべて小走りに来て門の横の木戸を開けてくれるのだが、駆けてくる初代さんの胸がかの長田教諭さながらゆらゆらと揺れて悩ましかった。

竹村青年は翌年東大に入った。

御棚町の従兄服部英昭の近辺にも秀才がいた。中でも山田兄弟は有名で、兄は既に東大に入っており、弟も東大を狙っていると聞いていた。

その頃よく言われていたのが〝四当五落〟なる言い草だ。東大に入りたかったら睡眠を四時間に絞ってひたすら勉強することだ、五時間も寝てたら入れないぞという意味だ。

いつの間にか東大病に取り憑かれながら、東大へ入りたいなら避けるのが賢明とされた運動部、それもハードな柔道部に入ってしまった、その時点で戦線から離脱したようなものだったが、〝四当五落〟を実践すればあるいは行けるかも知れないと思い、日曜日の前日、試みにこれを実践してみた。明け方近くまで机にかじりつき、四時間後に目覚ましをかけて床に就いたのだが、アラームで一旦は目を覚ましたものの、朝食を済ませるやたちまち睡魔に襲われ、横になるやバターンキューの有様。

「日曜学校に行く時間よ」

と母に起こされて教会へ出かけたはいいが、帰って来たらまたバターンキュー。昼食に寝惚けまなこで起きたものの、食後にすぐまた睡魔に襲われ、そのまま夕方まで起きられない。結局半日うつらうつら状態で元も子もない体たらく、自分にはこのスタイルの勉強法は無理と諦めた。

運動部のクラブ室は校庭の一隅に長屋風にずらりと並んでいたが、柔道部のそれは校舎とは別棟の地下室に設けられていた。練習場は畳三十畳ほどの広さで、こちらは板張りでやはり同程度の広さの剣道部のそれと隣り合っていた。

上級生はキャプテンの横井さんのような大柄な男ばかりかと恐る恐る初稽古に臨んだが、意外とスリムな体型の持主が多く、安堵した。

主将だから横井さんは当然黒帯だろうと思ったが、意外にも白帯で、黒帯は神谷という、従兄の矢吹一郎を一回り大きくしたような男だけで、どうやら横井さんは先を越されたせいもあるのだろう、この神谷さんを煙たがっているらしいと読み取れた。

神谷さんは色白で目もと涼やかな美男子で、熊を思わせる横井さんとは対照的だった。

新入部員はというと、皆私とどっこいどっこいの体格で、クラスを共にしたことはないが小中学校が同じだった市橋が一人図抜けた体格の持主だった。市橋は上唇がまくれたような口元をしており、そのせいか、いつも口が開いていて、小学四年から同級だった安藤君を思わせた。安藤がそうであったように、およそきりりとした感がなく賢そうに見えなかったが、旭丘に入って来たからにはクラスのトップ集団にいたに違いない。

後で知れたことだが、中学三年時、市橋は渡り廊下を隔てた隣のF組にいて、従兄の矢吹一郎の家と道を一つ挟んで五、六十メートルほど行った所に住む大森健司と同級生だったようだ。大森家は立派な邸宅で父親は帽子の製造会社の社長だった。私の家からも十字路を挟んで二、三百メートルと近かったが、金持ちのぼんぼんは運動が苦手だったのか、矢吹家の前の空き地で我々が野球に興じていても、一度たりと仲間に加わったことはなかった。事実、高校で同級となって分かったことだが、大森君はやや猫背の、目もと優しい少年でおとなしく、運動はどうやら苦手と見受けられた。

F組の旭丘入学者のもう一人尾関昭治は、従兄服部英昭の住む御棚町の住人で、山田兄弟と並んで秀才の誉れ高い男だった。

中学の同期生でクラスを共にしたのは大森君の他に隣のD組で総務の寮隆吉を抜いてトップ、模擬テストでも優秀者に常に名を連ねていた吉田豊明、クラスを共にしたことは幸か不幸か三年間一度もなかったが、風の便りでよく出来ると聞こえていた海野俊二などがいた。

他にもう一人、同期生ではないが中学で見かけたことのある男がいた。大西と名乗るこの男は、私より一回りも大きく、顔も少しひねていた。

果せるかな、彼は従兄の服部英昭の同期生と知れた。つまり、叔母矢吹よそ子の女学校時代の友人の息子で田舎では断トツながら先年旭丘の入試には落ちた中田恒夫と同様、中学浪人一年を経て旭丘に入ってきたのだ。

女子生徒の同期生は一人もいなかった。これは少し不思議に思われた。城中の同期生で旭丘に入った女子は二十七名、旭丘は一学年十クラスだから一クラス平均二名前後は女子の同期生がいてもおかしくなかったからだ。

だがともかく、そうして私の高校生活は始まった。


数日後の休日、橋本君と連れ立って春日井市の大澄さんを訪ねた。大澄さんは既に退職して晴耕雨読の日々を送っているようだった。

のどかな田園風景の中にお宅はあった。到着したのは昼下がり時で、我々は離れの一室に通された。

夫人は五十歳前後かと思われる、ふくよかで愛くるしい朗らかな人だった。

残念だったのは、大澄さんの記憶に橋本君はほとんど留まっていないと知れたことだ。興醒めになりかかった雰囲気を救ってくれたのは、大澄さんの長男一三《ふみぞう》さんの登場だった。彼は旭丘の二年先輩で、橋本君の出た愛知学芸大附属中学の出身だった。

一三さんはいかにも我々の兄貴分といった風貌をしていた。体格の良い点は母親似で小柄な父親の血筋ではない。徹夜で勉強し、ついさっき起きたばかりだという。さては〝四当五落〟をモットーに東大を狙っている一人かと思ったが、目指しているのは一橋大学の経済学部とのこと。橋本君が中学の後輩と知ったばかりか、一三さんは橋本君に見覚えがあると言う。同窓生でも学年が二年離れていたらまず接点はないのだが。

「君、生徒会長をしていなかったかい？」

「ええ、してました」

「道理で」

一三さんは得たりや応とばかり頷いたが、私は驚いて一瞬耳を疑った。生徒会長ともなれば、全校生徒が集まる所で喋らなければならないことが再々だろう。一段高いところで数百の視線を浴びて立っている自分の姿を想像しただけで私は身の毛がよだった。クラス役員は選挙で選ばれるが、生徒会の会長ともなれば立候補制だ。人前に出て怯じない度胸の持主でなければ名乗りを上げられないはずで、赤面恐怖症の私には想像もできないことだった。しかし、橋本君はそれをやってのけたのだ。感心する他なかった。

大澄さんを訪ねたのは我々ばかりではなく、小学校二年から頭角を現し、高学年に到っても他のクラスでトップを走っていると伝え聞いた落合正文も合格の報告に来たという。受験の直前にも電話をかけてきて、合格できるか心配だと漏らしていたそうで、

「かわいいと思ってねえ」

と大澄さんは、二年以降は私に代わって目をかけていただけに、思い入れひとしおといった面持ちでそんなエピソードを語った。私は些か落合君に妬ましさを覚えた。思えば小学一年時の通知表に「級中一ですよ」と書いてくれながら、例のスカートめくりの一件と、成績も落合、牧に抜かれて落ち目になったことで大澄さんの関心は私からそれたが、中学一、二年はさておき、三年では確実に両君を凌いでリベンジを果たしたことを伝えたかった。そしてそれは、母と共に一麦教会の路傍伝道の一隊についていたことが大澄さんの記憶にもあると聞いたから知っているはずの、イエス・キリストへの信仰の賜物であるということも。

この時は橋本君が同席していたから言えなかったが、その後数年して私は自分の信仰のこと、それ故に小学二年の悪ふざけの記憶が重苦しく心に引っかかっていて、神の前には懺悔をしたが、大澄さんにはきちんとお詫びしていなかったこと、それどころか、いきなり立たされて皆の前で恥をかかされたことを恨みがましく思っていた、それは罪だという天の声に押し出されて告白に及びました云々の手紙を認めた。

大澄さんは真の教育者だった。貴君の手紙に一驚した、自分の記憶からは薄れていたことを貴君がそんなに悩み苦しんでいたなどとは露思い至らなかったのは不覚の至りで、教育者として恥じ入るばかりです、今更という気がするが、どうかお許しいただきたい云々の返事を下さった。その手紙によって、ようやく私は十数年来の重荷を下ろすことができたのだった。

橋本君とはその後付かず離れずの関係を続け、時折彼の下宿を訪ねる程度だった。

お互いにクラブ活動と勉強に忙しかったのだ。彼はボート部に入部していて、休日もどこかの川へ実地訓練に出かけていたし、私は離れた所で汗を流していたから日頃顔を合わせることは滅多になかった。教室も離れていたから、昼時、たまにすれ違って「やあ」と声を掛け合うのが関の山だった。

ボート部には、かの大人しい川北健次も入部していることを知り、意外の感を覚えた。川北はてっきり文化部のいずれかに入り、東大を目指しているものと思っていたからだ。運動部に入ったら東大進学はまず無理というジンクスを彼は知っているのかと疑った。

その意味では上野肇も同様だった。何と彼は校庭で一番広いスペースをとる野球部に入っていてマウンドに立っていたのだ。中学時代に分校の狭い校庭でキャッチボールに精を出していたが、軟式から硬式に変わる高校でも続けるくらい野球が好きなのだと知った。

愛知県は東京、大阪に並ぶ高校野球のメッカで強豪がひしめいていた。全国制覇を何度も遂げている中京商業を筆頭に、東邦、享栄、愛工大名電等々。百数十校の中から抜け出て優勝するまでには六、七試合を勝ち抜かなければならない。

ところが旭丘は、戦前の旧制愛知一中時代、甲子園に出て全国制覇を遂げているのだ。いや、正確にはそうではない。試合が行われたのは甲子園ではなく鳴尾球場で、出場校も僅か十二校、愛知一中は一回戦で負けながら敗者復活しての優勝という僥倖《ぎょうこう》だった。

だが、当時の校長日比野寛はこれに気を良くしたか、文武両道こそ愛知一中の真髄とのモットーを掲げ、昼食は全員運動場で立ったまま食べて素早く終わらせ、後は勉学と運動にいそしめといったスパルタ教育を強いた。

その名残かさもあらぬか、入学して何より驚いたことは、午前は三教科の授業があるが、二時間目の授業が終わるや否や弁当を広げてモサモサと食べ出す生徒が何人もいたことだ。いや、二時間目どころか、一時間目が終わるや箸を取り出す奴もいる。中には、授業の合間の十分で食べきれず、授業が始まっても口を動かしている連中がいる。教師も見て見ぬ振りをしているから呆れ返った。五十人のクラスで一割が女生徒で、さすがに彼女たちは昼時にしか弁当を開かなかったが、男子生徒はまず九割方、昼の休憩時間を待たずに弁当を平らげ、それでも腹が空くと、売店でパンを買って来るのだった。あのおとなしい大森君までが私の横で早々と弁当を広げたから驚いた。

こうした〝早弁〟を放置している校風に私はなじめなかった。

そもそも始業式で幻滅を覚えていた。講堂に集まった我々一年生は、当初は正面を向いて並んでいたが、ややにして「右向け右」と号令をかけられた。上級の二年生が新入生を歓迎するというので講堂の右半分を占めていたが、彼らは一斉に左を向いて我々一年生と相向かうや、「オッス！」と異口同音に大声を張り上げた。上級生にも新入生にも一割の女生徒が混じっていたから、これは幾ら何でも不躾《ぶしつけ》で彼女らに失礼ではないかと思った。

ばんカラ気取りのこうした粗暴さも気に食わなかった。私が二年になって新入生を迎えた折には同様の儀式が行われるのだろうが、顔を向けても「オッス！」とは口にすまいと思った。

無作法はこれに留まらなかった。時の校長は小川卓治と言って漢文の教師だったが、大柄で悠揚迫らぬ人物だった。反面、このタイプの人にあり勝ちだが、話はどう贔屓目に見ても流暢とは言えず、訥々《とつとつ》としてまどろっこしく退屈だった。

それと見るや、生徒たちはややもせずガヤガヤと騒ぎ出すのだ。二年生のみならず、新入生までが勝手に列を乱して前後左右の者と雑談を始める。教頭格の保健体育の教師が舞台の袖に立って「静かにしろっ！」と怒鳴る。すると生徒たちはブーイングを返して二の句を継がせようとしない。

この無作法にも、私は心底憤りを覚え、胸に熱いものがたぎるのを覚えた。私がもし赤面恐怖症でなく、物おじしない人間だったら、保健体育の教師と共に「静かにしろ！　校長に失礼じゃないかっ！」と叫んだだろう。

だが当の小川校長は声を荒だてることもなく、飄々として語り続けるのだった。

私の担任になった都築さんは、小川校長は中国人の言う〝大人〟の風格がある、職員会議で暴言を吐く教師がいても軽く受け流してその気勢を殺いでしまうと、べた惚れだった。

岩田正義も、意外なことに山岳部に入っていた。彼もひょっとして東大を狙っている一人かと思ったが、これで戦線脱落だなと思った。山岳部ともなれば休み毎にどこかの山へ登りに行くノルマが課され、丸一日、否、時には前日から出掛けることになるから一日半は潰れてしまうからだ。

平日同部の面々は、校舎の屋上からロープを垂らし、それを手繰りながら校舎の壁伝いに屋上へ這い上がる訓練をしていた。新入生は指をくわえて先輩らの動きを見すえている。

入学して数日後、柔道の練習を終えての帰り際、まだ部活動を終えていない山岳部の面々の中に、後片付けだろうか、ロープを手繰り寄せている岩田を見つけた。向こうも気付いて目が合い、会釈し合った。岩田は嬉しそうで、部活を楽しんでいる風情だった。

丸山町界隈の子供たちの世界ではお山の大将宜しく威張りちらしていてしかめっ面がトレードマークみたいな少年だったから、頬がゆるみ、かすかに微笑んだ顔を、私は意外の思いで見た。

それが、岩田をこの世で見る最後の瞬間になろうとは、神ならぬ身の何人が予測し得ただろう。

数日後の新聞に、岩田正義の死亡記事が載ったのだ。何と、山岳部の実地訓練でアルプスの一つに登山を試みた一行を落石が襲い、他の部員は難を免れたものの、岩田は身をかわし切れず、脳天を岩で打ち砕かれ、即死したという。ライバルの一人が、そうして呆気なく消えた。

その年の秋も深まったある日、私の母が手編みのセーターを手に外出から戻ってきた。「岩田君のお母さんがね、息子さんに上げて下さいって。これからはあんたを亡くなった息子の身代りだと思って陰ながら応援させてもらいますってよ」

嬉しかったが、岩田の母親がそんな風に私を見守ってくれているなら、それに恥じない成績を取らねばならないと、一方で身の引き締まる思いがした。


授業の科目は英数国理社に保健体育、芸術で、芸術は選択科目、音楽、書道、絵画のいずれかを選ぶことになっていた。担任が音楽の教官だったからでもあるまいが、私のクラスの大半は音楽を選んだ。

普段はどちらかと言えば濁声《だみごえ》で、年齢も初老期、とてもこの人の声帯から音楽的な歌声が流れるとは思われなかったが、いざ歌い出した声は、柔らかなバリトンで、なるほど、さすが高校の音楽教師だと唸らされた。選択科目では別にテストがあるわけでもなし、気楽な授業だった。

主要五教科の最初のテストが夏休み前に行われてこちらは緊張した。英語はリーダーとグラマー、数学は代数と幾何、社会は一般と日本史それぞれのテストがあり、計八科目。小、中学の通知表と違って、高校のそれには点数そのものが明記されるのだが、これは一桁で表示される。その表示法は四捨五入式で、たとえば八三点なら三点は切り捨てられ、八〇点となるから八点、八五点なら五点は上増しされて九〇点で九点、という具合だ。すると、八項目のテストすべて九四点の者と九五点を取った者とでは、前者は一科目九点、後者は一〇点となり、合計で片や七二点、片や八〇点と大差になる。大まかで何となくスッキリしないが、抗うわけにはいかない。

案の定、私は切り捨てられた科目の方が多く、この採点法には不満を覚えたが、他の者がどう感じていたかは知らない。

トップは意外にも、まるで目立たず、クラス委員にも選ばれなかった谷川憲三という小柄で平凡な顔をした市外の岡崎からの越境入学者だった。彼の総合点は七二点で、平均九〇点を取ったことになる。

二番は戸塚直勝で名大附属中出身、東大を狙っているらしかったが、部活は運動部で上野肇と同じ野球部に入っていた。上野ほど大柄ではなく、むしろスリムな体型だったが、面長な顔のせいか長身に見え、いかにもスポーツマンタイプのハンサムボーイだった。

私は一般社会の授業がさっぱり理解できず、どうやら左翼思想の持主で小川校長に盾つく急先鋒――自分でも何かそれらしきことを匂わせていた――との噂もあって担当教諭を好きになれなかったが、戸塚はよく手を挙げて質問を放っていた。講義の内容を理解していなければ発し得ない質問で感心させられた。

　この戸塚が谷川に次いで六八点、三番が一割の女生徒の内の一人で、縁無しの眼鏡をかけ、すらりとした長身の大岡で六五点、私は四番手で六四点だった。担任の都築さんが公表したわけでもないのにトップ組の成績が知れたのは、戸塚がこれはと思う生徒に聞いて回ったからだ。お節介と言えばお節介で、普通こういう性格の人間は嫌われるのだが、戸塚は何か憎めないものがあり、事実彼はクラスの主な委員にも選ばれていた。

　女子の二番手は大津という、賢そうな顔をしていたが、細面で体つきも華奢、色浅黒く、中学二年の後半で女子の総務だった鈴木を思い出させた。彼女は通知表を手にするや、「わーっ、六〇点はあって良かったわ」とはしゃいで見せた。

　四捨五入法でも満点の八〇点を取った者はおらず、どのクラスも七二点が最高得点だと風の噂に聞こえて来た。真弓宏はさしずめその一人ではないかと思ったが、入学後彼と顔を合わせることはなかった。ほどなく、中学一年時の同級生でその後はクラスを共にすることはなかったが、高校でばったり出くわして驚いた梶浦浪子が、

「真弓君、大阪へ転校したらしいわね」

　と言ったので重ねて驚いた。

「お父さんが関西電力のお偉いさんだから、本社に戻ったのね」

真弓の父親は一度限り見たことがある。確か運動会の折だった。勉強は抜群だったが運動は得手ではないと思っていた真弓が、一五〇〇メートルの中距離走で三位に入って周囲を驚かせた。校庭を五、六周したはずだ。

「この日に備えて、真弓君、大分走り込んだそうよ」

近くで真弓に声援を送っている女子生徒の声が聞こえてきた。

（そうか、何事にも手を抜かない男なんだ、奴は）

走る方はまるで駄目な私は、女生徒たちの黄色い声援の声を聴きながら幾らか妬ましい思いで黙々と走る真弓を見ていた。

父親はそんな息子の雄姿にも格別の表情を見せることなく、いかにも重役タイプのどっしりとした体と寡黙そうな面持ちで競技を見すえていた。京大出だということだった。

母親は対照的にほっそりとした、しかし、快活そうな人で、これも一度だけ、父兄の授業参観日に垣間見た。

誰から聞いたのか覚えはないが、真弓は大阪の名門北野高校に転入したと後に知った。

何にせよ、目の上のたんこぶが取れた思いで、これでもう真弓宏とは永遠の別れになるだろうと内心ほくそ笑むものがあった。だが、そうはならなかったから人生は分からない。

中学の教師には三十代かと思われる若い人もいたが、高校ではさすがに若い教師は見かけなかった。ほとんどの教師は五十代、中には六十代かと思わせる人もいた。

英文法の森教諭も五十代半ばかと思われ、オールバックの豊かとは言えないやや縮れ毛の髪は半分白かった。

この森先生、授業はさておいて、いきなり一人の生徒の讃美を始めた。それは二年先輩の女子生徒で、当時の愛知県水野知事の娘だ。彼女がいかに優秀で、すべての学科において秀でていたか、中でも英語が飛び抜けており、一学年に一人だけ一年間語学留学生としてアメリカの姉妹校に留学できたが、彼女はそれに応募、帰ってきたら英語はペラペラになっていたと、まるで自分の娘の自慢話をするように語った。

実際、新学期早々、彼女が留学していた高校の教師数名が来訪、歓迎会というので一、二年生が講堂に集められたが、その通訳に当たったのが、英語の教師ではなく水野知事の娘だった。教師の中には通訳ができた者もいたかも知れないが、高校生でも一年の留学でこれほど英語ができるようになることを我々に示すべく水野を立てたのかも知れない。

彼女は正しく才色兼備の女性だった。卵型の色白の顔を際立たせる黒髪、くっきりとした眉、いかにも聡明そうなキラキラと輝く瞳、総じて大人びて見えた。

「いやあ、参ったなあ。いきなり水野さんを持ち出すとはなあ」

授業もそこそこに森教諭が引き揚げるや、戸塚が苦笑混じりに言った。戸塚と同じ名大附属中

出の大塚も相槌を打った。私が問いたげな目を向けると、

「彼女、中学の先輩なんだよ」

と戸塚が言い、大塚がまた頷いて見せた。私はよほど、二人の同期生となったはずの江上生子のことを尋ねてみようかと思ったが、思い止まった。彼女がもし名古屋にいたら、水野ほどではないとしても才媛に違いない彼女のこと、旭丘に入ってきていたはずだ。どこにも見かけないということは、東大教授を兼ねるに至った父親と共に上京したと思われる人のことを話題に供しても詮方ないことと思ったのだ。

戸塚、大塚の二年先輩だった水野は、翌年、現役で東大に入った。僅か一名ほどの合格者の中で、文字通り紅一点だった。

（六）

ばんカラ気取りの校風も気に入らなかったが、教師にもなじめなかった。

格別国語の古典の井村教諭には幻滅を覚えた。教材は吉田兼好法師の『徒然草』だったが、教科書を開く前に、彼は自分が東大出であることをさり気なく口にしてから、同僚の現代国語の担当田辺教諭は小学校しか出ていないが独学で教員免許を取ったこと、本を読むスピードは僕の倍

も早いなどと持ち上げた。自分が東大出であることをひけらかすだけでは気が引けたのだろう。

さては、天皇を話題に持ち出し、皇族なら誰でも行ける学習院で天皇の成績は並で特に優秀でもない、およそ畏敬に値しないなどと、明治時代ならば、天皇の写真に朝礼の折頭を下げなかった硬骨のキリスト者内村鑑三ばりの、〝不敬罪〟に問われかねない暴言を吐いた。天皇は大器晩成の人で、昭和天皇と同じく、後には学会からも認められる生物学者になられたではないか。

更に彼の饒舌《じょうぜつ》は止まず、科学の進歩したこの時代に、クリスチャンと称する連中は神様が天地を創造したなどと荒唐無稽なことをクソ真面目に信じているんだから笑止千万だよね、などとやり出した。

私は腸《はらわた》が煮えくり返り、顔面が熱くなった。隣席の大森健司が同情の目をそっとこちらに投げかけた。彼は私がクリスチャンであることを知っているのだ。

私は恐れた。井村教諭が中学二年時の国語の担当山田教諭のように「この中でキリスト教を信じている者はいるか?」などと言い出さないか、と。

顔面を紅潮させながらも私は挙手したであろう。しかし、単に手を挙げるだけでは済ますまい。神による天地創造説は相反するダーウィンの進化論と共に永遠の仮説ではないか、人類が文字なるものを創り出し、エジプトのパピルスなどに記して以来数千年この方、ネアンデルタール人のような人類の祖と言われる類人猿が人間に進化したという事実は一度たりと記録されていない、その事実を棚上げして一方的に旧約聖書創世記の記述を否定するのは暴言の極みではないか、と反論したであろう。

井村教諭に義憤を覚える前に、私は部厚い生物の教科書にも憤りを禁じ得ないでいた。その最終章にダーウィンの進化論が載っていたが、その件の筆者は、進化論を既成の事実の如く書く一方で、「ダーウィンのこの新発見によって、聖書に書かれている神による天地創造説は荒唐無稽な御伽話《おとぎばなし》と化した」と締めくくっていた。勇み足もいいところだ。教科書たるもの、事実のみを書くべきで、たとえば血液型の記述ではA・B・O・ABの四型があり、同型の者、あるいはO型の者からのみ輸血は可能である、云々の記述はよいが、血液型によって性格判断までできる、たとえばA型の人間はこうこうこういう性格であり、B型は云々などときめつけることは教科書を逸脱していよう。

私は幸い井村教諭や生物の教科書の著者の断定的な物言いにも信仰が揺らぐことはなかったが、中には動揺し、信仰に躓いた者もいたであろう。丁度、ロシアの文豪トルストイが、幼い時から何の疑いもなく続けていた食前の祈りを、心ない兄の一言によってプッツリと止め、信仰も失ってしまったように。

たまたま帰省していた兄は、青年に至っていた弟が合掌して祈りを唱えだすと、冷笑してこう言ってのけたのだ。

「お前、まだそんな馬鹿気た習慣を続けているのか、神など存在しないのに」

兄は恐らく、同時代の作家で無神論者のツルゲーネフの『父と子』の主人公バザーロフに傾倒した青年たちがはまっていたニヒリズム（虚無主義）に感化され、幼き日の信仰を失っていたのだろう。


井村教諭の脱線はこれに留まらなかった。教材の『徒然草』を繙くや、作者の兼好法師をくそみそにけなし始めた。説教じみたことを偉そうに書いている鼻持ちならぬ生臭坊主だ云々。これでは端から『徒然草』に色眼鏡がかかってしまい、興味が半減してしまうではないか。

一章ならまだしも、一節を読み終える度に井村教諭は苦笑混じりに毒舌をあびせた。客観論は許されるだろうが、自分の主観を前面に押し出して有無を言わせぬ独断的な授業に終始する教師は教師として失格であろう。お陰で私は結構的を射た人生訓が述べられていてこれを座右の書として一押ししている文化人や実業家が少なからずいることを後年知って見直したが、それまでは久しく『徒然草』と作者の兼好法師に好感を持てないまま終わった。

私はなぜか文化委員に選ばれた。クラス委員の選挙は前期と後期、春と秋、二回行われることになっていた。

一日、各クラスから選ばれた文化委員が講堂の一隅に設けられている会議室に集まった。各委員は男女を問わず一名だったから、美術科を除く十クラスから十名が集まるはずだったが、出席者は半分だった。クラブ活動を終えた後の集まりだったせいもあろう。私白身、柔道部で一汗かいてから馳せつける有様だった。

男の文化委員は私の他にもう一人、女子が二、三人だったが、一ヵ月後の二度日の集まりには、私と女生徒二人だけで、以後、この三人以外誰も来なくなった。

女生徒の一人篠原武子は隣の一〇五組の生徒だった。もう一人の松葉雪子は少し離れたクラスにいた。篠原武子は小柄だが稀に見る美少女だった。後で知ったことだが、彼女の美貌に目ざとく気付きマドンナ呼ばわりしたのはある英語教師だったという。

だが、彼女には自分の美貌を鼻にかけている様子は微塵もなく、その澄んだ瞳は彼女の心の清らかさを表していた。

後年、ドイツの文豪ゲーテの『若きウェルテルの悩み』を読んだ時、ゲーテが横恋慕して思い悩む友人の婚約者ロッテが篠原武子と重なった。鈴を張ったような目、小作りな愛らしい鼻と唇、外連味《けれんみ》のない語り口に一目惚れしたゲーテは、彼女のような女性を妻にしたらどんなに幸せな家庭が築かれるだろう、それはもう確信に近いことだったと書いている。ロッテの婚約者ケストナーは人間味豊かな立派な青年で、ロッテも深く彼を愛しており、ゲーテとはケストナー共々、あくまで一線を引いた付き合いに徹していたから、どんなに思い焦がれてもゲーテが彼女をものにすることは不可能だった。それと悟ったゲーテは、失恋と思い知って傷心の余り自殺を企て、胸に短刀をつきつけるまでに至る。しかし、突き刺すまでには及ばず死にきれなかったゲーテは、勇躍筆を起こし、処女作『若きウェルテルの悩み』を書くが、主人公ウェルテルを自分が死にきれなかった代わりに自殺させるのである。自費出版であったが、自伝さながらのこの小説は若者の間で評判を呼び、主人公に自分を重ねた青年たちが次々と自殺を図ったために社会問題となり、小説は危うく禁書処分に遭うところだったという。

私も篠原武子に一目惚れした。週に一度、定期的に我々三人は講堂の一室に集った。机を挟んで一方に私が、真向かいには武子が、その横、はすかいに、遠慮するように松葉が座った。私が武子に露骨に好意を示したからではない。それどころか、日々募り来る武子への思いを松葉に気取られまいと、私は必死懸命にポーカーフェイスを繕っていた。

文化委員の仕事がどんなものであったか、定かには覚えていないが、毎月発行される校内報の原稿をガリ版に刻んでいたような気がする。

松葉雪子も小柄でかわいい少女だったが、小作りな顔の中で上下とも部厚い唇が目立ち、それが全体の容貌を損ねているのが惜しまれた。本人もそれを気にしているのだろう、しょっちゅう口もとをすぼめていた。

武子は卓球部に入ったものの、ややにしてキャプテンに幻滅を覚えやめてしまったという。入学式の後の部活紹介で「誰も入って来なくていい」と捨て台詞を吐いてさっさと踵《きびす》を返した男だ。私も卓球部に入ろうかと思ったが、彼のその一言と、いかにも性格が悪そうな風貌に嫌悪を覚えて思い留まったことを話すと、武子は然り然りとばかり頷いた。それにしても卓球とは似ても似つかぬ柔道部に私が入っていることに彼女は驚いたようだ。私の華奢な体つきからは、どう見ても柔道着をまとって汗水流している姿は想像できなかったのだろう。

だが、私は真面目に部活に励んだ。小よく大を制するのが柔道の本義であり、何とか神谷先輩のように黒帯を取って体格に勝る男たちを見返してやりたいと思った。

練習は受け身から始まった。頭を下げて一回転し、畳を強く叩いて起き上がる所作だ。数十回これを繰り返した後、一対一で組んで技を掛け合う乱取りに移る。最初は上級生が相手だが、後半は同学年の新人同士が組み合う。

私は上級生が手取り足取り数種類の技を教えてくれるものと思っていたが、この期待は見事に外れた。後年、オリンピックなどでも柔道の試合を見るのが何より楽しみだったが、まずは組み手争いになる。つまり、相手の柔道着の襟や袖口を技の掛け易い位置に先取りすることだ。近年の柔道はこの組み手にこだわる余り一向に技を掛けないからつまらなくなった。そうした批判が高まったのだろう、組手争いにばかり終始していると、それが目に余る選手に〝指導〟の警告が出て、三回の指導を受けると反則負けが宣されるようになった。

〝組み手〟はそのように自分の得意技をかけるのに重要な位置を占めるのだが、柔道部でそのノウハウを教えられることは全くなく、皆我流で乱取りをやっていた。もっとも、部員たちが組み手争いをすることなどなく、相手の柔道着は好きな所を摑めたが、背負い投げと内股をかけるのとでは異なった摑み方をしなければならないはずだ。

組手はさておき、内股などは殊に、相手の一方の脚の付け根に自分の足を当てがって思い切り跳ね上げ、相手の体を宙に浮かせる技だから、ちっとやそっとでは会得できない。上背に勝って脚の長い者こそ有利だが、必ずしもそうばかりとも言えず、並の背丈で並の脚の長さの者でも、掛け方によっては鮮やかに決まる。

だが、柔道部では会得したいと思う技についての指導はまるでなかった。本来なら各自にどんな技を磨きたいか尋ねて、それに秀でている者が模範を示して特訓すべきだろう。私の場合は馬鹿の一つ覚えで背負い投げしかできなかったが、それも我流だったから上達の見込みはなかった。取り柄と言えば、持ち前の反射神経の良さで、上級生にもそう簡単には投げられなかったことだ。

ところが、ある日の乱取りでアクシデントが起きた。同級生でクラブも共にすることになった岡安という男がいた。赤ら顔で、教師に名指しされて席を立つやその顔が更に赤くなった。私が赤面すると、自分のことは棚に上げて、「ほれ、また赤くなってる」と嫌味なことを言った。手前の赤面症をカモフラージュするかのように。

中学時代の竹田元彦を思い出し、厭な奴だと思った。岡安は更に、放課時になると私を校庭へ引き出して相撲を強いた関口まがいの仕業に及んだ。強要するわけではないが、やはり授業の合い間に「相撲をやろうや」と言って私を校庭に誘い出した。十回やって一度も勝てなかった。どんぐりのような顔と頭、弾力性のある体つきをしていて、私を地面に這わすと「どうだ」と言わんばかりの顔をした。

道場でも、岡安は同学年の中では強く、上級生に目をかけられていた。私は極力彼との乱取りは避けていたが、その日は何の弾みか彼と取っ組んでいた。相撲のように簡単には投げられなかったが、何度目かに掛けられた背負い投げに乗せられ体が宙に浮いた。咄嗟に足を彼の脚に絡ませてこらえようとしたが、彼は構わず上体を一転させた。もんどりうった私は不覚にも頭を畳に打ちつけた。

意識は失っていなかったが、その直後から、私はよく乱取りの相手をする他クラスの部員松岡君を悩ませた。今日はいついつの何曜日かと、同じことを繰り返し彼に尋ねる。その度に松岡君は怪訝な目で私を見返す。六十年を経た今でもその時の光景はまざまざと浮かぶ。市の郊外の田舎の出である松岡君はいかにも人の良い朴訥とした少年で、訝りながらも几帳面に私の繰り言に

「今日は○月○日だけど……」と答えてくれた。

彼は柔道は初めてらしく、中学時代に田代道場に半年間通って多少の心得があった私の方が乱取りでは優勢だったし、一度は絞め技で彼を失神させたことがある。寝技に持ち込んで下から彼の柔道着の襟をクロスして首を絞めあげたのだが、ややにして彼がぐったりして意識を失ったのを見て慌てて手を緩め、背中を打ち叩いた。

松岡君に繰り言をしながら、当の本人は何ら病識がなく、そのまま自転車を駆って家路についた。

おかしくなったのは自宅に戻ってからで、入れ違いに母親が買い物に出た直後からだった。自分が何者か茫として分からなくなり、気が狂ったかと思った。恐ろしくなって座敷に蒲団を敷き横になった。

誰かが玄関先に来た。私は夢遊病者のようにふらふらと立ち上がって玄関先に出ると、「母は買い物に行って留守です」とぶっきら棒に言った。知っている女性だったが、私の不愛想な対応に一瞬訝った風を見せたが、すぐに引き下がった。私もすぐにとって返してまた蒲団に寝そべったが、相変わらず自分が何者か分からないままだった。

ややにして母が帰ってきた。私は頭がおかしくなったと訴えたが、母は柔道の練習で疲れたのだろうとしか思わなかったようで、ま、寝ていなさいと言って放っておかれた。

どれほど経ったか、父が戻ってきた。何かいいことがあったのか珍しく上機嫌で、母が私の具合が悪いことを告げても、

「そんな、寝ておらんで、散歩に行こう」

と言った。

(冗談じゃない)

と思ったが、不思議にその頃から頭がはっきりし始め、促されるまま起き上がって父母と共に戸外に出た。

後遺症は何もなかった。後年、私の病状は医学的に言うと「頭部外傷I型」で脳に急な振動が与えられたために一過性に脳浮腫が起きたための症状だったと知れた。


運動部、中でもハードな柔道部に入ったことで、勉強時間が文化部の連中よりかなり削られたことは確かだ。自転車を駆って三十分、帰宅するや私はまず横になった。行きは下り坂だったが、帰りは上り坂でペダルを踏む足に相当の力が要ったから、家に辿り着く頃にはへとへとに疲れ切っていたからである。

仮眠は三十分、六時には起こしてもらって、父が勤務先の松坂屋から帰って来る七時までの一時間と、夕食を終える八時から十二時までの四時間を勉強に充てた。英数国理社の五教科に一時

間ずつ割り当てた。

こうした勉強法は高校三年間一貫して通したが、それが最善の勉強法だったかどうかは分からない。

起床は七時だったが、必ずと言っていいほど母か父に起こされた。母は相変わらず教会の早天祈禱会に出ていて、時に七時を回って帰ってくる。そんな時は父が起こしに掛かるのだ。起こされても半分寝呆け眼で起き上がり気だるそうにしている様を見かねてのことだろう、父はよく、もっと早く寝なさい、せめて十時には、などと言った。私は適当に聞き流した。

（三時間の勉強じゃ逆立ちしたって東大には入れないよ。四当五落と言われているのに！）

父はもとより母にも私が密かに東大を目指していることは打ち明けてなかった。父が余りに執拗に早く寝ろと言うようだったら、〝四当五落〟の言い草を持ち出すつもりだった。自分はとても四時間の睡眠では持たない。睡眠を四時間に切り詰めて東大に入った先輩たちは、学校から帰って夕食を済ませたら床につき、真夜中に起き出して明け方まで机にかじりついたのだろう。そうすれば少なくとも六、七時間の勉強量になる。私は一日五時間が精一杯だが、土、日に頑張って十時間机に向かえば平日の不足分を補える、と計算したのだった。

夏休みが近づくにつれ、憂うつな気分になった。

日毎に募って行く篠原武子への思いに胸を焦がしながら、当人はもとより、松巣雪子にも気取られまいと懸命に自制する日々だったが、週に一度机を挟んで武子と相対する時間は至福のひとときだった。しかし、それも終わろうとしている。

お互いプライベートなことは何も話さず、たまに口をきくのは仕事に関わることだけだったから、彼女がどんな家庭の娘でどこに住んでいるかなど一切知らずじまいだった。

ノルマを終えると、帰りは並んで校門に向かう。正門ではなく、古出来町の電車の停留所に近い裏門へ向け、運動部の部活も終わって人気の失せた黄昏時の校庭をよぎって行く。私は自転車を引きながら、少女たちは徒歩で。校庭を巡る石塀に沿って五十メートルも行くと三叉路になり、左に曲がって更に二十メートルほどで電車道に行き当たる。そこで彼女たちは電車を待つため停留所へ向かい、私は電車道をよぎって向こう側の道に出たところで自転車に跨る。いつもながら後ろ髪を引かれる思いで。

週に一度のその至福のひとときが、やがて訪れた無情な夏休みに奪われ、私は呻吟《しんぎん》した。名古屋の夏は格別暑く、盛夏時は連日三十三度を示した。西坂町の矢吹家は早々とクーラーを取りつけていたが、戦時中に常夏の国ジャワ（現インドネシア）で過ごした父は夏が大好きで、クーラーをつけるなど論外という考えの持主だった。

私はパンツ一丁になり、扇風機で涼を取りながら朝から夕方まで机にかじりついた。午前三時間、午後四時間、夜は五時間と、丸半日を勉強に費やした。

　夕刻、ひと息入れて外に出る。前に書いたように、玄関先から表の路地へ出るまでには、両側の隣家の一方は石塀、一方は木製の塀の間の細い道が二十メートルほど続いている。無論そこも我が家の土地の一部で、路地との境にはポストを備えた門が設けられている。そのくぐり戸を抜けて路地に出ると、やおら左手に向き直り、一直線に伸びた道に視線を送る。私の住む桐林町と従兄妹の矢吹一家や同級生になった大森健司の邸宅がある西坂町と一線を画す道が四、五十メートル先で横に走っている。つまり十字路になっているが、私の視線は大森家を越えて更に奥の方へと延びる。百メートルも行ったところで直線路は途絶えて行き止まりになり、右手に枝分かれしている。仲田町の一麦教会へ行く時は手前の十字路を右へ折れるよりもこちらに折れた方が近道であることをある時から知った。

　行き止まりとなったその道の遥か向こうに目をやると、天を摩するテレビ塔が真正面に捉えられる。私が中学に入る直前の一九五四年に建てられ、本邦初の集約電波鉄塔として百八十メートルの高さを誇り、話題になったものだ。名古屋の中心街、父の通う松坂屋や丸栄、中村屋などの百貨店が並ぶ中区にあり、新興都市の象徴となっていた。

　中学一年の折、私は初めて俳句を作り、購読していた中学生向きの雑誌の文芸欄俳句部門に投稿した。

梅雨晴れて　雲の切れ目に　テレビ塔

五七五の定型を守っているし、俳句に欠かしてはならないとされる季語は〝梅雨〟でこれも抜かりない。

結果は三等で、ほどなく賞品の文房具が送られてきた。それよりも嬉しかったのは選者の寸評に「この作者には将来性を感じる」とあったことだ。残念ながら俳句の道には行かず、短歌の方にこそ興味を覚え、中年に及んでからだが、短歌結社の末席を汚すことになる。

この処女句に格別の思いがあるのは三等の賞品を得たからではない。テレビ塔に向かって真っすぐ伸びる一本の道の遥か彼方に、夏休み中、夕刻のひととき、一つの面影を求め続けたからだ。教会へと通じるその道の曲がり角から、今しも恋焦がれる篠原武子が現れるのではないかと、彼女の幻影を求め続けたのだ。

無論、夢想に過ぎなかった。彼女は私がどこに住み、どんな家庭の人間なのかも知らなかったからだ。

空しい幻想に疲れ果てた挙句、彼女に会えるとしたら、それは学校でしかないと思いついた。

夏休みに入る前、体育の教師が一つの宿題を我々に課した。休み明けに水泳のテストを行う、男子はクロールで五十メートル、女子は平泳ぎでもいいから五十メートルをマスターしておくようにと。

体育の教師は同じノルマを篠原武子のいる隣のクラスにも課したに違いない。と、なれば、彼女も時には学校のプールに来て泳ぎの練習をするかも知れない。来るとすれば、彼女も午前中は勉強に充てるだろうから午後だろう。

そう予測し、いちるの望みを抱いて学校に出かけた。プールには数人の、主には男子生徒がいた。女子生徒はつるんで二人ばかりいたが、見知らぬ顔だった。プールの周りには網目模様のフェンスが巡らせてあり、その網目からこちらを窺っている生徒も何人かいたが、いずれも見覚えのない顔だった。

クロール五十メートルは私にはハードなノルマだった。二十五メートルプールを折り返して半ばまでがやっとで、休み明けのテストが思いやられた。

一日目は空しさをかみしめながら家路についたが、数日置いてまた出掛けた。が、その日も武子の幻を追い求めるだけで虚しく終わった。何故休みに入る前に、古出来町で市電に乗ってどこの停留所で降りるのか聞いておかなかったのか、歯ぎしりするほど悔やんだ。聞いていたら、自転車を駆ってその停留所界隈に目をやれば、夏休み中の学校に出会いを求めるよりは彼女の姿を捉える確率はもう少し高いのではないか？

三度目も、クロール五十メートルのノルマを何とか果たすために通うのだと言い聞かせつつ、昼下がり時、ぎらつく太陽の下、自転車を駆った。

汗ばんだ体にプールの水は心地よかった。五十メートルのノルマは何とかこなせそうに思われた。最後十メートルほどで息切れがし、手足をばたつかせるだけで一向に進まなかったが、あと何回か練習すればものにできそうだった。

そんな手応えを覚えてプールから上がり一休みしようと上手に設けられた石段に腰を下ろし、Uターンしてきたばかりの二十五メートル前方に目をやった時だった。網目模様のフェンス越しにこちらを見ていたひとりの少女が今しもフェンスから離れようとしているのが視野に飛び込んだ。

（篠原武子……⁉）

刹那、純白の半そでのブラウスの下で紺のスカートが翻り、視野から遠ざかった。

一瞬、石段から降り、プールサイドを走ってフェンスに向かおうと思ったが、たとえ呼び止め得ても、海水パンツ一つの姿で、フェンス越しにどんな話をしようというのだ？　それこそ赤面してしどろもどろになるのが落ちだろう。

思い直すと、私は更衣室に降り、着換えるや否や、一目散に自転車置き場に走り、校庭の通用門に向かった。

そこを抜けてややもした所で、ペダルを踏む足を弛めた。十メートルほど前を、紛れもない篠原武子が歩いているのに気付いたからだ。

私は胸を弾ませ、ゆっくり後をつけた。

武子は脇目も振らず、闊達《かったつ》な足取りで真っすぐ歩いている。足につけているのは、夏向きのサンダルだ。スカートからはみ出た形の良い白いふくらはぎが眩しかった。

次第に距離が縮まる。もし背後の気配に気付いて武子がこちらを振り向いたらどうしよう？ 咄嗟に自転車を下りて彼女に近付き、停留所まで肩を並べて行くだろうか？ 自分は休み明けのノルマのためにクロールの練習に来たが、あなたはなぜ学校へ来たのかと尋ねるだろう。更には、毎日焦がれる思いであなたのことを思っているなどとは口が裂けても言えないだろうが、せめて、家はどこなのか、停留所を降りて近いのか、等々くらいは聞き出さずにはおれまい。

恐ろしく短い間に、熱くなった頭の中をあれこれの思いが駆け巡った。ゆっくりとペダルを踏んでいるつもりでも、徒歩の彼女との距離はややに縮まった。

彼女の足取りが弛み、肩先にかかった漆黒の髪が揺らいだ。顔が少し傾きかけた。

何を思ったのか、それと見て私は自転車を降りるどころか、勢いよくペダルを踏み込み、あっという間に彼女の傍らをこれ見よがしに掠めていた。

彼女が顔を更に傾けてこちらに視線を流したことを視野の片隅に見届けた。彼女は、たった今追い越して行ったのが、ついこの前まで生徒会議室で相対していた男であることに気付いたであろう。私の自転車にも見覚えがあったに違いない。せめて一言声を掛けてくれてもいいではないか、まるで無視して行ってしまうなんて何て無粋な人、と思っただろう。

(何を格好つけてるんだ、お前は！　この馬鹿！　間抜け！　唐変木！)

ややもして左手に折れ、彼女の視野から私の姿は消えたであろうと思われたところで、私は激しい後悔と自己嫌悪に歯ぎしりした。

死ぬほど会いたい、一目見たいと恋焦がれる余り出掛けてきたのに、思い叶って得られた千載一遇のチャンスを、我ながら呆れるばかりの虚勢を張ってみすみす逃がした私は、更に暑苦しくやる瀬ない日々を送ることになる。

気が遠くなるような長い休みが明け、ようやく新学期が始まった。

早々、ホームルームの時間にクラス委員の改選が行われた。

クラスの代表は代議員で、まずこの人選から始まるのだが、投票用紙が配られるや、不意に大川という男が立ち上がって口上をぶち始め、一同を唖然とさせた。

大川は小柄だがどすの利いた太い声の持主で、つるりとした肌はほとんど赤みがなく、すぐに赤くなる私には羨ましい限りだった。おまけに彼は物怖じすることがなく、校内弁論大会にもクラスからただ一人打って出ていた。もっともそのタイトルは「昭和天皇の戦争責任を問う」と大上段に構えたもので、いきなり「昭和天皇は東条英機と共にA級戦犯として絞首刑に処せられるべきであった」などと過激なことを言ってのけて審査員の教師の苦笑を買った。無論彼の弁論が受賞することはなかった。

大川は弁は立ったが、呆れるほど運動神経が鈍かった。ソフトボールの紅白戦では外野に立っていたが、ボールが飛んで来るや、彼は両手を差し上げ、万歳の形を取ってボールを受け止めようとした。ピント外れもいいところで、ボールは彼の頭上はるか後方に落ちた。四、五メートルも後ずさっていれば正面でキャッチできたのに、大川の足は一歩も動いていなかったのだ。隣のポジションから駆け寄った私はそれを見て思わず笑ってしまい、笑い転げながら彼の逃がしたボールを追いかけたものだ。

話は前後するが、クラス委員の改選に先立つ、私にとって休み明けの一番のイベントは、初めての体育の時間に行われた実技テスト、他でもないクロールで五十メートルを泳ぐことだった。

二十五メートルは楽々泳げた。Uターンして半ばまでは、スピードは落ちたが何とか行けた。ところが、後十メートルほどの所で息遣いが苦しくなり、手足も思うように動かず、歩行に喩えればヨチヨチ歩きさながらになった。必死に手足をばたつかせ、しぶきで目も口も塞がれながら、気が付いた時にはスタート地点に辿り着いていた。

「よーし、何とか合格だ」

プールサイドに這い上がった私に、うすら笑いを浮かべながら体育の教師が言った。

観覧席で出番を待つ戸塚直勝と目が合った。

彼は呆れたような、感心したような目で私を見すえ、

「勉強も、あんな風に頑張ってるんだろうな、君は」

と言った。

嬉しい言葉だった。同級生ながら、何となく戸塚を兄貴分のように思っていたからだ。どこからともなく彼も東大を狙っていると聞こえていたが、それにしてはハードな野球部に入って放課後に汗水たらし文武両道の生活に甘んじている、私と同類項の人間に思われ親近感を覚えていたこともある。

戸塚とは一年置いた三年でもクラスを共にすることになる。一年次でトップだった谷川憲三と共に。

大川の話に戻ろう。名簿順で彼は私の次だったから、私が這う這うの体でプールから上がった直後に名前を呼ばれた。

彼は勢いよく水に飛び込んだ。だが、ほんの十メートルも行かない所で、しゃにむに手足をばたつかせるものの一向に進まず、そのうち上半身はおろか頭も水面から見えなくなりかかった。つまりは沈みかけたのだ。

プールは二メートル余の深さがある。

「あ、いかん……」

体育の小林教師が大川の異変に気付き、飛び込んだ。

大川はほとんど溺れかかっていた。水中でもがいている大川の体をプールサイドに引き上げると、

「何だ、お前、こうなると分かっていたのか？」

小林教諭が叱責するように言った。

「はい、僕、かなづちなんです」

大川の返事に、総立ちになって成り行きを見すえていたクラスメートたちから哄笑が起こった。

「呆れたやつだ。だから休み中に練習してこいと言ったのに」

「ハア……」

大川のとぼけた表情にまた哄笑が起こった。

溺れると分かっていてプールに飛び込んだ大川の剛気に私は感心した。弁論大会の弁舌には肯《がえ》

んじ得なかったし、教室で日頃言葉を交わすこともほとんどなかったが、目が合えばお互いに顔を綻ばせ、そぞろ気心の知れるものを覚えていた。二人がクラス委員に選ばれていたことも親近感を抱かせていたのかも知れない。

その大川がクラス委員改選に先立ってこんなことを言ったのだ。

「ひとつ提案があります。投票前に、自薦はもとより、他薦があってしかるべきだと思うのです。我こそはと思う者は立候補し、無ければ誰かこれはと思う人を推薦したらどうかと。因みに僕は、代議員に大鐘君を推薦します。彼は前期は文化委員として誠実に職責をこなした し、人間的にも立派な人で尊敬できるからです」

大川に注がれていた視線の多くが私に振り向けられた。

私は例によって赤くなった。

(何ということを言ってくれるのだ！　代議員ともなれば、たとえばホームルームの折など司会者として皆の前に立たなきゃならない。考えただけで怖気がふるうというのに、とんだ有り難迷惑なことを言ってくれるよ！)

大川の好意というか友情には感激しながら、私は熱い胸の中に独白を落とした。

「いや、俺が代議員をやる、という人は名乗り出て下さい」

担任の都築さんは苦笑いしながら黙認の体だ。

前期の代議員は滝田という男だ。再選は妨げない規定だから、大川の突拍子もないパフォーマンスがなければ、彼か、スポーツマンで成績も優秀な戸塚が選ばれていただろう。成績でトップの越境入学者谷川憲三は小柄で地味な顔立ち、まるで目立たない存在だから何の委員にも選ばれていない。後期も恐らく選ばれることはないだろう。大川のパフォーマンスを真に受けて私に一票を投じる者などごくごく限られているだろう――そう高を括りながらも、滝田か戸塚が名乗り出てくれることを祈った。

だが、大川のアジに気勢をそがれたか、誰も手を挙げる者はいない。

司会の滝田が投票を始めると告げた。

私は大川に一票を投じた。身がすくむようなことを言ってのけたが、私をそんな風に評価してくれたことへの返礼のつもりだった。大川は何らかの委員に選ばれるだろうが、ひょっとしたら、意表を突くパフォーマンスをやってのけた彼自身に代議員の票は集まるかも知れない。そうなれば私は虚仮《こけ》にされただけということになるが、それはそれでいい、願ってもないことだ。

しかし、私の楽観は物の見事に覆された。大川のアジが奏功したのだ。なんと、私に三分の二以上の票が集まったから動転した。大川はしてやったりとばかりほくそ笑んで私に拍手を送ったが、私はおずおずと立ち上がって、この結果は受け入れられない、選挙をやり直して欲しいと訴えた。

　大川が顔色を変えた。

「それはいかん」

と言った。

「僕の発言が多少影響したかも知れないが、皆が僕と同じ考えだから君に票を投じたんだ。断固受け入れるべきだよ」

　私は心底困惑した。成績もトップではない、滝田のように臆せず皆の前でホームルームを取りしきる度胸もない。

　私は顔面を紅潮させたまま返した。

「大川君は僕を過大評価してくれてるんです、どう考えても僕は代議員の器ではないから辞退します。どうか選挙をやり直して下さい」

「やり直すと言っても」

　司会の滝田が教室の時計を指さして言った。

「時間がもうないから、この問題は午後の授業の後に再検討することでどうでしょう?」

　まばらだったが拍手が起きた。異議を唱える者はいない。

　逃れるように教室を出ると、廊下越しに隣の教室へ目をやった。そこでもホームルームが開かれ、クラス委員の改選が行われているはずだ。

私のクラスでは代議員一人で揉めて他の委員は決まらないままだが、隣では大方決まったようだ。それにしてはまだ会議がひけていないとみえ、全員前方に目を凝らしている。

彼らの視線の先の黒板に私は素早く流し目をくれた。選任された委員の名が並んでいる。そのひとつに片時も忘れたことのないいとしい少女の名を見出して心臓が躍った。

文化――篠原武子――いかにも、彼女は前期と同じ委員に再選されていたのだ。

隣のクラスも女生徒は五、六人いたが、委員に選ばれているのは彼女ひとりだ。

私は黒板から目を転じ、逸る胸を押さえながら教室内を見回し、武子の姿を求めた。

廊下と反対側の窓際に面し、前から数えた方がやや早いかと思われる席に彼女はいた。こちらに視線を向けて私に気付いたらどうしたものかと一瞬身構えたが、彼女は少し上気した顔を、机に肘を突いた両腕の先で組み合わせた手の上に顎を乗せ、目を閉じていた。

気付かれたら困る、だが、気付いても欲しい――そんな矛盾した思いに駆られながら、私はしばらく廊下に佇んで、彼女の、なにか興奮を鎮めているような瞑目の体の美しい横顔に見惚れていた。

午後の授業が引けてホームルームが再開されるや、私はいの一番に発言を求めた。

「よくよく考えましたが、やはり代議員は辞退させて頂き、代わりに、前期と同じ文化委員をさせて頂けたらと思います。代議員には谷川君を推挙させてもらいます」

「それはいかんですよ」

大川がすかさず立ち上がった。

「僕の推薦があったにせよ、それに同調してくれる者が多数いたからこそ君が選ばれたんだから、潔く引き受けてもらわないと」

そうだ、そうだという声がいくつか飛んだ。担任の都築さんは立ち会っていない。担任が口を出すことではない、後は生徒の自主性に任せる、といったところだろう。

私が代議員を固辞するのは、午前のホームルームの段階ではあくまで人前に出たくない、赤面恐怖症であることを、岡安のみならず皆に見すかされたくない、という小心さと、谷川始め、私よりよくできる生徒をさしおいてクラスの代表になることはさしでがましいと思ったからだ。

しかし、午後の時点では、そうした思いもさりながら、篠原武子が文化委員に選ばれたことを知った以上、何が何でも文化委員にならなければと、依怙地《いこじ》なまでに我を通す心境でいたのだった。

私は重ねて、代議員はどうしても引き受けられない、文化委員が自分には精々の役所だと思うと重ねて言い張った。

右前方、前の席にいた生徒が立ち上がって私を見すえた。

「大鐘君は、どうしても文化委員にならないといけないんですか？」

意表を突かれ、私はうろたえ、赤面した。まさか私の下心を見抜いたわけではあるまいが、文化委員に固執するのは、謙遜と見せて何かおかしいと思ったのだろう。

「いや、そういうわけでもないですが……」

私はしどろもどろの体で語尾を濁した。

（そうなんだ、どうしても文化委員にならなければならないんだ！）

胸の底で独白の叫びを上げながら。


すったもんだの挙句、私の主張は受け入れられ、私が推挙した谷川が代議員に、私は文化委員に納まった。

ごり押しの決着に些かうしろめたいものを覚えながら、一方ではしてやったりとの思いを胸に私は教室を出た。もはや隣のクラスは放課後だから空っぽになっていると思いきや、何とそこでもホームルームが続いている。私のクラスと同じように委員の選任で揉め、改めての詮議になった気配だ。

（まさか……!?）

不吉な予感が胸をよぎった。恐る恐る、皆の視線が注がれている前方の黒板に目をやった。

(何てことだ！　一体どうして⁉)

目を疑い、頭が錯乱状態になったまま、私は呆然とその場に立ち尽くした。

篠原武子はいつしか文化委員から風紀委員に変わっていた。

（七）

大川睦男のパフォーマンスに煽られて危うくクラスの代表委員に祭り上げられる災厄からは免れたが、マドンナ篠原武子との再会を期して目論んだ小細工はものの見事に肩すかしを食らって、私の二学期は心晴れないものになった。

武子とは稀に校内ですれ違うことはあったが、彼女は逸早くついと視線を逸らしてしまい、こちらも意地になって目を背け、何食わぬ顔でやり過ごす。その癖、すぐに後悔し歯ぎしりするのだった。

そうこうするうちに、彼女が眼を合わせようとしないのは、私が彼女に抱いている焦がれるような思いを、彼女の方はその百分の一も抱いていないからだと思い込み、それはどうやら私がマドンナに相応しい美少年ではないからだろうと思い込んだ。

私は改めて自分の顔を鏡に映し、顔のど真ん中の鼻が、父のように細く高く優美でなく、女性としては大きめな鼻は母のそれを受け継いでいるのだと悟った。

爾来《じらい》、鏡や、通りすがりの店のウインドーに映る自分の顔を見ては呻吟する日が続いた。往年の映画スターさながら目鼻立ちがすっきりし、広い優美な額を持った面長な父の血を引くことなく、どう見ても美人とは言えない母の遺伝子を自分は継いでしまった、百年の不作だと思い込み悩んだ。

中学時代従兄服部英昭から借り受けて読んだ『杜子春』に感動して以来読むようになった芥川龍之介の作品に『鼻』がある。中国や日本の古典に精通していた芥川は、この小説も平安時代に書かれた『宇治拾遺物語』などにヒントを得て書き上げたという。師の夏目漱石に絶賛されて出世作となった小説だが、主人公は坊さんで異常に長く大きな鼻の持主。「禅智内供《ぜんちないぐ》和尚の鼻と来たら」の書き出しで始まるこの作品を改めて読み返し、身につまされた。禅智内供は大きく長い鼻を持て余し、ゆでたり弟子に踏ませたり、揉ませたりのあの手この手で鼻を小さく縮めようとするが効果なく、結局諦めるところで小説は終わっている。

私は小鼻が肉厚で笑うと鼻尖が広がって無様になることを知り、夜密かに洗濯ばさみで小鼻をつまんだり、鼻尖を母指と示指で挟んで引き伸ばしたりした。同級生の一人にやはり鼻の大きいのを苦にしてかしょっちゅう小鼻を指に挟んでしごいているのがいて真似をしたのだ。

しかし、禅智内供と同じで、すべては無駄な努力だった。相変わらず鏡を見ては呻吟する日が続いた。

実在の人物で大鼻に悩んだ者がいないかを探った。国語の教科書で知った白樺派の作家武者小路実篤の『友情』『真理先生』などを読んでいるうちに、彼が信奉したロシアの作家トルストイに行き当たった。写真で見る限り彼は醜男だ。頭は禿げ、目は細く、鼻はいびつで大きい。彼は自分の容貌に悩まなかっただろうか、何かそれについて書いている自伝のようなものはないだろうかと探り、晩年に書かれた『懺悔』を見出した。

果せるかな、彼もまた私と同じ悩みに悩み抜いていた。顔のど真ん中を占めている無様な大きな鼻と自嘲している。しかし彼は結婚し、十人以上の子供を儲けた。醜男であったが女性に縁が無かったわけではないと知って慰められた。

しかし、そうこうするうちに目の異変に気付いた。目の周りががちがちになって自由に動かず、痛みも伴ってきたのだ。学校にいる間は授業や部活に紛れてさほど気にならないが、帰宅して机に向かうや視野に鼻が入ってきて邪魔になる。目も痛み出す。スケジュールが狂ってくる。十分の休憩時間に鏡を取ってまた自分の顔とにらめっこをし、その度にがっくりして忘気が薄れ、なかなか次のステップに踏み出せないからだ。

それもこれも、校内ですれ違ってもついと目をそらしてしまうマドンナのせいだ。恋焦がれながら、私に醜男であることを思い知らせ、眼痛までももたらした彼女を憎んだ。

この肉体の棘を抜くためにはどうしたらいいのか、何にせよこの目の痛みから解放されたいと、それをもたらした原因には一言も触れないまま、父母に相談した。妹の矢吹よそ子の女学校時代の同級生が眼科医になって今池辺りで開業している、そこへ行きなさい、と父が言った。

今池なら部活を終えたその足で寄れる。勉強のスケジュールに狂いを生ずるが仕方がない。

一日、教えられた馬場眼科医院を受診した。医院は混んでいた。国民皆保険制度が始まって、豊かでない者も気軽に病医院を訪れるようになったからだろう。

女医さんは叔母と同期生ということだから四十代後半か、面長で端整な顔立ちをしていた。細く筋の通った鼻を見て、この人が母親であったらよかったのにと思った。

だが、「目が動かなくなって痛むんです」と訴える私に一通りの検査を終えるや、

「特にどうということないわよ。ま、しばらく目を洗いに通ったら？」

と女医は素っ気なく言った。私は頷くほかなかったが、ホウ酸水での目の洗浄はいっとき気持ちがいいと感じるだけで、医院を後にすれば元の木阿弥だった。それでも少しは良くなるだろうと期待して何日か通ったが、無駄足を踏むだけと悟った。目が動かない、目の奥が痛むと同じ訴えを繰り返すばかりの私に、女医さんも手を焼いたようで、本当に何ともないからもう来なくってていいわよと、うんざりした様子で引導を渡した。鏡とにらめっこしているうちにこうなってし

まったということは言わずじまいだったから致し方がないと諦めたが、目の痛みがひどい時はそのうち失明するのではないかという恐怖からは何とか免れた。だが、この肉体の棘は、その後数十年に亘って私を苦しめることになる。

マドンナへの片思いと容貌コンプレックス、それによってもたらされた日の強張りと痛みに悶えながら、私は何とか部活と勉強を両立させ、〝四当五落〟のジンクスを破ろうとあがいていた。

柔道は一向に上達しなかったが、上級生に簡単には投げられなかった。同学年の岡安には背負い投げをくらって受け身を仕損じ脳振盪《のうしんとう》を起こしてしまったが、翌日には回復して稽古に出た。岡安との乱取りは無論極力避けた。

彼は上級生にも目をかけられていたが、その期待に応えて一年の後半には黒帯を締めるに至った。神谷先輩と、遅ればせながら主将の横井さんと並んで初段になったのだ。

柔道を始めたからには、黒帯を締めるのが夢だったから、名古屋城に近いスポーツ会館で毎月のように行われている昇級試験に、年が明けた頃から挑戦を始めた。日曜日の午前に開かれるそれには学生のみか社会人も大勢参加していた。いきなり黒帯には挑戦できない。まずは一級試験で六人一組で行う。五人と対戦することになるが、全勝しても一度で一級は取れない。合計十勝を挙げればもらえるから、毎回全勝しても二回は通わなければならない。一勝ずつ挙げれば十回でもらえる勘定だが、十勝のうち一回は五人を相手に三勝を挙げた回が含まれなければならない。

私は背も十センチ程度伸びて一七〇センチに達したが、体重は五十五キロ程度でグループの中では毎回小兵の部類に入った。社会人ともなれば上背も体格も一回り大きく、腕力も勝っていたから到底叶わない。体が同程度の高校生から何とか背負い投げで二勝を挙げる時もあるが、一勝に留まることもあって、一年が終わる頃に挙げられた勝利数はようやく半分、一回に三勝を挙げることはまず不可能に思われた。初段はおろか、一級を取ることさえ、よほど柔道に打ち込んで体力も増強しなければ無理と諦めにかかった。

強制ではないが、部活は二年。三年は受験に打ち込むべしというのが旭丘高校の不文律になっていた。その二年は重く、東大を目指している連中も運動部に入ったが最後、体力と時間を消耗するからだろう、次第に戦線から離脱して行くのがお決まりのコースとされていた。

しかし、柔道部の先輩に一人、飛び抜けて優秀な男がいた。高田と名乗るその二年生は、ほっそりとして顔も細面、浅黒く、神谷さんのような色白の美男子と並ぶと月とスッポンの観があった。ところがある日、主将の横井さんが、一年生の部員と正座して相対した時いきなりこんなことを言ったのだ。

「柔道をやっていたら勉強ができんと言ってやめていく奴がいたが、そんなことはないぞ。ここにいる高田は、この前の実力テストで学年トップだった」

私は驚いて高田さんを、次いで横井さんを挟んで反対側に座っている神谷さんを盗み見た。高田さんははにかんで「何を言う！」とばかり横井さんを軽くつついたが、神谷さんは顔を歪めた。君たちは神谷を柔道部の中では一番の秀才と思い込んでいるだろうが、そうじゃないぜ、神谷は見掛け倒しだ、高田こそと、横井さんのその一言はいかにも神谷さんをあてこすったものに思われたし、神谷さん自身、それと感じて屈辱感を覚えたのだろう。

「横井、お前は？」

と、一瞬白けた空気を払うように先輩の一人が茶々をいれた。

「俺か？」

と横井さんは声の主に半ば顔を振り向けて返すと、

「俺は、まあまあだ」

と、一瞬間を置いて二の句を継いだ。控え目な哄笑が起こった。神谷さんも苦笑したが、屈辱感は拭い切れなかっただろう。

優秀な先輩は三年生にもいたようだ。黒帯をつけ、体格も私より一回りも大きかったその人は、よほど柔道が好きなのだろう、時々道場に姿を見せた。横井さんによれば、彼は数学が抜群にできる、東大を狙えるのに本人は東工大を目指している、と紹介した。

二年生になろうとする春三月、国立大学の県内合格者が地元の中日新聞に載った。出身校も明記されている。東工大の数少ない合格者の中に、紛れもないこの先輩の名があった。旭丘の東大合格者は十五名ほど、京大合格者はその倍の三十名ほどで、愛知県下ではトップ、全国でも十番前後だった。地元の名大には大挙百名以上が入っていた。

二年になって困ったことが起きた。新入生が入ってきたことである。三年生は受験期に入って大方の者は退部していたから、一年生に号令をかけたり乱取りの相手をする役目がこちらに回ってきた。前の二年生は体格でも実技でも我々一年生にひけを取る者はほとんどおらず、互角に戦っているのは大柄な市橋か岡安くらいだったが、岡安は一年の終わり頃には県外に移ってしまっていた。自分のそれは棚に上げて私の赤面症を冷やかす嫌味な男だったから消えてくれてほっとした半面、何かすっきりしないものが胸の底に淀んでいた。しばらく経ってありのままを書いた手紙を送った。彼の転居先を何故かメモに留めておいたのだ。恐らく、早晩淀んでいるものを吐き出したいと思っていたからだろう。実際、君を憎んでいたよとあけすけに書いた。返事は寄越さないかもと思ったが、意外にも、二年になってしばらくしてから返事をくれた。済まなかったという一言を期待したが、それはなかった。僕もすぐに赤くなる、でもかわいくっていいやと思っている、君もそんなに気にかけないでいいと思うよ、などと書かれていた。末尾に、こちらでも柔道を続け、二段になった、とあった。

私はまだ一級が取れないでいた。岡安は欠けたが、もう一人渋谷という同学年の男が黒帯を取り、新たな主将に選ばれていた。どちらかと言えばスリムな体型だが、上背があって袖釣り込み腰を得意としていた。市橋も専ら内股に精を出していた。一度だけ市橋の内股に投げられたが、渋谷に投げられたことはなかった。

ところが、新入生で滅法強い男がいて、私が十八番とする背負い投げの切れ味が抜群、まさかと思ったが簡単に投げられてしまう。どこかで見たことがある顔だと思ったら、案の定、中学の後輩だった。向こうも私に見覚えがあったのか、乱取りに入るといきなり私にお願いしますと頭を下げてきた。上背は私と変わらないが、弾力性のあるゴムまりのような体をしており、腕力も相当なもので、簡単に背に乗せられ、足を絡ませてこらえる間もなく投げられてしまう。上級生の面目丸潰れだ。この後輩と乱取りすることは極力避けた。

練習の前後、上級生と下級生は向かい合って正座し、挨拶を交わす。その下級生の一人の視線がいつからか気になった。にこやかな顔をしているのだが、何故かじっと私を見据えている。三十年も後に、この男二村雄次から唐突な手紙を受け取った時、すかさず思い出されたのはあのにこやかな顔と視線だった。

意外にも彼は医者になっていた。専攻は外科で、地元の名大の助教授だった。乱取りで組んだことはあるはずだが、私がまるで歯が立たなかった中学の後輩のようには二村君に投げられた覚えはない。つまり、さほど強いとは感じなかったが、何と彼は柔道に熱中する余り三年になっても部活を続け、そのせいか浪人の憂き目を見て一年を棒に振った。悔いはなかったと言う。大学に入っても柔道を続け、有段者となり、全国医学部生の大会では何年にも亘って優勝を遂げているということだから半端ではない。

下級生に簡単に投げられるような体たらくでは格好がつかない、何とか一級を取りたいと、二年になってもスポーツ会館に通い続けたが、いかんせん、どうしても三人を倒すことはできないまま夏を迎えた。

去年の苦しい夏休みが思い出された。このままでは二の舞を演じることになる。

意を決した。今度校内のどこかですれ違うことがあったら、マドンナと目が合った瞬間、こちらから会釈をしてみよう、それで向こうが視線を逸らしたらもうそれまでだ、この恋にはすっぱり見切りをつけよう、と。

その機会はほどなく訪れた。昼休み時、体育館の横の通路を向こうから歩いてくる彼女に気がついた。幸い周りには誰もいない。一瞬身構えたが、彼女を凝視し続けた。そうして心持ち歩を緩め、彼女が近付くのを待ち受けるポーズを取った。

私のその仕草にこれまでと違う気配を感じ取ったのか、マドンナも歩調を緩めたかに見えた。

そうしてあの鈴を張ったような目が瞬時こちらに注がれた。

私はすかさず大きく会釈をした。間髪を入れず彼女も会釈した。お義理ではない、心のこもったものであることは、花がぱっと開いたような満面の笑みでそれと知れた。

私が片思いと思い込んでいたように、彼女も一年前の夏休みのあの素っ気ない私の態度に傷ついていたのだ。

文化委員の仕事で逢瀬を重ねるうちに私を憎からず思うようになっていたのに冷水を浴びせられたのだ。

一年に及んだ懊悩《おうのう》はいわば自業自得としか言いようのないものだったが、やがて迎えた夏休みは、かくして晴れ晴れとした思いで勉学に打ち込むことができた。

この恋愛を発展させる気はなかった。同期生の中には、よそのクラスの生徒だったが、人目も憚らず毎日のように連れ立って下校し、私生活でも恐らく交際を重ねているだろうと思われるカップルがいたが、私には思いも寄らぬことだった。マドンナの心を射止めたと知れただけで充分だった。

彼女もまた私と心が通い合っていると知っただけで満足だったろうし、それ以上の進展、たとえば映画を一緒に見に行くとか喫茶店で落ち合うとかを望んだとしても、父親が許さなかっただろう。

彼女の父親は薬剤師で薬局を営んでいた。昔気質の堅物で、愛娘が高校生の身で異性と付き合うなど断じて許さない人だったと、これは後に知った。

その後も昼休み時に廊下ですれ違うことがあったが、彼女は臆せず私を見つめ、紅いとまで感じさせる愛らしい唇に微笑を漂わせて会釈してくれた。

一度など、午前の授業が終わって生徒らが一斉に教室から出てきた時だったが、何気に振り返った瞬間目の前に彼女が居て、そのつぶらな瞳がまともにこちらを見すえていた。エメラルドの宝石かと見紛うそれは、一点の濁りもなく、底知れぬ深さを示していて、彼女の心の清らかさ、純粋さを思わせた。

片思いとの思い込みからは解放されたが、鏡を見ては自己嫌悪に陥り懊悩する日々は相変わらず続いた。はるか彼方のテレビ塔を仰ぎ見ながら武子の面影を求めてため息をついた一年前の夏を思えばまだしもだったが、肉体の棘はズキズキと私をさいなんだ。動かない目、その癖チラチラと視野に入る不細工な小鼻に気を取られながら机にかじりついている時間は苦痛だった。

唯一の息抜きは、机から離れて本を読むことだった。トルストイに心酔して〝新しき村〟を創設した武者小路実篤ら白樺派の作家の小説を始め、トルストイと並ぶロシアの文豪にドストエフスキーなる作家がいることを知り、その代表作とされる『罪と罰』を文庫本で読んだ。たまたま、これを読んだのは夜遅く、寝床を兼ねた勉強部屋の蒲団に寝そべりながらだったが、主人公ラスコーリニコフが金貸しの老婆を殺める場面にさし掛かった時、尿意を催したものの、父の寝ている座敷の向こうのトイレまで暗闇の中を行くのがためらわれた。

上下巻を三晩で読み終えた時、日本の作家の小説が何とも薄っぺらなものに思えてきた。さほどに『罪と罰』は重厚で魂を震わせる作品だった。

ひとつには、ドストエフスキーもまたトルストイと同じくキリストへの信仰を宿している作家としれたからだろう。赤面症や容貌コンプレックスを取り去ってくれないことに不満と義憤を覚えながら、一方で、『ベン・ハー』に感涙を禁じ得ないほどイエスへの熱い思いを抱き続けていた私にとって、ドストエフスキーとの出会いは天与のものと思われた。

いまひとつ魅了された作品がある。五円ぽっちの飴玉は売れないと冷たく言い放つなり背を向けた心ない女主人の文房具屋兼駄菓子屋の、電車道を挟んで向かい側にある書店二洋堂でその本を見つけた時、小さな宝物を手にしたような喜びに震えた。

ケースに入ってハードカバーの洒落た装丁の上下巻のその本は、それまで専らとしてきた小説ではなく、ノンフィクションの伝記だった。

作者A・J・クローニンはスコットランドに生まれ、父親を早くに亡くし母の手一つで育てられた一人っ子だった。第一次大戦に応召されたが無事帰還、地元の医科大学に入り首席で卒業、外科医を志したが、君は内科医の方が向いていると教授に諭されて断念、しがない炭坑町を皮切りに医者稼業につく。医学生時代に知り合ったメアリーと相思相愛の仲になるが、彼女の親に反対され、二人は駆け落ち同然、クローニンの赴任先で新婚生活を始める。

客船の船医、精神病院の医者等を経て開業するが、傍ら猛勉強して難関の専門医試験をクリアし、エリート医が集まる高級住宅街で新たに開業、名声を得るが、五十歳に及んだ時、若い日に志しながら貧しい母子家庭の境涯で生活の糧を得ることが先決と諦めた作家の道に入ろうと、気でも狂ったのと妻に揶揄されながらひたすら原稿に向かい、一篇の小説を書き上げる。その処女作『帽子屋の城』がベストセラーになり、一躍時の人となったクローニンは、以後作家生活に入る。

そうした波乱万丈の半生を折々のエピソードでつなぎながら綴ったこの作品に、残りの頁が少なくなるのを惜しむほど引き込まれ、読み終えた時には、自分の人生は決まった、クローニンの歩んだ道を自分も踏襲したいとの熱い思いに突き上げられた。ちなみに本のタイトルは『人生の途上にて』だったが、原題はBetween two worlds。直訳すれば「二つの世界の間」となる。言うまでもなく二つの世界とは医学と文学だが、クローニンの人生は正確にはそうではないな、と思った。医者を続けながら作家活動もしていたならbetweenでいいが、彼は医者をやめて即作家の道に入り、聴診器を手に取ることは二度となかったのだから。

とまれ、この作品との出会いによって、何が何でも医者になるんだとの思いは揺るがぬものになった。クローニンはケンブリッジ、オクスフォードの、英国が誇る二大エリート大学には進めなかったが、自分は日本の雄東大の医学部に入るのだと。一方の西の雄京大はまるで念頭になかった。京都は神社仏閣の多い仏教の町で陰気だ、キリスト教徒の自分にはなじめない所と思い込んでいたからだ。叔父が学んだ地元の名大医学部は更に念頭になかった。二年の後半にさしかかった頃から、無性に郷里名古屋から離れたいとの思いが胸を焦がし始めていたのだ。

夏休みが終わって九月を迎えた。中旬に三日間かけて定期の中間テストが行われた。数学は一段と高度になり、ニュートンが発明したという微積分からΣ《シグマ》で始まる数Ⅲに進んだが、充分理解できた。苦手は物理で、私ばかりか大方の生徒がこれに苦しんでいた。数学を得意とする者も物理は分からんと嘆いていた。ところが両者を得手とする例外的な生徒もいて、一年でも同級だった神藤《かんどう》昌一がその一人だった。市外の稲沢市からの越境入学者で、何でも母一人子一人、母親は息子を苦労して育てた由、一年のほぼ半ばに、都築担任が何故か神藤のそんな家庭事情を我々に語って聞かせた。担任は父兄会で神藤の母親と面接してそれを知り、胸に響くものがあったのだろう。神藤は顔を赤らめてはにかんでいた。

後日談として神藤から聞かされ知ったことだが、後期の役員選挙の折、大川睦男がいきなり立ち上がって私を代表委員に推挙するとやってのけたパフォーマンスは、大川のアイデアではなく、実は神藤が大川をそそのかして仕向けたことだという。二人は気が合っていたらしい。大川が、俺は後期は役員に選出されんかも知れんな、と神藤に訴えた由。大川が引き続き役員になりたがっていると読んだ神藤は、それなら一つ目立つパフォーマンスをやってのけなよ、大鐘を傀儡に仕立てて一席ぶてば、君もおこぼれに与かって何らかの役員にはなれるよ、とけしかけたそうな。

余計なことをやってくれたもんだと呆れたが、神藤がそれだけ私を買ってくれていたのだと思えば満更不快でもなかった。

物理の教師は、鼻の穴が目立って豚に似ていることから、中国の小説『西遊記』に出てくる豚の妖怪〝猪八戒〟に因んで〝ハッカイ〟の渾名を奉られていた。

一方的な授業だった。生徒が理解していようといまいとお構いなし、こちらに背を向けっ放しで、手にしたアンチョコらしきノートを見ながら黒板に訳の分からぬ数式を書きたてて行く。

物理はどういうわけか、隣のクラスと合同授業だった。この隣のクラスの代表委員は杉山という男で秀才と噂されていたが、噂に違わず、たまにハッカイがこちらに振り返るや、すわとばかり、私など理解できない質問を投げかける。ハッカイは仕方なく手を止めるが、「その数式はおかしいんじゃないですか」と食らいついた時、ハッカイの顔から血の気が引いた。とみるや、チョークを投げ出し、鼻の穴を更に膨らませて杉山を睨みつけ、言い放った。

「そう再々茶々を入れられたら授業が進められん。おかしいと言うんなら宿題にしておくから次の授業までに君が正解を書いてきたまえ！」

杉山も顔色を変えたが、数日後、彼はプリントを持参、「宿題をやって来ましたので」とハッカイに差し出し、我々にも配った。大したパフォーマンスだ。ハッカイは仕方なく杉山に座を譲ってプリントの説明をさせた。私にはさっぱり分からないから、感心する他なかった。ハッカイとしては面目丸潰れだが、後日彼はリベンジを果たした。中間テストの物理の試験結果を公表したのだ。と言っても全員のそれではない、最高点を取った者だけ発表したのだ。

「五〇点以上取ったのは神藤君だけで、七四点で断トツだった」

と。

杉山の顔に屈辱の色が浮かんだのを私は見逃さなかった。

中間テストの試験の結果がまだ戻り切らない九月下旬、マリアナ諸島の東海上で発生した台風一五号が日本に近付きつつあった。一週間ばかりかけて接近したそれは九月二十六日土曜日、東海地方に上陸、猛烈な風雨をもたらした。

家には何とか辿り着けたが、早目の夕食を終え、父が雨戸を閉めた頃から風雨は激しさを増した。と、見る間に、座敷の方でポタポタと雨が滴り始め、母がバケツや風呂桶を持ち出して畳に置いた。

私と父は、ガタピシと音を立て始め、やがて鴨居と敷居から外れて庭に落ちかかった雨戸に取り縋り、両側から支えて吹き飛ばされまいと支えるのに必死だった。庭のはるか向こうには丸山神明社の森があったが、風はその樹々の上で白く渦巻いていた。

台風はそれまでも経験しないではなかったが、これほどすさまじいのは初めてだった。吹きさらしではなく、周りを頑丈な家々で囲まれていたからまだしも甚大な被害には至らなかったのだろう。

雨戸が外れかかった時、内側のガラス戸に当たって硝子の破片が座敷に飛び散った。よくぞ怪我をしなかったものだ。

嵐との格闘はものの一時間も続いた。押し入れにも雨漏りがし出して蒲団を濡らしたが、まだ残暑厳しいおりで、蒲団をかける必要もなかったのがせめてもの救いだった。

一夜明けた翌日曜は台風一過、秋晴れとなった。しかし、嵐の爪跡は凄まじく、知多半島の海沿いの地域は水浸しとなり、多くの家屋が二階まで水没、屋根に逃れて救援を求めている写真が新聞に連日載った。死者、行方不明者が多数出ているとも報じている。

嘘のように晴れ上がった市街を、私は自転車で駆け抜けた。柔道の一級試験を受けるために。

こんな日はスポーツ会館も休みだろうと父は言ったが、確かめようがないから出掛けることにした。

市内の被害はさほどでもないとニュースは伝えていたが、ぺしゃんこに潰れた家屋もあって驚いた。なぎ倒された街路樹も散見されたが、自転車の行く手が遮られるほどではなく、三十分余でスポーツ会館に着いた。

だが、辺りは森閑としている。玄関先にようやく一人、同年配の少年の姿を見出したが、その顔に覚えがあった。六人一グループで同じ組になったことがある。背負い投げで倒した一人だ。

私に気付いて振り返った彼は「臨時休館で試合はないそうだよ」と告げてくれた。

折角来たのにと悔しく思う反面、ほっとする一面もあった。彼と途中まで帰路を共にしながら、ここへ通うのはもうやめよう、下級生に簡単に投げられるようではどんなに頑張っても初段にはなれまい、などと思い巡らしていた。


休み明けにハプニングが起こった。担任は英語の教師で、丸顔に目鼻まで丸かったので〝まんまる〟の渾名を奉られていたが、その授業の始まり際、突如、田代興子《おきこ》という女生徒が立ち上がったのだ。彼女は、クラスを共にしたことは一度もなかったが、小中学の同期生だった。

「先生」

と呼びかけられて彼女を訝り見たまんまるに、田代は興奮に頰を紅潮させながら訴えた。「この近辺は被害が僅かで済んでいますが、港に近い地区では大変な惨状です。私の親戚も家が半ば水没してしまっています。あたしたちこのまま、のほほんと授業を受けていていいのでしょうか？少しでも被害者の救済に当たるべきではないでしょうか？」一気に喋り終えるや、机にうつ伏して田代興子はさめざめと泣いた。

まんまるは困惑の体で目をぱちくりさせていたが、クラスメートもあっけに取られた感じで田代と担任の顔を交互に見やっていた。

彼女の哀願は功を奏した。翌日から授業はお預けとなり、我々は学生服を脱いで汚れてもよい普段着で登校するようにと言われた。教師たちも勢揃いしていた。トラックが数台校門脇に横付けになっている。教師に先導され、我々はそれに詰め込まれた。

行く先はクラス毎に異なって、あるクラスは西区、別のクラスは港区の被災地だった。当時はそんな呼称は耳にしなかったが、今で言うボランティアのはしりと言えるかも知れない。もっとも、ボランティアは自ら買って出るものだが、我々は半ば強制的に駆り出されたわけで、ボランティアと言えるのは言い出しっぺの田代興子一人だったかも知れない。

後年、本人にこの時の顚末《てんまつ》を問いただすと、港区土古《どんこ》町の市営住宅に住む母親の姉が乳癌の手術を受けて退院後自宅療養していたが、田代興子は病後間もない伯母を気遣って住み込みで身の回りの世話をしていたそうな。その矢先のある夜、突如警報が鳴り響き、即刻家を出て避難するようにとのアナウンスが流れたので慌てて外に飛び出すと、家の周囲は膝までつかる濁水に囲まれていた、やがてその水は家にまで入り込み押し入れまでの高さに及んだ、その惨状を目の辺りにしたことで居たたまれなくなってあの発言に及んだのよ、と話してくれた。

田代は担任のまんまるに訴えただけでなく、敬愛する小川卓治校長にも直訴に及んだと言う。校長は彼女の切実な訴えが、身内に振りかかり、自らもその渦中にあった実体験から出たものであることを知って心を動かされ、緊急職員会議を招集、中間テストとその採点も終わったことであり、授業を打ち切り被災地に全員支援活動に出るようにと〝鶴の一声〟を放ったのだった。

現場は新聞の写真で見る通りの惨状だった。被災者が逃れた小学校は二階まで水浸しとなり、はるかに見る人々は屋上に逃れていた。民家も同様で、屋根に逃れてひたすら救援を待っている。トラックはそこまでは入り込めない。その手前で我々は降ろされ、泥まみれの一帯に三々五々散って土嚢《どのう》を作る作業に従事した。

田代興子のパフォーマンスを、二年でも同級となり、相変わらずトップの成績を上げていた谷川憲三も、後に著した自伝の中で書きとめている。

「教室はしんとなった。私にとって全く思いもかけない言葉だった。高校生の本分は勉強ということで、社会の出来事に目を向けても自分が参加し行動することのなかった私に、この言葉は社会参加への目を開き、社会の一員としての自分を目覚めさせてくれた。

翌日からの心身共につらい被災地での労働、それに対する被災者からの感謝の言葉、そこで感じた社会で役に立つことの喜び、これらが、その後に公の仕事を志した私の人生の原点となったような気がする」

谷川は後年、青森県副知事を拝命した。

被災地には教師たちも赴いていたが、数Ⅲの数学教師が何故かやけに私に接近して来て、土嚢作りに手を貸してくれるのだった。

(ひょっとして?)

という予感は当たった。

二週間余に及んだ勤労奉仕が終わって平常の授業に戻った時、この数学教師が担当した数Ⅲの試験用紙が採点を付されて戻された。手応えは充分覚えていたが、果せるかな満点だった。ボランティアの作業中にそれを言ってくれればよいものを、試験用紙を戻したその日も彼は何も言わなかった。

中学二年時の数学の山崎教諭が思い出された。日頃の三〇点満点の小試験で満点を取った者だけ公表しながら、学年一斉のコンクールとも言うべきテストで唯一満点を取った私を公表しなかったことを。私のクラスはおろか、他の担当クラスでも山崎さんはそのことを言わなかったきらいがあったが、数Ⅲの教諭は他のクラスでは満点を取ったのは大鐘だけだと言ってくれたらしい。一年時にクラスを共にし、二年時では隣り合わせた快活な上野という男——中学のライバルだった上野肇ではない——が、廊下で出会った時、すれ違いざまその旨を伝えてくれたのだ。

（ひょっとして彼女のクラスでも言ってくれたかもしれない）

篠原武子の顔が浮かんだ。立ち止まって言葉を交わすわけでもない、出会えばどちらからともなく会釈をするだけだったが、その日以降、私を見据える武子の目に格別の色合いが含まれているように思われた。

数学の授業は数Ⅲの代数と並んで幾何の分野もあり、こちらの担当はやはり五十歳前後、濃い眉と硬質の髪をオールバックにし、張りのある声を持った教師だった。

私はこの頃ようやく赤面恐怖症から脱皮し、隣の杉山ではないが、幾何の教師によく質問を投げかけた。否、質問というよりは、正解に至る他のアプローチ法を呈示したのだ。物理のハッカイのように切れることなく、彼は、なるほど、そういう解き方もあるな、と肯いてくれた。

この幾何の試験では九三点を取った。答案用紙を手に席に戻ると、何やら左手前方の席が騒がしい。流し目をくれると、神藤が手渡された答案用紙をこれ見よがしに机に広げている。それを隣や後ろの席の生徒がのぞき込んで感嘆の声を上げているのだ。

神藤の点数は八五点だった。恐らく彼自身も、周りの生徒も、その得点はクラスで最高点と思っているのだろう。

私は答案用紙を配り終えた教師を見すえた。一段高い所にいる彼の目に、神藤のパフォーマンスは捉えられているはずだ。されば言って欲しい。最高点は神藤の八五点ではなく大鐘の九三点であることを！

教師と一瞬目が合った。だが、開きかけたその口もとから期待した言葉が吐かれることはなかった。

私は自分の答案用紙を手に馳せ行って、神藤らに見せつけてやりたい衝動に駆られたが、イエスの言葉が待ったをかけた。思い返せば中学二年の時もそうだった。満点を取ったことを、山崎教諭が言わないなら自分の口から誰彼に吹聴したい衝動に駆られたが、その時も新約聖書のイエスの言葉がセーブをかけたのだ。

「汝の右の手に為したることを左の手に知らすな」

つまり、何か誇りたいことがあってもそれを自慢気に他人に吹聴するな、という戒めだ。

後に「伊勢湾台風」と名付けられた台風一五号がもたらした被害は甚大で、第二次世界大戦後最大とみなされた。死者は実に四六八九名、行方不明者四〇一名、負傷者三八名を数えた。

臨海地帯の惨状はその後しばらくメディアを賑わしたが、秋風が立つ頃には治まった。

旭丘は進学校だけあって最終学年は受験に専念すべく、二年までに受験で必須とされる数Ⅲの授業を終えるカリキュラムが組まれていた。

私はもう完全に〝東大病〟に冒されていた。東大の理科系は理Ⅰ理Ⅱ理Ⅲに分類され、医学部は理Ⅲになっていて、倍率は三倍強、合格最低点は千点満点で六割強と知った。学内で年に数回施行される実力テストで六割以上取っている者はほんの十数名、私は一度も六割に達したことがない。それでいて東大を受験するのは高望みと思わぬでもなかったが、他の大学を受ける気はさらさらなかった。

ひとり子で母っ子で育った私が地元を離れたらノスタルジアに駆られて二ヵ月と持つまい、医学部を受けるなら名大だろうと親戚縁者の者は思っていたようだが、年が明け、最終学年を迎える頃になると、いよいよ名古屋を離れたくなった。

一つ違いの二人の従兄は、私と違って三人、四人兄弟の長男だったが、やはり地元を離れたかったのか、受験したのはいずれも東京の大学で、服部英昭は東工大と滑り止めに私学の東京理科大学を受けたが失敗、矢吹一郎は慶大を受け、これも不合格で、いずれも浪人の身となった。前者は旭丘の浪人教室に、後者は東京に出て予備校に通い捲土重来《けんどちょうらい》を期すことになった。

私の気持ちも二人が受けた東京の大学、他でもない東大に向かっていた。私学の医学部は全く念頭になかった。受験雑誌で調べることもしなかった。

浪人の憂き目に遭ったら、名古屋にはおるまい、東京へ出て予備校に通い、一年後を期そう、従兄たちの家ほど裕福ではないがひとり子だからそれくらいは許されるだろうと勝手に思っていた。

両親は受験については何も口を挟まなかったが、父は密かに、私が東大医学部を受けるものと思い、期待もしていたようだ。年が明けいよいよ受験の日が迫ったある夜に吐いた私の言葉に反応した父のパフォーマンスでそれと知れた。

（八）

高校三年は受験勉強に明け暮れた。曲がりなりにも柔道を二年間続けたお陰か、身長が伸びて一七〇センチに達し、クラスで中の上の部類に入った。

東大を受けるだろう谷川憲三、戸塚直勝とまた同級になった。地元の中学では首席を占めながら受験を失敗、父親の一喝で浪人を余儀なくされた中田恒夫、小、中と隣のクラスにいながら一度も同級となったことはなく、高校も二年までは顔を合せることはなかった隣町の寮隆吉らと机を並べることになった。

担任は福井光義、数学の教師で、誰が付けたのか、「猛烈に感じが悪い」の意で〝モーカン〟

の渾名を奉られていた由、これはずっと後年になって知ったことで、〝ハッカイ〟のように生徒の口に折々のぼることはなかった。少なくとも私は一度も耳にしたことはないし、それと知っても首を傾げただろう。何故なら、福井さんは少しも感じが悪くなかったし、慕わしいとまでは行かなかったが、好感を覚えていたからである。谷川憲三も私と同感の旨であったことを、田代興子の発言に覚醒の思いを抱かせられた云々と書いている自伝の中で述べている。曰く、

「先生たちにはアダ名がついていて、タヌキ、スラバヤ、モーカン、スイスイ、ヘチマ、スッポン等々、その仕草や顔を思い出すとピッタリで、今でも懐かしくて笑ってしまう。ただ、モーカンだけはモーカンと感じたことはなかった」

谷川君がここで並べ立てている渾名に、私は全く覚えがない。彼とは一年から三年までクラスを同じくしたから担当教諭も同じだったはずだが、覚えがあるのは彼が失念しているハッカイとまんまるだけだ。

授業の合間の休憩時間になると、級友の多くは例によって〝早弁〟を始めるか雑談に及ぶが、私は専ら文庫本の古典文学を読むことに努めた。『方丈記』『更級日記』『堤中納言物語』等々。国語の教科書に「祇園精舎の鐘の声」に始まる『平家物語』の序文が載っていて、七五調のリズミカルな文体に魅せられ、『徒然草』を糞味噌にけなした心ない井村教諭の暴言により色眼鏡がかかってしまった古典を見直した。受験に出るかも知れないことと相俟って、先述の古典を

次々と繙いたのである。

漢詩にも魅せられた。李白、杜甫の詩も良かったが、最も心惹かれたのは白楽天の『長恨歌』である。唐の第六代皇帝玄宗と楊貴妃との悲恋を歌い上げた百二十句に及ぶ叙情詩を、私は繰り返し朗読し、諳《そら》んじるまでに至った。

国語の教師が、二、三句ずつ順番に朗読するよう、教師から向かって左端の列の生徒を指名した、私はその列の中ほどの席にいた。前方の席の生徒は誰一人としてまともに朗読できない。かの戸塚直勝でさえ、つっかえつっかえしながらの朗読であった。

私は番が回って来るのを待ち焦がれた。二、三句では物足らない、できればもう少し長く朗読したいと思った。中学二年時、樋口一葉の『たけくらべ』を朗読した時のように。

思いは通じた。二、三句すらすらと読みこなした私に、教諭は一瞬驚いたような目を向けたが、ストップをかけることなく、更に数句読ませてくれた。

昼休みになると、食事を終えてから私は英語のミニバイブルを手に、正門前の築山に逃れてこれに読み耽った。

そんな具合だからクラスにこれと言った親しい友人はできなかった。寮隆吉は、中学三年で隣り合わせた時は快活な少年に思え、クラスメートになったと知って友達になれるかと思ったが、どことなく影を帯びていて気安く声をかけられなかった。

一度だけ例によって昼休み時に正門前の築山に向かった時、玄関先で出くわしたことがある。彼はひとり、ハンドボールのような丸いボールをついていた。私に気付いて幾らか相好を崩したが、それもほんの一瞬で、すぐに目を逸らした。何か語りかけたかったが、話しかけられるのを拒むようなムードを漂わせていたから、そっとやり過ごした。

下校時に、前を行く寮を見かけたことがある。私は自転車に乗っていたが、彼は徒歩だ。彼は従兄服部英昭の住む御棚町の住人で、従兄や私と同様自転車で通っているものと思っていたから、（ハテナ？）と首を傾げさせられた。電車かバスで通っているとは思えなかった。何故なら、私の住む桐林町も、一つ置いて隣町の御棚町も、最寄りの市電やバスの停留所ともなれば池下か覚王山まで出なければならず、十五〜二十分は要するからだ。

果せるかな、彼は古出来町の電車の停留所に出る左手の道ではなく、反対の右手の道に入って行ったのだ。

この謎は数年後に解けることになる。この時期、彼は御棚町の自宅からではなく高校に近い親戚の家に身を寄せ、そこから通っていたのだ。父親への反撥心から自宅を飛び出したのだった。

何に反撥したのか？　その理由を知って驚いた。彼は自分を醜男だと思い込み、父親の血を引いたせいだ、と、私が母に対して抱いたと同じ嫌悪感を覚えるに到ったようだ。

後年、父親の金吉氏に会ったが、なるほどと思った。鼻がひしゃげていて全体の容貌を損ねている。しかし、その造作を受け継いでいるのは二つ上の長男で、次男の隆吉君の造作は愛くるしい顔立ちの母親譲りで、私には羨ましい限りであった。それと知った時、私は少し気が楽になった。寮隆吉が、その必要など全くない自分の容貌に悩み、しかも、私と同様鏡を見ては打ちひしがれ、目の周りがかちかちになって目が動かなくなる苦痛を覚えるに到ったと告白したからである。彼は私の分身だと思った。そうして、ひょっとしたら私の容貌コンプレックスも過度の思い込みかも知れないと考え直したのだ。

私もそうだったが、彼がクラスの人間と談笑することが絶えてなかったのは、内なる悩みを抱え、それとの葛藤に明け暮れていたからだろう。

二つ上の兄との確執もあったようだ。私の小学校の担任大澄教諭の長男一三さんと旭丘高で同期生だった長男は城山中学時代に英語の弁論大会で優勝するなど俊英ぶりを発揮していた。寮隆吉も秀才だったが、身体も一回り大きい長男は何かと煙たい存在だったようだ。

もっとも、彼は一橋大学に現役で入ったから、隆吉君が高校二年時には家にいなかったはずだ。しかし、父親は長男に目をかけていて、次男坊としてはそれが癪だったようだ。兄貴が一橋なら俺はそれ以上の大学に入って親父を見返してやる、と密かに思い詰めていたと、これも後年、思いがけず肝胆相照らす仲となった彼の口から聞いた言葉である。

因みに父親の金吉氏は、広島高等師範学校出の教育者で、同じ教育界に身を置いていた私の父もよく知っていた。当時は引退して名古屋の中心街栄町にある市立図書館の館長を拝命していた。

年が明け、卒業とほぼ同時に受験が迫ってきた。

級友たちがどこの大学を受けようとしているのか、日頃の彼らの会話では一切話題にならなかった。

従兄の服部英昭が、東大の受験願書を持ってきてくれた。彼は母校の浪人教室に通って捲土重来を期していたが、二年目はどこを受験するのか知らなかった。しかし、一度受験の経験があるだけに、手続きの仕方などをわきまえており、右も左も分からない従弟のために一肌脱いでくれたのだ。

実際、私の受験情報などは微々たるもので、受験生の多くが手にしていると言われた『蛍雪時代』をパラパラとめくる程度だった。

私学の医学部には目もくれなかったし、国立大学も東大と京大の情報を探るくらいだった。

理Ⅲ（東大医学部）の前年度の競争率は三倍、合格最低点が一〇〇〇点満点で六〇〇点強、片や京大は競争率五倍、合格最低点は七〇〇点強であることを知った。数字だけを見れば前者の方がクリアできそうだ。しかし、理Ⅲには一次試験と二次試験があり厄介な気がした。

最後の学力テストが一月半ばに行われた。前年秋の前回は数学が八割以上取れ、初めて学年で二十番台にランクされ、浪人教室で実力をつけていた従兄とどっこいどっこいだったが、今回の数学には手を焼いた。六問のうち、一問解けるかどうかで、焦れば焦るほど迷路にはまり込み、気が付いた時には不完全燃焼のまま時間切れとなった。

数学でこんな不様な結果を招いたのは初めてだったし、最後のこのテストで前回同様好成績を得て弾みをつけ受験に臨む意気込みが完全に殺がれた。

案の定、数学のこの失態が祟って、全体の成績がこれまでで最低の百番台に落ち込んだ。地元の名大がやっと受けられるかどうかの順位だ。

東大受験への士気が砕かれた。さりとて、名大を受ける気はさらさらない。とにもかくにも名古屋を出たかった。

倍率や合格最低点から言えば気が遠くなる思いだったし、仏教の匂いがすることで始めから選択肢に入っていなかった京大が、俄かに頭をもたげ出した。

もっとも、仏教への偏見、嫌悪感は薄れつつあった。夏休みに、倉田百三の『出家とその弟子』を読み、思いがけず感銘を受けたことが大いに与かっていた。親しい文人仲間に「倉田さん、あなたはこの傑作をものしたからにはもういつ死んでもいいですよね」と言われたエピソードが

「解説」に書かれていたが、まさに至言だと思った。その実百三は、浄土真宗の開祖親鸞とその弟子唯円の問答を通して罪、愛欲といった人間の業を突き詰めた戯曲仕立てのこの作品を、死ぬにはほど遠い若干二十代半ばでものしたのだった。

更に驚いたことがある。百三は若い頃はキリスト教に帰依していたのだ。キリスト教徒から仏教徒に転じるなど、私には到底考えられなかった。それは堕地獄の罪を犯すに等しいと思われたからである。

それにしても『出家とその弟子』には文句なく感動し、ひょっとしたら仏教への偏見は〝食わず嫌い〟の為せるわざかも知れないと思った。

従兄が持ってきてくれた東大への願書を、机の引き出しにしまい込んだ。

その数日後、夕食を終えたところで両親に言った。

「受験のことだけど、東大は諦めた。京大にするよ」

二人は絶句の体で一瞬私に目をやった。母がその目をすぐ父に向けた。父はそれに目を返すことなく、不意に腰を上げると、隣の座敷に引っ込んでしまった。

母は何やら問いた気な目を私に向けたが、私も無言のまま席を起ち、勉強部屋に向かった。私の一言が父をいたく失望させたこと、それは他でもない、父は私が東大を受けるものと信じ、期待もしてくれていたんだと思い知って、申し訳のなさの反面、そこまで息子を買い被ってくれていたんだと、一面、嬉しくもあった。

数日後、最後の父兄面談が行われた。

「京大も医学部は東大と似たようなもの、どちらも難しいって言われたわよ」

帰宅した母が面談の結果を告げた。だからと言ってどうせよとは言わない。担任の福井さんも、息子は東大を諦め京大一本で行くと言ってますが、という母の言葉に「どちらも難しいと思うが……」と返しただけで、それ以上の苦言、たとえば、無謀すぎるとか、滑り止めに私学の医学部を受けておいた方がいいんじゃないか、などとは言わなかったようだ。

父もプイと食餉《しょくげ》の席を起って息子の選択に不本意を示した切り、何も言わなかった。

全国の私学を含めた大学の受験倍率が新聞紙上に載った。東大の理Ⅲは三・三倍、京大医学部は五・五倍で定員は五十五名。他の大学の医学部はそれ以上の倍率を示していた。

受験日は東大と京大で異なっていた。前者は一次と二次の二段階に分かれていたからだ。一次は三月三日、二次は六日に始まることになっている。他の国公立大学は一律三月三日から三日間だ。

私学はこれに先立って行われており、二人の従兄は無事前年の恨みを晴らした。服部英昭は早稲田の理工学部に、矢吹一郎は慶応の商学部に合格を果たしていた。

「一年浪人すると力がつくもんなんだなあ」

父が珍しく感慨のこもった口ぶりで言った。父は服部の人々には距離を置いたよそよそしい付き合いをしていたが、最愛の妹よそ子の家にはよく出入りしていて、格別長男の一郎君には目をかけていたから、私学の雄慶応に入ったことを知って喜んだのである。

してみれば、私が一年浪人することも父は許してくれるだろうと思った。京大はまず受からないだろうが、浪人の暁には一郎君に倣って東京の予備校に入り、東大合格を期す、そんな青写真を描いていた。


卒業式は三月一日、それを終えて京都に向かった。

同行者がいた。一年でクラスを共にした山田恂《まこと》だ。どこでどう知ったのか、私が京大を受けると聞き及んで、自分も理学部を受ける、ついては一緒に行きたいが、と言ってきたのだ。

正直、驚いた。山田はさして目立たぬ生徒だったからだ。席が隣り合わせたので親しくなったが、数学の時間、彼は授業そっちのけで何やら小難しい図形を描き、数字を並べ立てていた。教師がそれに気付き、「一体それは何だ？」と尋ねた。山田は何やら得々と説明を始めた。教師は「ほー」と感心したように吐いたが、それ以上追及しなかった。私にも理解できなかったが、この男は何か特異な才能を秘めているかもしれないと思ったものだ。完全に理系の人間だが、それにしても神藤昌一のように数学や物理に格別秀でているわけでもなかった。

京大理学部は本邦初のノーベル物理学賞受賞者湯川秀樹をシンボルとする名門で、人気学部であり、定員は医学部の倍の百二十名程度、その分、合格最低点も六五〇点と医学部よりは低いが、倍率は同程度の難関であった。私にとっての医学部同様、山田にとっても理学部はハードルが高いと思われた。

彼は池下界隈に住んでおり、同クラスとなった一年の折一度限り訪ねたことがあった。私と同じくひとり息子だと聞いた。母親は綺麗な人で、目鼻立ちのくっきりした山田の容貌は母親譲りだと知れた。

山田と池下で落ち合うべく家を出たが、門前まで見送りに来た母は「イエス様にお祈りしてるからね」と言った。その実、受験の初日が数学と英語と聞いて、最後の実力テストでの数学の惨敗振りを聞き知っていたからだろう、同じ失態を繰り返し、一日ですごすごと引き返して来るのではないかと案じていたようだ。

実際私は、母の励ましを空々しく感じ、「どうせ駄目だよ」と捨て鉢な言葉を返したのだった。

京都での止宿先は、母の信仰仲間で京都に住む畠山という女性が手配してくれた、京大医学部附属病院を正面に見すえる播州旅館は民宿同然、二階建ての小ぢんまりとした宿で、幾つかある部屋が襖《ふすま》一つで隔てられているだけだった。似たような旅館が、大学病院と道一つ隔てて幾つも軒を連ねている。受験生の多くがこうした民宿に泊まって当日に備えているものと思われた。

翌日、朝食を終えると、私は医学部の試験会場へ、山田は市電で言うなら一つ先の停留所に近い時計台のある本学の一角にある理学部の試験会場へ下見に出掛けた。

医学部のそれは、大学病院を抜け裏門から通りをよぎったところに広がる敷地内のほぼど真ん中に位置する生化学の講義室だが、中へは入れない。ぐるりと一回りして裏手に回った。

そこは草地だった。前日はやや小寒かったが、この日は陽光が芽生え始めた草々に優しく注がれていた。その光の中に身を置いた刹那、不思議な想念が脳裏をよぎった。

(自分はきっとまたここへ来る！)

敢えて言い聞かせたわけではない。極々自然に閃いた確信だった。

その夜、何がきっかけだったのか、夕食後、山田と口論になった。多分、下見の折の思いがけない天の啓示――そうとしか思えなかった――に気分が高揚していたのだろう、私から自分の信仰のことを持ち出したと思われる。素直に聞いてくれるかと思ったが、意外も意外、山田は即座に「神なんていないよ」と反論に出たのだ。

私は旧約聖書創世記の天地創造説を持ち出し、山田はダーウィンの進化論で反撃してきた。激してくると彼はどもる癖があり、更に口角泡を飛ばすに至る。

ざっと一時間もやり合った時、突如隣の部屋から大人の女の声が襖を叩く音に続いて響いた。

「ちょっと、静かにして下さい！　明日は試験なんですから」

山田が肩をすくめて口を拭い、私はもやもやした気分のまま口を閉じた。

翌朝部屋を出たところで、隣の部屋から出てきた若者と目が合った。先立って階段を降りて行く和服姿の女性も同時に視野に入った。前夜の声の主で、恐らく若者の母親だろう。

（受験に母親同伴で来るなんて女々しいやつだ！）

若者はすらりとした目もと涼しい利発そうな男で、こちらにやった目も格別咎める風はなく、むしろ、好奇の色を漂わせていたから殊更そう思った。彼にしてみれば、受験直前に宗教論を戦わせているなんて変わった奴らだと思ったに相違ない。


試験会場は受験生でごった返していた。ざっと三百人が生化学の階段教室を埋め尽くしている。私のように髪を伸ばしかけたばかりでいかにも現役と思わせる受験生が半ば、二十歳を過ぎているのではと思われるひねた風貌の持主が半ばで、女子は、多分現役なのだろう、まだあどけない少女然とした者が数名散見される程度だった。

私は前から数えた方が早い、中央やや左寄りの席に落ち着いた。

数学の答案用紙が配られた。これまで幾多の試験を経てきたが、それらはすべてこの日この時のためだ。緊張感は覚えたが、不思議に胸の動悸も顔面のほてりも覚えなかった。

午前十時きっかり、大柄で白衣をまとった試験官が「始めてよし」と声を掛けた。正午まで二時間、六問用意されているから一問二十分以内に解かなければならない。

最初の問題を見ても解けそうにない。二問目もそうだ。六問目までざっと目を通したがやはり難問に思えた。最後の実力テストで一題も解けなかった苦い記憶がちらと脳裏をよぎった。その二の舞を演じて一日ですごすごと引き揚げてくるかも知れないねと案じていた母の顔までも。

問題を見返すこと二度三度、十分ほどが無偽のまま過ぎた。

だが、不思議に焦りはなく、心臓が躍ったり頭に血が上ったりすることもなかった。

(そうだ、答えが明解な幾何から取り掛かろう)

六問中唯一図形の描かれた頁に狙いを定めた。

幾何の問題を解くのは久しぶりだ。だが、これには自信があった。果せるかな、十分も要さず解けた。

弾みがついた。最初から問題を見直してみると、難問と思われた代数の問題が意外にも二問は解けた。つまり、二〇〇点満点で一〇〇点は得られたと確信できた。もう　問も、何となく解けた感じがした。どうにも手に負えないのは六問中二問だ。

休憩一時間を挟んで午後は英語の問題に取り組む。一番の難題は、十数行に亘る小文の読解で、これにタイトルを付すとしたら次のいずれが妥当か一つ選べと、五択か六択の問題だった。

分からない単語が三つあったが、前後の脈絡を辿るのに支障はなかった。フランスの文化革命ルネッサンスにまつわる内容で、選択肢の中にRenaissanceを見つけたから（これだ！）と丸を打った。

総じて英語は九割以上取れた手応えを覚え、何とも言えない安堵感を覚えながら宿に戻った。

ほとんど同時に戻ってきた山田が、幾何と英語の小文の問題を話題に提供した。いずれも私の答えと違っていたが、山田はそんなはずはない、自分の解答が正しいと主張した。私の解答が正しければ——一〇〇パーセントその確信はあった——、山田はそれだけで五〇点は失ったことになる。理学部の合格最低点は定員が医学部の倍だけに五〇点ほど低いが、それにしても他の学科をよほど頑張らなければ山田は危ないなと思った。

二日目は国語と社会の試験だったが、会場は前日と同じくほぼ満席で脱落者は皆無と思われた。数学が一問も解けず、もうそれで勝負がついたと諦めた受験生はいなかったことになる。何故なら、数学が〇点ならば一〇〇〇点満点で二〇〇点を失うことになる。残り四教科で八〇〇点中七〇〇点を取らなければならないが、それはもう不可能に近い。幾何の角度を算出する問題に誤答していても、山田のように正答を得たと思い込んでいちるの望みをつないだ者も幾許かはいたのだろう。私がもしそうだったら、三日目に控えている苦手な化学は一〇〇点満点中半分も取れないだろうから、数学がまるで解けていなかったからそれだけで二五〇点を失うことになり、合格最低点の七〇〇点は到底無理と諦め、母が案じた如く山田に先立って帰ってしまったかも知れない。

しかし、前日、下見に出掛けて生化学教室の裏手に踏み込んだ時、陽光と共に脳裏に差し込んだ閃きは、正しく天来のものだった。一日目の試験を無事に終えた段階で、私はもうほとんど勝利を確信した。

国語と社会はほぼ九割はできた手応えを覚えた。これで六四〇点、残る理科は生物と化学を選択しているが、半分取れれば合格最低ラインは優にクリアできるだろう。

三日目は理科一教科だから午前中で終わる。受験生の顔ぶれに変わりはなく、やはりドロップアウトした者は皆無のようだ。

受験生の中に見かけた顔があることに気付いていた。全国から来ているだろうが、他府県の人間を知るはずはない。三年間一度もクラスを共にしたことはないが、廊下で時折見かけた顔だ。つまりは母校旭丘の同期生に相違ない。二人は知り合った仲なのか、私がそれと気付いた二日目あたりから休憩時につるんでいるのが垣間見えた。二人は私には気付いていない。

生物は遺伝の問題が主だった。これも九割方解けた感触を得た。化学は案の定お手上げだった。半分どころか、二、三割しか取れなかったかもしれない。しかし、生物と合わせて一〇〇点は固いだろう。

帰省するや、私は熱を出して寝込んでしまった。

翌六日の朝になっても熱は下がらず起き上がれなかった。

「山田君のお母さんが挨拶に来られたよ」

昼過ぎ、眠りから覚めたところで母が言った。

「山田君は、とても楽しかったって。お母さんも喜んでいらした」

（はてな？　彼の母親は息子が合格すると思っているんだろうか？　山田自身も？）

二日目と三日目は試験問題について論じることはなかったから彼の出来具合は分からないが、初日の数学と英語の誤答から推して、理学部の最低合格ラインが前年度より相当下がらない限り、初日のあの失点は挽回《ばんかい》できないだろうと思われた。母親が晴れやかな顔でわざわざ礼を述べに来たということは、山田が帰宅するなり「できたよ、多分合格すると思うよ」などと楽観的な見通しを彼女に告げたに相違ない。

「山田君は自信あり気だけど、あんたはどうなの？」

まだ熱が下がらず起き上がれないでいる私に母が問いかけた。

「うーん、多分駄目だと思うよ」

心とは裏腹なことを私は口走った。採点でも七〇〇点はある、いや、多分もっと、もう二、三〇点はある、去年の最低ラインは凌駕できてるだろう、七、八割方、そう確信していたからだ。

「駄目なら、もう東京の予備校へ行くから」

ふて腐れを装ってそう続けると、私は蒲団をかぶって母との会話を打ち切った。

翌日の夕方になってようやく熱が下がり、平常に戻った。

十日後の三月十七日、父母は起きていたが私はまだ蒲団の中にいた午前七時頃、玄関先が何やら騒がしくなり、私はその物音で目が覚めた。

父の妹矢吹よそ子のいつになく甲高い声が耳をついた。

「稔ちゃん、合格よ！　おめでとう！」

「えっ、本当か!?」

応対に出た父の声も上ずっている。

「すごいねえ、愛知県でたった三人よ」

私の頭の上で玄関に走り出る母の足音が響いた。足音は倍になってすぐに戻ってきた。目を上げると、新聞を手に提げた父と、目に涙を浮かべた母が突っ立っている。

「神様は生きているわね」

母が興奮の体で言った。涙声になっている。

「あなたも教会に行ってよ」

父に向けた言葉だ。見れば父も涙ぐんでいる。

「よそ子さんはいい所があるよ。これを持って飛んできてくれるんだから」

母の言葉をはぐらかして父は広げた新聞をこれ見よ、とばかり私に差し出した。

京大の合格者は二十五名ほどで、医学部の三名は左端に載っていて目立った。他の二人は宇佐美一政と垣内洋、試験会場の生化学教室で垣間見た男たちに相違なかった。理学部合格者に神藤昌一の名はあったが、山田恂のそれはなかった。

東大の合格者は十名ほどで、谷川憲三の名はあったが、私と同様〝東大病〟に取り憑かれていた戸塚直勝の名はなかった。後に知ったことだが、彼は一浪の後翌年も東大を受けたが落ちて結局慶応に進んだ。

地元の名大には百名以上が合格していた。それよりも私の目が釘付けにされたのは、圧倒的なボリュームで否でも目立つ名大合格者の陰でほんの数名の名が記されているだけの名古屋市立医大の合格者だった。何と、そこに忘れもしない篠原武子の名を見出し、一瞬目を疑った。が、次の瞬間には心臓が躍り、熱いものが胸に満ち溢れ、跳び上がって万歳を叫びたい衝動に駆られた。もはやじっとしてはおられなかった。このまま手を拱いていたら、彼女は名古屋に留まり、私は京都へ旅立ち、離れ離れになってしまう。彼女も新聞に私の名を見出し、同じ医学の道を志していると知って些かの感慨を覚えているはずだ。思えば二年有余、誰にも打ち明けず胸にしまい込んでいたこの思いを、今こそ訪れた千載一遇のこの機に吐露せずにおられようか！

私はまず母に打ち明けた。叔母が持ってきてくれた新聞を見せて、彼女の名を指さした。母は驚きながらいたく感激し、どんな娘さんかと尋ねた。一年の時文化委員で一緒になった以外何も知らないと答え、卒業アルバムの彼女の写真を見せた。母は納得したようだった。

どこでどう調べて知ったのかは記憶にないが、その日のうちに彼女の家に電話をかけた。コール音が続く間、心臓が高鳴り、顔がほてった。受話器が上がって、忘れもしない愛らしい声が耳を打った時、ほとんど失神せんばかりだった。

「あ、大鐘ですが……合格、おめでとう」

一年の夏休み前、「さよなら」と、最後の挨拶を交わして以来の言葉だ。

「あ、ありがとう。あなたこそ、おめでとうございます」

（やはり彼女も知っていてくれたんだ！）

それよりも肝心なのは、春休みの間に逢瀬の機会をつくることだ。心臓の鼓動を押さえきれぬまま、意を決して二の句を継いだ。

「一度、会いたいんだけれど……」

「はい……」

彼女も語尾を引いたまま返した。

「明日にでも、僕の家へ、来てくれますか?」

即答が返らない。須臾《しゅゆ》の間が何倍もの長さに感じられ、気が遠くなりかけた。

「はい……でも、どうしたら……?」

ためらい勝ちに、しかし、否定ではない、紛れもなく応諾の意を込めた物言いが返った。私は自分の家がどこにあるかを説明し、最寄りの市電の停留所池下で落ち合いたいと告げた。


翌日の昼下がり、約束の時刻より少し前に着くべく池下へ向かったが、家を出る時から既に心臓が躍り、顔がほてり、目が充血してくるのを忌ま忌ましく思った。目は相変わらず自在に動かせず、痛みも伴っている。その誘因をもたらした女性と二年半振りに相対しようとしているのだ。

彼女が家に来てくれることを告げた時、母は早速その旨を妹の服部明子に伝え、一緒に息子の思い人を見てくれないかと言ったようだ。私が家を出るのと入れ違いに叔母が玄関先に姿を見せた。私の動悸が速まったのはそのせいもある。

武子は今池で市電を乗り換えて東山公園方面へ向かう電車から降りて来るはずだ。

私は三洋堂書店と市電の線路を挟んで相対する歩道に立って待ち構えていた。

約束の時刻に今池方面からの電車が止まって幾許かの人が降りてきた。私はすわとばかり身構え目を凝らしたが、武子の姿はなかった。

動き出した電車を見送って次の電車が来るまでに顔のほてり、目の充血を何とかしたかった。だが、どうにもならないまま次の電車が視野に入った。先立った市電と同様、かなりの乗客がいたが、降りたのはほんの数人。ほとんどは東山動物園が目当てなのだろう。

降り立った乗客はこもごも足早に線路の左右に散ったが、一人武子だけが停留所に佇んで視線を泳がせた。が、すぐに手を振っている私に気付いて車道に足を踏み出した。

武子を目にした時、私は一瞬目を疑った。何せ三年間、セーラー服姿の彼女しか見ていなかったから、ピンク色の上下のスーツをまとった姿に違和感を覚えたのだ。新調したものに相違なかったが、お世辞にも似合っているとは言えなかった。スカートは膝下まで延びた紺のセーラー服は、実際より背丈があるように見せていたのだと悟った。

（はてな、こんなに小柄だったかな？）

膝をようやく隠す程度の短いプリーツのスカートが殊更に彼女を小さく見せている。一七〇センチの私より一五センチは低いことが、肩を並べて歩き出した時分かった。

イメージダウンだったが、元よりそんなことは口にできない。相応にイメージダウンの思いをこちらも与えているのではないか？

（学校で見ていた人とは違うわ）

と。上気した顔、血走った目をまともに見られまいと、並んで歩き出しても私はほとんど横を向いたままで、半歩先立っていたのだ。

お互いにほとんど口をきかないまま、足早に歩いていた。武子が何か問いた気な目を時折こちらに送るのが視野の片隅に捉えられたが、私は頑なに前方を見すえていた。

苦痛の十五分余りだった。家に辿り着いてようやくほっとしたが、新たな緊張に襲われた。座敷に武子を案内し、母と叔母を紹介したところで、初めて私は彼女と対面した。私とは裏腹に、武子は平然と落ち着いていて、頬はほんのり色づいている程度、例のつぶらな瞳は臆せずこちら側に座った三人に注がれている。

「かわいい人ね。稔彦さん、目が高いわ」

叔母が皮切りの一言で座が和み、少しばかり緊張がほぐれた。

「お父さまはお医者さんかしら?」

叔母が続けた。

「いえ、薬剤師です。薬局を開いています」

「じゃ、お父様の跡を継ぐのはどなたか他のご兄弟が……?」

「いえ、私はひとり子なので、薬局は父一代で終わりかと思います」

矢継ぎ早の叔母の質問に武子はてきぱきと答えた。

（そうだったのか？）

私も初めて知る情報だ。

その後どのような会話が、どれほどの時間交わされたかは覚えがない。父は昔気質の厳格な人だから日の明るいうちに帰らなければならないと武子は言ったから、家にいた時間はほんの二時間程度だったろう。その間私の顔はずっとほてり続け、目は瞼が重く垂れて充分に見開けないままだ。一方彼女のつぶらな瞳は真っ直ぐこちらに注がれていて眩しい限りだった。時折、私がほとんど喋らないのを訝るような、あるいは、咎めるような色合いを感じたのは私の僻目《ひがめ》だったのだろうか？

別れ際に、私はやっと自分を取り戻した。勉強部屋に彼女を案内し、本棚から一冊の本を取り出し、彼女に差し出した。A・J・クローニンの『人生の途上にて』上下本だ。作者の妻メアリーは、グラスゴー大学医学部の同期生で、我々の今回の関係と似ているから多少なりと感情移入してもらえると思う、というようなことを言った。

一つの賭けだった。もしこの本に何ら感動を覚えないようだったら、彼女とは肌合いが違うとみなし別れることも厭うまいと。

夏休みには帰ってくる、それまでは手紙のやりとりをしたいがとの提案に、武子は二つ返事で承諾してくれ、自宅の所番地を教えてくれた。

四月早々、勇躍京都へ旅立った。前にも書いたが、私がひとり子で母っ子であることを知っている大方の人は、異郷の地に飛び出すはいいが、早晩里心が募って頻々と郷里に帰ってくるだろうと、直接私に言う人もあれば、母に囁く人もあったようだ。

しかし、当の私はるんるん気分で名古屋を発ったのだ。市電の池下駅に向かった私を門前で見送ってくれた父母は今にも泣き出しそうな面持ちだったが、私にそんな感傷はなかった。

京都の落ち着き先は、受験の折旅館を紹介してくれた畠山さんが見つけてくれていた。彼女の家から近い、銘菓〝八ッ橋〟で知られる聖護院の住宅街の一隅にある屋敷で、何でも明治の宰相桂太郎が妾の〝お鯉さん〟を住まわせていたという。

家主は岐阜の代議士纐纈《こうけつ》弥三《やぞう》の妹だという五十がらみの人で、鶴のように痩せているがにこやかで感じがよかった。夫は六十歳くらい、娘が一人いたが、まだ小学生ながらあまりかわい気がなかった。

下宿人は私の他に数人いて、最年長者は一階の食堂の脇の小部屋にもう何年も止宿しているという勤め人だった。他は皆学生で、京都府立医大の五回生と三回生、京大法学部の四回生は予備校に通う弟と一室を占め、私は京大工学部に現役で入った青年と六畳間をカーテンで仕切った三畳間に隣り合わせた。

始業式は本学時計台下の大講堂で行われた。在校生代表で壇上に上がったのは、まだイガグリ頭の、青年というよりは少年の名残を留めた、それにしてもいかにも利発そうな男で、数列置いた理学部生の一人だった。祝辞を述べた教官が、現役生に相違ないこの代表が全合格者中最高の八七〇点を取ったことを披露した。感嘆の声が上がった。

確かに、信じられない数値だ。五教科でいずれも九割近い成績を収めた勘定だ。秀才とはかかる男のことを言うのだろう。

何人かの教官が祝辞を述べたが、多分に東大をライバル視したもので、負け惜しみの感があり、聴いていて快いものではなかった。

始業式が終わると、法学部の階段講義室で記念講演が用意されていた。講師の一人は看板教授の湯川秀樹、いま一人は文学部教授有賀鐵太郎だった。

先に立った湯川博士の講演はさっぱり分からなかった。恐らく文系の学生だろう、私と同様興味本位で参会したと思われる学生が「つまらん」「分からん」と口々にぼやきながら席を立って行った。私は有賀教授の講演が楽しみだったので留まった。

後年知ったことだが、有賀教授は同志社大出で、私学出身者が京大教授に就任するのは極めて珍しかった。しかも、文学部長にまで抜擢されたのだ。

教授は北欧デンマークの哲学者セーレン・キェルケゴールについて語った。

「死に至る病、それは絶望である」

というキェルケゴールの言葉を引き合いに出されたが、何となく分かった。望みを絶たれた時、人は死にたいと思い、実際自殺に走ることもある、との意だろう、と。

有賀教授はその〝死に至る病〟からイエスへの信仰によって救い出された、キェルケゴールもまた然りであった、というようなことを話された。

この講演に惹かれた私は、キェルケゴールの著作を繙くと共に、有賀教授の謦咳に接したく、後日お宅に押し掛ける挙に及ぶ。

始業式の翌日は身体検査と、これから学ぶ教科書が配布される日になっていた。

身体検査がどこで行われたかは記憶にない。身長、体重、視力、それに尿検査程度の簡単なもので、理系と文系の学生は時間差で会場に入った記憶がある。

まずは脱衣場に入るのだが、そこに足を踏み入れ、目を上げた瞬間、私は「オッ！」と驚愕の声を放っていた。

目の前に、検査を終えたのだろう、着衣中の二人の学生がいて、その一人がこちらに気付いて訝し気な視線を送り返したのだ。

城山中学で一千余人中常にトップを走り続け、目の上のタンコブ的存在であった男、高校も無論同じで、疎ましい存在であり続けると思ったのが、入学して一年も経たないうちに父親の転勤で大阪に移り、やれやれと胸を撫でおろした男真弓宏が、（何で君がここに？）と言いた気な目で私を見すえていたのだ。それもそうだろう、自分の遥か後塵を拝していた男が同じ現役の京大生となって目の前に現れたのだから。

「何学部？」

一瞬絶句の体から我に返った面持ちで真弓は尋ねた。

「医学部」

と答えると、先刻とは色合いの違う驚きの表情がかすかに浮かんだ。意外だったに相違ない。さしずめ文学部あたりかと思ったのだろう。

「君は？」

と尋ねると、

「工学部原子物理学科」

と返してから、傍らの男を、「こちらは、高校の同期生で同じ学部に入った○△君」と紹介した。その友人はちらと私に一瞥をくれただけで不愛想な表情のままだった。

私が真弓宏に気付いて驚いたのは、彼はてっきり東大に入っただろうと思っていたからである。愛知県下で東大に入ったのは二十人そこそこだったが、真弓は中学の模擬試験で常に五番以内に入っていたし、野球部に入った上野肇やボート部の川北健次のように高校に入って失速したとは思えなかったからである。上野は結局大阪外国語大学に進み、同じ野球部で汗を流し合った戸塚直勝からの情報によれば、何らかの奇病で夭折したという。川北の消息は知らないが、東大や京大の合格者の中にいなかったことは確かだ。

身体検査を終えた帰りだったか、新学期のテキストを受け取るべく、本学の正門前、道一つ隔てたナカニシヤ書店に足を向けた私は、こちらに向かってくる一人の少年、いや、青年に気付いた。満面笑みを浮かべたその顔は、中学時代、従兄の服部英昭が住む御棚町の一隅からシェパードを追って勢いよく駆けてきた少年の顔そのものだったが、高校では卒業の年にクラスを共にしながら一度も見たことのないものだったから、驚きながら何かしら懐かしさを覚え、私は思わず、

「おおっ！」と感嘆の声を上げていた。

寮隆吉は、高校時代一度も見せたことのない満面の笑みをたたえたまま、真っ直ぐ私を見すえ、そして、立ち止まった。

これが、その後半世紀余に及ぶ、我が分身とも言うべき男との馴れ合いの始まりであった。

# 第三章　青年期

（一）

全体の入学式とは別に、医学部だけの入学式が、試験会場であった生化学教室で行われた。

教養学部長が冒頭に祝辞を述べ、今年の合格者の最高点は七八〇点で、最低点は七〇八点、七〇点余の中に五十五名が僅かな差でひしめいており、諸君はいずれ劣らぬ俊秀である、因みに七〇八点は全学部中断トツ一位であり、これに次ぐのは理学部の六五〇点である、と褒めちぎった。

全学部中最高点を取ったのは理学部生で八七〇点という桁違いの高得点だから、医学部合格者の中には突出した者はいなかったわけで、ほっと安堵を覚えた。

自分が何点だったか知りたいとは思ったが、知ったところで今更という思いだったから敢えて聞きには行かなかった。しかし、自分の得点はもとより、最高点を取った者は誰かを知りたがる詮索好きな人間もいて、どこからともなく、一浪の井上紀彦が最高得点者だという情報が聴こえてきた。

井上君は大柄で悠揚迫らぬ雰囲気を持った男で好感が持てた。

教養学部長に続いて医学部長が挨拶に立ったが、この人の風貌を見て驚いた。ピンと立った豊かな白髪の下の顔も大きいが、際立って目立つのはその中央にどっかりと鎮座ましましている巨大な鼻だった。これほど大きな鼻の持主は見たことがない。芥川龍之介『鼻』の禅智内供和尚や後に読んだエドモン・ロスタンのシラノ・ド・ベルジュラックの鼻もかくやと思わせた。シラノは自らの大鼻故に女性に好かれることはないと思い込み、密かに思いを寄せる女性にも積極的になれない。それどころか彼女に恋心を寄せていると知った友人の黒子に徹し、恋文を持ち前の文才で代筆してやる。涙ぐましいばかりのその純情さが胸を打ち、私はシラノを分身の如くいとおしく思った。

この学部長平松さんはドイツ語の教授で、我々に提示したテキストは医師で作家のコナン・ドイルの『シャーロック・ホームズ』番外編のパロディーだった。

平松さんは得々とテキストを読み上げ、手振り身振り宜しくホームズと助手のワトソン博士のやりとりを具現化してくれたが、その講義は独演に近いものがあって、我々に朗読させたり訳させたりすることはなかった。

教養課程は二年とされたが、高校時代との違いは一回の講義時間が二時間であること、出欠席は自由だが、最低必要単位を修得しなければ専門課程には進めないこと、単位数は充足できても、赤点（六〇点以下）が一つでもあれば進級できないこと等で、これを聞いて暗澹たる思いに捉われた。何故と言って、必須科目には、受験時代の延長さながら、否、それよりもハードなカリキュラムが組み込まれていたからだ。苦手な物理や化学からは解放されると思いきや、どうしてどうして、しっかり組み込まれており、しかも、化学のテキストたるや英語版で、ノーベル化学賞受賞者のライナス・ポーリングの著作があてがわれたのだ。

高校時代になかった数理統計学が、難解な解析等の数学に加わっていた。語学は一般の英語、ドイツ語に加え、医学英語、医学ドイツ語が課された。

医学部に入ったらすぐにでも臨床医学の学科を学ぶものと思い込んでいたから、完全にアテが外れ、気勢を殺《そ》がれた。しかも赤点を一つでも取れば進級できないとなれば、受験時代を追体験するようなものだ。

解析の講義の初日、教室に姿を現した講師を見て一瞬目を疑ったのは私ばかりではなかっただろう。

その人は、身長が一四〇センチもあろうかと思われる小人さながら、全体の嵩も小学生並みであった。

講師は黒板に背伸びしながら「小針」と大きく書いた。〝名は体を表す〟と誰しも思ったであろう。遠慮がちにかすかな哄笑が起こった。

「今度は君たちに自己紹介してもらう番だが」

チョークを置いてこちらに向き直ると小針先生は言った。

「君たちもお互いの名前をまだ知らないだろうから、今日は授業は止めて吉田山へ行き、輪になって自己紹介をし合おう」

京大の前身は旧制三高であり、東大の前身一高の「嗚呼玉杯に花うけて」と並び称される寮歌「紅萌ゆる岡の花」の象徴が教養部と本学の間の道を東に向かって百メートルも歩いた所に登山口のある吉田山だった。

因みに同歌の一番はこうなっている。

紅萌ゆる　岡の花　早緑《さみどり》におう
岸の色　都の花に　うそぶけば
月こそかかれ　吉田山

吉田山は標高精々百メートルほどだからさして高くはない。頂上まで昇っても息が切れることはない。

だが、小針先生の歩幅は小さい。先生に先立っては悪いから五十人余（欠席した者も何人かいた）の一団はぞろぞろと後につき、二、三十分も要して頂きに達し、輪を作って腰を下ろした。小針先生は和の一端、一番高い所に腰をすえておらタバコを取り出した。その隣の学生から自己紹介を始めた。

出身校と、ほんの一、二分閑話を述べる程度だが、自分が何を言ったかを含めて、大方の者のスピーチは忘れてしまったが、二、三の者のそれはいまだに記憶に残っている。

すらりとした体型で黒縁の眼鏡が印象的な山口晃は東京の天下に知られた進学校日比谷高出身で、東京を〝日本の掃き溜め〟と喝破、自分はそこから抜け出したくて京都に来た、と言ってのけた。日比谷高は当時全国一多くの東大入学者を誇っていたから、東大ではなく二番手の京大に甘んじたことに多少のコンプレックスを覚えていて、東京を〝掃き溜め〟呼ばわりすることでその憂さを晴らす魂胆だったのかも知れない。

そんなコンプレックスをもろにさらけ出すようなコメントを述べた男がいた。福井県の進学校藤島高出身の河合明彦だ。

「僕は京大が第一志望ではなく、東大に行きたかったけれど、落っこちたので止むなくこちらに来た」

何とも女々しいコメントだが、呆れると同時に驚いた。

(東大を落ちた？　国立大をダブル受験などできないはずだが一体どういうことだ⁉)

河合は私のすぐ間近にいたから、厭な奴だと思いながら私はすかさずそっとこの疑問を彼に放った。

「東大はね、今年は一次試験がなくなって六日から二次試験だけが行われたんだよ。僕は京大の受験を終えたその足で東京に行って東大を受験したんだ」

京大の三日目の試験科目は理科だけで午前中に終わった。河合は午後に東京に向かい、翌六日からの受験に臨んだと言う。

私は唇をかんだ。そういうことなら自分も東大をダブル受験できたのに、何故担任の福井教諭はそんなビッグニュースを私に伝えてくれなかったのか、恨みがましく思った。福井県の河合がその情報を摑んでいたのだから、福井よりは都会の愛知県の高校教師、まして受験生の担任教師が知らないはずはない。河合は落ちたが、逆に、京大を落ちた者で東大をダブル受験して合格を果たした者がいたかも知れない。

しかし、よくよく思い起こせば、京大の受験を終えて名古屋に帰ったその夜から高熱を発し、以後丸二日間起き上がれなかったのだから、河合君宜しく五日の午後に上京したとて、試験場に行くことは叶わなかっただろう。よし高熱を押して試験に臨んだとしても、熱に浮かされて朦朧《もうろう》とした頭では陸《ろく》な成績は上げられなかったに違いない。

否、それよりも何よりも、受験の前日試験場の生化学教室を下見に赴いた時、その裏手の草地に足を踏み入れた瞬間脳裏に閃いたあの思い、（自分はきっとまたこの場に立つことがある）に、京都へ来るべく私の運命が啓示されていたのだ。

河合の女々しいコメントは腹立たしい限りだったが、口惜しさはその日限りで、河合のように未練がましく尾を引くことはなかった。

河合とは裏腹に、豪気なコメントで私を——恐らく同級生の何人かをも——唸らせた男がいた。大田研治、姫路東高の出身者で、現役合格者だ。

「学部長は合格最低点が七〇八点と言われたが、僕がその最低点で入ったラッキーな受験生だと思います」

私を含め何人かの同級生は、ひょっとして自分こそそうだったのではないかと思っていただろうが、冗談にも大田のような発言は発し得なかっただろう。

（飾り気の無い気っ風のいい奴だ）

私は大田に好感を覚えた。

小針先生の発案によるこの自己紹介で知れたことは、同級生のほとんどが西日本から来ており、最も東から来ているのは東京を〝掃き溜め〟呼ばわりした日比谷高出身のニヒルな男山口であること、私の母校旭丘と奈良女子大附属高校の卒業生が三名で最も多かったこと、地元の京都出身者は意外に少なく、同志社高出で二浪の田原明夫くらいなものであったこと、浪人を最も重ねたのは大阪から来た小松彪《あきら》で、何と五浪の強者であること、女子は四名で一人を除いて他の三人は現役生らしいこと、等であった。

五浪の小松さんは、白衣をつければそのまま外来に出ても違和感を抱かせないであろうと思われる風格を持ち合わせていた。二十三歳のはずだがはるか年配者に思えた。

小針先生の講義は分かるような分からないような、いずれにしても、一日でもさぼればついて行けなくなる恐れがあったから、さぼる者はほとんどいなかった。

小さな体が、次第に大きく見えてきた。知能指数は脳の大きさに比例する、人類が猿から類人猿、そしてホモサピエンスと進化を遂げたのは脳が大きく発達したからだと言われているが、小針先生に限ってはその学説はあてはまらないような気がした。もっとも、体全体の大きさに比すれば小針先生の脳は大きかったのかも知れない。何にせよ、天はこの人に比類無き一物を与えた。

ほぼ一ヵ月程経ったところで、小針先生は我々に試験を課した。問題は三題で満点は五〇点。三〇点満点のミニテストを課した中学二年時の山崎教諭を思い出させたが、何と小針先生は、ピタリ正答でなくてもそこに至る思考過程が窺えるような数式が書かれていればそれなりの点数を与える、しかして、五〇点満点で三分の一以上得点していたら合格、それ以下は追試を課す、と前置きしてから、数日後、一人一人の名を得点と共に読み上げて各自に手渡すというパフォーマンスに及んだから驚いた。

私は、試験用紙を配られるまでは緊張したが、一題は何故かすんなり解けた。一題は皆目分からずお手上げ、もう一題は解けたような解けなかったような、消化不良の状態で終えていた。結果は二四点で、上位五人のうちに入って胸を撫でおろした。

吉川という、髪を伸ばしかけたばかりで少年の面影を残す現役生が三五点でトップ、同志社高校出で二浪して入ってきたという田原明夫が二八点で二番手につけていた。

私と同様東大病に取り憑かれていた河合明彦は意外にも一八点だった。さすがに〇点はいなかったが、一〇点以下が数名、五点が最低点だった。

数学はひとまずこれでクリアできたが、物理、化学等、高校で最も不得手とした学科のテストが夏休み直後に控えていて憂うつ極まりなかった。必須科目で唯一ストレスを覚えずむしろ楽しめたのは語学くらいのものだ。

英語の教師は医学英語の担当である薬学部の助教授を含めて三人いた。教養学部の教師の一人はまだ三十代半ばかと思われたが、いつも着流し姿で現れた。はてなと訝り見ると、テキストを右手に持ち、左手は大方和服の袖口に入れている。時折ちらと見え隠れするその左手は右手に比べて小さく丸まっている。先天的な奇形に相違ない。しかし講師の表情には些かも暗い影はなく、それどころか明朗闊達な性格を思わせて魅力的だった。彼は我々に訳させることはなく、自ら読み上げ、自ら訳して行った。その朗読がまた独特のイントネーションで耳に快く響いた。

テキストは英国の海洋小説家コンラッドの短篇小説『Tomorrow』だった。邦訳すれば『明日』となるこの作品に私は魅了された。

さびれた港町に住む老人と、その隣に住む少し頭の弱い婚期を逸した女の物語だ。老人もいささか呆けていて、今日で言う認知症の気味があり、垣根越しに女と交わす話は同じ繰り言だ。自分には息子が一人いて、長らく会えないでいるが、それは息子が船乗りだからだ、しかし、明日にはきっと帰ってくる、その時はお前さんに会わせる、息子はお前さんを気に入ってくれるだろう、そうしたら結婚するがいい、と。

女は老人の言う〝明日〟が延々と空しく過ぎていくばかりなので本気にせず、「また始まった」と適当に聞き流していた。

そんなある日、女はどこからか現れた通りすがりの男に声をかけられる。これこれの人間を知らないかと。女は驚き、隣の家に呼びかける。

「息子さんが帰って来たよ！」

老人が入口に出て訝し気にマドロス風体の男を見やる。

「へーい、親父、俺だよ。久し振りだな」

息子が手を挙げて呼びかける。垣根の脇に寄った女は胸を弾ませながら老人を見るが、思いも寄らぬ言葉が老人の口から飛び出す。

「あれは息子じゃない。よその人間だ。息子は明日にしか帰ってこないんだ！」

言い捨てるなり老人は家に引っ込んで入口のドアをパタンとしめてしまう。

男が女に近寄り、苦笑を浮かべて吐く。

「ちっ、何だよ。折角顔を見せてやったのに！　呆けちまいやがって」

女は男が間違いなく老人の息子であると悟るが、どうしていいか分からない。と、不意に男が女を引き寄せ、いきなり抱きすくめると顔に接吻を浴びせる。女は抗う術もないが、男はすぐに抱擁を解き「明日じゃない、息子は今日帰って来たんだと爺さんに言ってやりな。じゃあな、あばよ」

踵を返して立ち去る男に、我に返った女が声をかける。

「あ、ちょっと、待って……」

聞こえなかったのか、男は振り向きもせず波止場に向かって歩いて行く――。

何とも言えぬ余韻を残して教師は朗読と訳を終えた。

中学だったか高校だったか、かつて英語のテキストで読んだO・ヘンリーの『最後の一葉』とはまた別の味わいを持った短篇小説の傑作だと思った。いつかこんな小説を書いてみたいとも。その悲願は半世紀も後に叶えられることになる。

ドイツ語は英語よりも私の感性に合い参考書と首っぴきでテキストに取り組んだ。舌先を上顎につけて「ルルルッ」と鳴らす「R」の発音はなかなか会得できなかったが、その他はローマ字を読むように発音すればよいし、何よりも響きが男性的で小気味よかった。選択科目でフランス語の講義にも出たが、こちらは女性的で肌の合わないものを覚え、学習意欲をかきたてられることはなかった。

フランス語の講義で真弓宏と出会《でくわ》して驚いた。工学部原子物理学科といういかにも硬派の道に進んだ彼とフランス語は何となく合わないような気がしたからである。果せるかな、「フランス語はもうひとつとっつき難いね」と苦笑混じりにぼやいていた。さては、ある単語をどう発音するのか尋ねてきたから二重に驚いた。常に私を凌駕しトップを走り続けていた彼が私に教えを乞うなんて！

（やっとこれで真弓と同じスタート台に立てた！）

もっとも、彼はフランス語はさておき——これは選択科目だから落第点を取ってもよい——、私を憂うつにさせている物理や化学、数理統計等の必須科目は難なくこなして進級していくだろう、こちらもそれを克服して無事専門課程に進んで初めて轡《くつわ》を並べたと言えるかも知れない、とは思った。

フランス語の講師はいかにも垢抜けしたダンディーないでたちで驚くほど流暢にフランス語を喋った。ドイツ語はローマ字に似てその発音から綴りを想定できるが、フランス語はそうではない。“beau”はドイツ語なら〝ベアウ〟と発音するがフランス語では〝ボー〟なのだ。とっつき難いことこの上ない。こちらはほどほどにお付き合いすることにした。

その反動というわけでもないが、ドイツ語にはのめり込んだ。大鼻の平松教授がテキストに選んだ「シャーロック・ホームズ」の番外編は難解だったが、医学ドイツ語は十一分にこなせた。

講師の沼正作先生は生化学の助教授で、留学先のドイツから帰国したばかりだという。端整な風貌の持主で、知性に溢れていた。ドイツに憧れ、ドイツの女性と結婚し、日本に連れ帰っていると言った。

沼講師が選んだテキストの表題は「krebs（癌）」であった。英語なら「cancer」だが、その語源はラテン語の「krab（蟹）」に発する、癌は蟹がその爪でガッチリ獲物を捕らえて放さないように、周りの組織に食い込んだら最後引きはがせない、と教えてくれた。だから、東京の癌専門の癌研究会病院の玄関の上には大きな蟹の彫刻が象徴的に飾られている、機会があったら見てみるといい、とも。

沼先生は私のドイツ語の習得度が高いことをややにして見抜いてくれた。級友が訳に手間取ったり、分かりません、と言うと、その度に私を名指して訳させた。

他の必須科目のテストは夏休みが明けて早々に行われる予定だったが、先の小針先生の数学Bに続いて医学ドイツ語のそれも休み前に行われた。沼先生が夏休みから秋にかけて妻の母国ドイツに出掛け日本を留守にするからというのが理由だった。

テストはほぼ出来たが完璧に解答できた手応えはなかった。しかし、返された答案には満点と付されていて驚いた。恐らくは、さぼる者も少なくなかった中で、私は皆出席し、名指された質問には正答を返して沼さんの期待に応えていた、その論功行賞の色合いが多分にあるなと思った。

それにしても嬉しかった。


両親はもとより、親戚の者たちも夏休みには勇んで帰省すると思っていたようだったが、私は京都に留まった。篠原武子に会いたい思いはひとしおで、そればかりが郷里へのノスタルジアをかきたてたが、休み明けには厳しい試験が待っている、それを無事終えたら帰るから待ってほしいと手紙で伝えた。彼女とて同じノルマを課されているから私の思いは分かってくれると信じた。

京都の夏は格別暑い。他の下宿人は皆出払っていたが、私はひとり残ってそれこそ受験時代さながら机にかじりついた。物理の試験は教科書から出すということだったから、ややこしい数式も丸暗記にかかった。

唯一の息抜きは、週末に京極や四条河原町界隈に出て映画を見ることと読書だった。

専ら通った映画館は「美松名劇」で、往年の映画がリバイバル上映されていた。隣の「美松大劇」はポルノ専門の映画館で、ある休日、同じ下宿人で北海道から来ていた兄弟の弟で予備校生の男がそちらへ入って行くのを見かけたことがある。情痴作家の故渡辺淳　に言わせれば、思春期は最もリビドー（性欲）の激しい時期で男の生理的欲求だからどう仕様もない、自然の摂理に従うならばこの年頃に結婚するのが最も妥当だが、受験社会がそれを許さない、何とも理不尽だ、となるが、私の場合は中学一、二年の頃にいっときそうしたやるせない思いに悩んだものの、高校と大学の受験がそれを紛らせてくれた。篠原武子への思いも全くプラトニックなもので、リビドーとはおよそ無関係だった。

無論、女性の生理の如く男にも精巣（睾丸）の発達に伴う夢精があり、奥手ながら私も人並みに体験したし、自慰も覚えたが、それに溺れることはなかった。詩人谷川俊太郎の父親徹三は、哲学者で謹厳実直な人物、およそリビドーとは縁遠い人かと思わせたが、どうしてどうして、旧制三高（現京都大学）時代自慰に溺れて三年を棒に振ったというから人は分からない。

私は肉体的にも奥手で、性に目覚めた頃から外性器の短小コンプレックスに悩み続けてきた。

それから解放される日が、ある日突然訪れた。下宿先で入浴はできなかったから、下宿人は近くの銭湯に出掛けていて、私も例外ではなかったが、他人に裸を見られるのが厭で、混雑する時間帯を避け、いつも大抵一番風呂に入っていた。

その日も、大学から帰ってすぐに出掛けた。客はまばらだった。湯船に入っているのは私だけだった。長湯は嫌いで〝烏の行水〟に近かったが、二、三分浸かって湯船のヘリに一旦腰をかけ、局部をタオルで覆おうとした時だった。

突如股間に異様な感覚を覚え、誰もいないのを幸い、タオルをのけてそっと局部をのぞき見た。信じられないことが起こっていた。長い間悩みの種だった包茎がアレヨという間に変貌を遂げ、亀頭が顔を出していたのだ。

恐る恐る再び湯に下半身を沈めた。痛みが走るかと思ったが何ともなく安堵した。

思い返せば中学三年の時、学校のトイレで上利《あがり》というクラスメートが隣に来て放尿を始めた。チラと流し見た彼のペニスが私のように皮をかぶっていず亀頭がむき出しになっているのに驚いたものだ。横幅はあるが上背はさしてない、私とどっこいどっこいで朝礼では前の方に並んでいた男だ。

三、四年遅れを取ったが、これで男としても一人前になれたとの感慨を覚えながら、湯の中で次第に鮮かな紅色に変じて行く亀頭を眺めやった。

「美松名劇」で上映される映画は専ら西洋ものだった。野性味溢れるアメリカの俳優バート・ランカスターや、対照的に典型的な二枚目のアラン・ラッド、グレゴリー・ペック主演の西部劇もの、ヒッチコック監督のサスペンス等、アメリカ映画が多かったが、特異な風貌はおよそハンサムとは言えないが男くさいオーラが滲み出ているジャン・ギャバン主演のフランス映画もよく見た。

中学に上がった頃話題になり、覚王山の「スバル座」横にでかでかと大きな広告看板がかかっていた『ローマの休日』も初めて見た。看板にはこの映画でデビューし、一躍世界中のマドンナと評されるに至ったオードリー・ヘップバーンの顔が全面を占めていたが、何故かその顔はボーイッシュに見えて映画を見たいとは思わなかった。

しかし、その第一印象は「美松名劇」のリバイバル上映で完全に覆された。ヘップバーンは、およそボーイッシュではなく、初々しく、女らしく、可憐で魅力的だった。あの覚王山の看板に描かれたヘップバーンは紛い物だと思った。

ヘップバーン主演の映画はその後『昼下がりの情事』『戦争と平和』など見たが、白眉は『尼僧物語』だ。カソリックのシスターの活動を描いたこの作品は私が高校一年の時封切られて話題になったが、プロテスタントの教会で育った私には異質なものに思われ、名古屋では無論逸早く上映されていたが足を運ぶことはなかった。

二年後に「美松名劇」でのリバイバル上映でこれを見た時、〝食わず嫌い〟であったと思った。シスター姿のヘップバーンは気高く美しかった。劇中、コンゴに派遣されて孤高の外科医の助手として仕えるシーンには引き込まれた。コンゴと言えば、私が小学生の時医者になると決意させてくれた人物、他でもないアルベルト・シュヴァイツァーが赴いた未開の地だ。

掟《おきて》とノルマに縛られ、閉ざされた修道院から、燦々《さんさん》と太陽の輝くアフリカの大地に画面が転じた時、ああ自分もいつの日かこの地に赴き、医師として働きたいと思ったものだ。能うべくは篠原武子と共に、と。

『尼僧物語』の監督フレッド・ジンネマンは、この映画を見て以来、最も尊敬する人物となった。一九五四年度のアカデミー賞を受賞した『地上より永遠《ここ》に』も名作だったが、ドゴール大統領の暗殺を請け負った殺し屋を主人公にした『ジャッカルの日』はサスペンス映画の傑作で、後年、ビデオを買い求めて二度三度と見て飽きなかった。

しかし、私が最も惹かれたのはラヴ・ロマンスで、それも、ハッピーエンドよりは物悲しい結末の悲劇が心に残った。一九四〇年に公開されたというマーヴィン・ルロイ監督の『ウォータールー・ブリッジ』は、邦訳『哀愁』でリバイバル上映されて話題になったが、『風と共に去りぬ』のヒロイン、スカーレット・オハラに抜擢されて一躍スターダムにのし上がった英国女優ヴイヴィアン・リーの気品ある美しさに魅了された。相手役の将校を演じた米国の男優ロバート・テイラーの美男振りも垂涎の的だった。

この映画のヒットに触発されて日本版『哀愁』を書き下ろしたのが『君の名は』で一世を風靡《ふうび》した菊田一夫である。ロンドンのウォータールー・ブリッジは東京の数寄屋橋にすり代え、『哀愁』の時代背景第一次世界大戦は第二次のそれに置き代えた。ヴィヴィアン・リー演じるヒロインの踊り子マイラは氏家真知子に、ロバート・テイラー演じるクローニン将校は後宮春樹となり、後に岸恵子、佐田啓二主演で映画化されたが、映画に先立ってNHKのラジオで連日十五分間放送され、この時間帯は銭湯の女湯ががら空きになるほど主婦たちを自宅に釘付けにした。他ならぬ母もその一人で、小学生だった私も父に冷笑されながらラジオに聴き入ったことは以前に書いた。

『哀愁』に勝るとも劣らず衝撃を受けた映画が他にもある。

イタリアの巨匠ヴィットリオ・デ・シーカ監督の『終着駅』は、ローマ駅で始まりローマ駅で終わる、しかも劇中の時間の進行が上映時間と並行して進むという趣向を凝らした作品で、デ・シーカの才覚を遺憾なく偲ばせた。監督はイタリア人で、舞台背景もイタリアのローマながら、起用した俳優はアメリカ人のジェニファー・ジョーンズとモンゴメリー・クリフトだった。ヒロインはイタリアに住む甥っ子を訪ねて観光がてらローマに来たアメリカ人の人妻という設定だからジェニファーの起用は頷けるし、大学の助教授ジョヴァンニ役のモンゴメリーも、アメリカ人ながらどことなくラテン系の風貌で違和感はない。タイトルはイタリアの原語「スタチオーネ・テルミナーレ」の直訳だが、私はこの原語を口ずさむ度に心震えるものを覚えた。

ジェニファー・ジョーンズは、マリリン・モンローに典型を見る金髪ではなくラテン系のブラウンの髪の持主で、スタイルも抜群、面立ちにも気品があり、憧れの女性となった。

私はジョヴァンニになり切り、彼女への恋慕をたぎらせ、その思いを果たせなかった彼と共に絶望に身を震わせた。見終わって一週間は何も手につかないほどだった

京大の本部裏門と市電の線路を挟んだ向かい側に「西部講堂」と銘打った建物がある。学生食堂が隣にあって、昼と夜はここで食事を摂ることにしていたが、夏休み前の終末のある日、昼食を摂り終えてから何気なく西部講堂に足を向けた。平屋でいかにも安普請を思わせる建物だったが、主に文学部の映画マニアの学生たちから成るシネマサークルの主宰する映画会が催されていた。一日に三回ほど上映されていて、今しも初回の上映が終わったばかりだった。何人かの学生がぞろぞろと入口から出てきたが、その一人に見覚えがあり、思わず立ち止まった。クラスメートの小松さんだ。五浪の後医学部に入ってきて、白衣をつければそのまま外来に出て医者だと名乗っても通りそうな大人の風格を帯びた人だ。

小松さんは折角苦労して入ったのに、講義には滅多に姿を見せなかった。だから一瞬、久しぶり

に会ったような気がしたし、教室ではあまり見かけない彼とこんな場で出会すとはと意外の感に捉われたのだ。

私に気付くと、小松さんは破顔一笑し、

「いやあ、良かったよ」

と、興奮の体で言った。君も絶対に感激するよ、と、二の句がついて出そうな気配だった。

上映されていたのはソ連劇の『オセロ』、シェークスピアの四大悲劇の一つとされている作品だ。

十六世紀のイタリアはヴェニスが舞台。ヴェニス軍隊の長オセロは黒い肌を持ったムーア人だが、勇猛果敢な軍人で人望を得、デスデモーナという美しい白人の女性を妻に得る。デスデモーナに横恋慕していた副官のイアーゴーがこれを妬み、奸計を弄してオセロを陥れようとする。デスデモーナが白人の色男と浮気をしているとオセロに疑念を抱かせる。黒人であることにひけ目を感じているオセロはデスデモーナのような美しい女が自分の求愛を受け入れたのはさては不貞を隠蔽するためのまやかしであったかと思い込み、身の潔白を切々と訴えるデスデモーナの不貞を疑い続け、ついに彼女を絞め殺してしまう。

ミュージカル仕立てのこの映画は、重厚な城郭の背景でまず目を奪ったが、オセロ役の男優の迫真の演技、デスデモーナ役の女優の可憐さが相俟って私を打ちのめした。同様に打ちのめされたであろう小松さんの感性と相通じるものを覚え、彼ともっと親しく交わりたいと思った。

読書も専ら欧米の文学に限られていた。ヘルマン・ヘッセの『車輪の下』、アンドレ・ジイドの『狭き門』、トルストイの『アンナ・カレーニナ』、ドストエフスキーの『貧しき人々』、ナサニエル・ホーソンの『緋文字』等々。

『緋文字』は選択科目で受講するようになった心理学の教師が、「新大陸が旧大陸に向かって堂々と送りだせる唯一の傑作」と推薦したので読む気になった作品だが、脱稿したばかりの原稿をホーソンはまず妻に見せたそうな。一晩で読み終えた妻は、感動の余り幾晩も眠れなかったと夫に告げた。ホーソンはこれに自信を得て発表する意を固めたという。

英国の清教徒たちが開拓し、ピューリタニズム横溢《おういつ》する町に着任した青年牧師アーサー・ティムズデールは、医師である夫の冷酷さに耐えかねて英国から逃れてきた人妻ヘスター・プリンと恋仲になる。やがてヘスターは女の子を産む。遠く離れていてもヘスターが人妻であることを知る町の人々は姦淫の女としてヘスターをあげつらい、adultery（姦淫）の頭文字Aを真紅に染め抜いた布を胸に縫いつけるよう強いる。傍ら、子供の父親は誰かと問い詰めるが、ヘスターは頑として口を割らない。

妻の不倫を知った夫チリングワースはどこからともなく姿を現し、ヘスターにまといついて口を割らせようとするが、これにもヘスターは応じない。

牧師アーサーは将来を嘱目される有能な人物、やがては、高い地位の牧師になるだろうと誰しもが思っていたが、牧師が次第に痩せ細り、憔悴《しょうすい》して行く様に気付いて心を痛める。

小説の前半は、ヘスターの不倫相手が誰か明かされないまま筆が進む。いわばサスペンス的手法を取り入れたところが味噌だ。しかして白眉は、罪の呵責に苛まれて次第に疲弊し見る影もなく衰えて行くアーサーを見かねたヘスターが、新天地へ親子三人で逃れて行くことを提案するが、もはやそれだけの体力が自分には残されていないと悟ったアーサーは、ヘスターと娘パールを誘って断頭台に上がり、公衆の面前で秘め続けた罪を告白する件である。

一気に読み終えた私は、エドガー・アラン・ポーの『黒猫』と共に掲載されたハードカバーの本の裏表紙に、こう書きつけた。

「『緋文字』へのこの感激を、一体どう表したらよいのか！

この作品に遭遇しただけで、私はこの世に生を享けた甲斐があった！

青年牧師アーサー・ティムズデールは、終生、わが心の友、罪の癒し主となろう」

然り、『緋文字』との出会いによって、小学生以来私を苦しめてきた罪の意識から解放されたのだ。そうして私はそれを刻印させた大澄教諭に、十数年胸の底に淀んでいた澱のようなものを赤裸々に吐き出し得たのだった。

暑さと眼の硬張り、目前に迫った試験への不安に苦悶した夏の休暇も終わりに近付いた八月の末、別の意味で衝撃的な本に出合った。ジャン・ジャック・ルソーの『懺悔録』である。部厚い文庫本で上中下三巻あったが、読み出したら止められなくなり、二日で読み切った。

ルソーのことは社会科の教科書で、十八世紀に活躍したフランスの哲学者、『人間不平等起源論』『社会契約論』、さては『エミール』などの教育論を著した人物、といった程度の意識しかなかった。いわば、小説家とは趣きを異にした小難しい理論を振り回す糞まじめな思想家で、雲の上の人と思っていた。

そんな人物が、トルストイやゲーテまがいの自叙伝、それも曰くあり気なタイトルの本を著したのは何故か？　その興味に駆られて手にしたのだが、冒頭の件からして驚嘆させられ、引き込まれた。

どういういきさつかは詳しく書いてなかったように記憶するが、ルソーは思春期の数年間をある裕福な未亡人の使用人として送っている。同じ止宿人に小間使いとして仕えていた少女がいた。ルソーはある時ふとした出来心から夫人の財布から何がしかの金を盗み取る。夫人はルソーの仕業ではないかと詰問するが、いや、自分は盗んでいない、犯人は小間使いの少女だと主張する。夫人はそれを真に受け、ルソーが証人だと言って少女をお払い箱にする。別れ際、見送りに出たルソーに、少女は涙を浮かべて言う。

「ルソーさん、あなたはもっといい人だと思っていましたのに……」

返す言葉のないまま立ちすくんだルソーを尻目に少女は立ち去って行く。

『懺悔録』の冒頭で、ルソーはこの無垢な少女に罪をかぶせた思春期の過ちを告白し、六十歳に及んだ今にして改悛《かいしゅん》の情を新たにし、少女への贖罪《しょくざい》の意味もこめてこれを公表しなければとの思いに駆られた、それがこの自伝の最大の動機である、と綴っている。

この件からして雲の上の存在であった人物が天から降り来て身近な存在となり、親近感さえ抱かせたのであった。

だが英雄地に堕つの感を抱かせたのは、いたいけな少女に冤罪《えんざい》を着せて彼女を路頭に迷わせたことばかりではない。青春期に至ったルソーは、余り教養のない女を娶るが、生まれきた赤子を、自分には育てる自信がないと嘯いて、生まれると同時に次々と、五人まで、孤児院の前に捨てておいたのである。

ルソーに露悪趣味があったとは思われない。同時代、ルソーと張り合った啓蒙思想家ボルテールやディドロは、次第に頭角を現して来るルソーを何とかして貶め社交界から追い出そうと心を砕くが、ルソーにそうした狡猾さはなかった。社交界で男の敵は少なくなかったが、女性たちには助けられた。ルソーは率直にそのことを述べ、女性を讃美し、心優しい女性無くして今日の自分はあり得なかったと述懐している。

『懺悔録』を書き終えた六年後にルソーは没しているが、未亡人となった妻はルソーがどういう人間であったかを尋ねられてこう答えている。

「あの人が聖人でなくて誰を聖人と呼ぶべきでしょう」

取り憑かれたように『懺悔録』を読み終えた時、目前に控えている試験に怯えている卑小な自分から脱却でき、人生は長い、落第もまたよし、という心境に至っていた。同時に、『緋文字』と言い、『懺悔録』と言い、読む者の人生観にコペルニクス的転回をもたらす文学の力の偉大さを思い知った。

達観の境地で臨んだ試験には、我ながら不思議なほど落ち着いて取り組めたし、鬼門の物理や化学も、予告通りテキストから出題されたものだったので、丸暗記していた私は難なく解答でき、時間切れの十分以上前にクラスでいの一番で答案用紙を提出したほどだ。ざっとそれに目を通した物理の三谷教授は、「うん、教え方がいいからさすがによく出来ている」

などと言ってにんまりとした。年の頃五十代半ばか後半、教養部の教官だから高校の物理の教師に毛の生えた程度で湯川秀樹のような専門課程の学者よりは格下だろう、やや猫背気味でのそっと教室に現れ、終始にこにこと笑みをたたえた温顔からはおよそ研ぎ澄まされたものも感じられないし、と思っていたが、この人こそ〝能ある鷹は爪を隠す〟の類だったかも知れない。

それからしばらくして、三谷先生の名を新聞紙上に見出して驚いた。斯界では由緒ある何とか賞の受賞者として載ったのである。

ついでながら〝名は体を表す〟の典型と書いた数学の小針先生の後日談も書いておこう。新聞のあるコラムに、ロータリークラブか何かの集いに講師として招かれた小針先生の寸言が書かれていた。

「数学は心根の優しい人でないと務まりませんよ」

肉体のハンデを背負いながら特異な才能を与えられた人は、そのコンプレックス故の偏屈な人間ではなかったのだ。

（二）

思いもかけない再会を果たした真弓宏とはキャンパスで時折顔を合せて会釈を交わすくらいで交遊に発展することはなかったが、高校卒業の年にクラスを共にした寮隆古と中学浪人の経験者中田恒夫とは親しく交わることになった。その実、二人が京大に入ったことは全く知らなかった。合格者発表の新聞記事を陸すっぽ見ていなかったのだ。三年次のクラスメートでは他に滝田正一がいたことも、半世紀も後になって初めて知ったくらいだ。

寮とは、真弓と出会った翌日だかに、本部の構内で向こうから歩いてきた男が彼だと気付いて驚いた。高三のクラスで見せていたどことなく人を寄せつけない苦り切った顔でなく、中学時代のにこにことして人懐っこい顔に戻っていたから二重に驚いた。

お互いに下宿に戻る途次だった。私は聖護院の〝旧お鯉さん邸〟に、彼は、大学本部の北、吉田山の麓に近い下宿先に。

寮は工学部鉱山学科に入っていた。工学部の中でも倍率の低い学部を狙ったのだろう。その筋の道に興味があるわけでも、進む気もなかったことはやがて知れる。

中田は私と寮の下宿の中間辺りにある小綺麗なアパートに住んでいた。高校時代は二年三年とクラスを共にしながら一度も口をきいたことのない彼と何をきっかけに親しくなったのか、その辺はさっぱり思い出せない。唯一の心当たりは、選択科目に選んだ「哲学」の講義で顔を合わせたくらいだ。

中田の部屋は整然としていて几帳面な性格を窺わせた。彼のアパートが専ら三人の寄り合い場となった。一つには彼がクラシックのレコードを収集しており、それをプレーヤーにかけて聴かせてくれたからである。

高校時代、音楽、美術、書道のうちの一つを選択するよう言われ、後二者にはさして興味はないから消去法で無難な音楽を選んだが、一、二年はその時間に何をしたかさっぱり記憶がない。

しかし、三年次は不思議に覚えていて、音楽教室に集まった我々に都築さんは専らクラシックを聴かせた。

越境入学の谷川憲三はいつも遅刻してきて、童顔には不似合いな髭面で、悪びれた風もなくのそっと現れた。

私はこの時間が退屈で退屈で、クラシックの何がいいのだと内心毒づいていた。こんなものを聴かせるより、歌を歌わせてくれたらいいのにと。

だが、中田のアパートで寝転がって中田がプレーヤーにかけたベートーヴェンの「運命」を聴いた時、突如コペルニクス的転回が起こった。

（音楽は文学だ！　作曲者の思想が込められ、息づいたもので、表現法が文字と音符と違うだけだ！）

都築さんが専ら聴かせたのはバッハ、ヘンデル等古典的なバロック音楽、いわゆる旋律の妙を競った優等生的な曲で、「運命」のような荒々しい、喜び、怒り、悲しみ等情念の横溢する曲を耳にしたのは初めてだった。

「いやあ、ベートーヴェンは凄い！」

聴き終えて体を起こすなり寮が感極まった面持ちで言った。私は全く同感の意を表し、中田がしてやったりと言わんばかりにほくそ笑んだ。

私はベートーヴェンにぞっこん惚れ込み、ベートーヴェンの何者なのかを知りたくなった。書店でロマン・ロランの『ベートーヴェンの生涯』を見出し、貪り読んだ。

ロランは一世紀前に誕生したベートーヴェンの音楽に少年時代から親しみ、音楽を生業としながら聴覚を全く失うという悲運にもめげず感性で大曲を作り続けたその生き様を生涯の指針にしたという。その謦咳に接したわけではないからどこまでベートーヴェンの実像に迫った伝記であるかは知る由もないが、その作品の数々から、ベートーヴェンの人となり、情念、苦悩、歓喜を汲み取って書き上げたものには相違ない。

「運命」と出会ったことで、クラシック音楽に目覚めた私は、ラジオでその筋の番組にも耳を傾けるようになった。NHKが深夜十一時から三十分ほど放送していた『名曲の時間』なる番組があった。一回につき二曲のさわりの部分を流していた。

ある夜のそれはチャイコフスキーの「ピアノ協奏曲」とブラームスの「バイオリン協奏曲」で、「運命」に劣らず魅了され、翌朝目が覚めても興奮が収まらず、その番組は俺も聴いていると言っていた寮隆吉にこれを伝えずにはおれないと思った。

期せずして、登校の途次、教養部のグラウンドの脇の歩道をこちらに向かってくる寮の姿を認めた。相近付くや、ほとんど異口同音、

「夕べの『名曲の時間』、聴いたか?」

と言い合っていた。

私はチャイコフスキーやブラームスの何者なるかも知りたくなり、書店に駆け込んで伝記を探し求め、これまたむさぼり読んだ。

チャイコフスキーには、その音楽を愛し、陰ながら生涯支え続けた女性がいることを知った。

ブラームスは、シューマンの妻クララに思いを寄せ、シューマンが夭逝した後も陰に陽に彼女を慰め、時にそれが昂じてクララの不興を買い、気安く声を掛けないようにと遠ざけられたが、ブラームスの彼女への思いは終生変わらず、独身を貫いた。音楽家には純な魂の持主が少なくないと思った。

チャイコフスキーへの傾倒は、映画『哀愁』を見た時極まった。ＢＧＭとして流れていた「白鳥の湖」の哀切を帯びた甘美なメロディーは、その後幾日も脳裏を駆け巡った。

私はすぐに寮、中田に『哀愁』を見てくるよう勧めた。この名画を見逃したら一生の不覚だぞと。またまた大袈裟な、と二人は苦笑したが、「美松名劇」で見終わるや、二人はその足で私の下宿先に飛び込んできて「いやあ、感動した！」と開口一番言い放った。寮に到っては、ヴィヴィアン・リー演ずるヒロインが非業の自死を遂げるのは、一見物分かりが良さそうでその実真の思いやりに欠けた義母のせいだ、とまくしたてた。異論はなかった。私は彼の感性に相通じるものを覚え、容貌に悩み苦しむという肉体の棘まで負った共通点と相俟って、（こいつは俺の分身だ）と改めて感じ入った。

初年度の必須科目を「優」と「秀」で終え専門課程への切符を手に入れた私は、ようやく帰省した。ドイツ語の薄っぺらな本を二冊携えていた。それを読み合うことを口実に、篠原武子を連日桐林町の自宅に呼び寄せた。

彼女のドイツ語の読解力はまずまずだった。私が教える立場になったが、彼女は素直に私の助言を受け入れた。

「教えることに情熱をたぎらす年長の少年と、それを素直に受け入れ学習意欲を燃やす年少の少女の取り合わせほど調和の取れた似合いのカップルはない」

ゲーテはこう喝破したが、私と武子とは年齢こそ同じであれ、まさにそんなカップルだった。

ドイツ語を読み合う以外、二人でどこかへ出掛けるということもなく、母が茶菓子をふるまってくれるのを潮時に武子は暇を告げ、また翌日の午後に出向いてくれた。

夜は無論のこと、日中でも男友達と外で会うことはまかりならんと、娘を溺愛していた武子の父親は固く戒めていたという。親御さんもちゃんとおられる彼の家でドイツ語の勉強をするだけ、夕方までには帰るからと一札入れて父親を説き伏せ、何とか許しを得たのよ、と彼女は言った。

私に不満はなかった。三年前、講堂の片隅の一室で相向かった日々が蘇った思いで、あの時よりも身近に、片思いでなく、彼女の心を確と捉えているという手応えを覚えながらのひとときはまさに至福の極みであった。

その至福の時も後数日で終わろうという日、私は前日から思い染めていたある企ての機会を窺っていた。我々がドイツ語のテキストを読み合っている間、母は時に神社の向こうにある市場へ買い物に出かける。母が病に伏している時、私がせっせと通った所だ。母は一時間ほどで帰ってくるのだが、その日は勉強を早めに切り上げ、母が出掛けると同時に、私はやおら武子に向き直った。勉強の間は横並びだし、終わってもはすかいのまま談笑するのが常でお互いを正面視することはない。

しかし、この日私は武子の真正面に椅子を移し、少し驚いた風情で一瞬上体を引いたその肩に両手をかけると、ぐいと引き寄せて唇を彼女のそれに寄せた。武子は目を閉じたが、意外にも次の刹那、腕を突っ張って私の胸を押し退けた。想定外の拒絶に遭って、甘美な接吻と抱擁の期待は空しく裏切られた。

おまけに彼女はしくしくと泣き出したから私は狼狽《ろうばい》した。母は出掛けたばかりでまだ三十分以上は帰って来ないだろうが、武子がこのまま泣き通して目を腫らしでもしたら、母の帰宅する前に彼女を帰さなければならない。

だが、武子はほんの五分ほどすすり泣いただけでおずおずと目を上げた。

彼女の処女性を証明する反応に喜びを覚えながら、甘い夢を砕かれて気を損じてもいた私は、ハンカチで拭い切れない彼女の涙目に咎めるような目を返した。

「ご免よ。でも、泣かれるとは思わなかった」

「だって……」

まだかすかに震えている愛らしい唇が開いた。

「こんなこと、お父さんに言える？」

半ば呆れ、半ば驚き、瞬時絶句してから私は言い返した。

「お父さんに⁉　そんな……言う必要はないよ」

武子は唇をかみしめたままうなだれていたが、やがて自得するように小さく、何度も顎を上下させた。

母が戻って来た頃には、武子は正気を取り戻し、何事もなかったかのように暇を告げた。私はいつもの通り池下の停留場まで彼女を送って行き、今度は彼女の家を訪ね、ご両親に挨拶したい、と告げた。

明日には京都に戻るという前日、池下から今池で乗り換え、高校の最寄りの古出来町と反対方向に向かう市電に乗り、二つか三つ目の停留場で降りると、目の前、車道を挟んで薬局があった。白衣に身を包んだ中肉中背、白髪の五十代半ばかと思われる人物が店頭にいた。武子の父親に相違ないが、一瞥、武子の愛くるしい小作りな造作は父親譲りのものと知れた。娘の言動をいちいちチェックするからにはさぞや頑固一徹、愛娘の恋人と知った男にもいい顔はしないだろうと身構えるものがあったが、こちらに向けられた目は意外に優しかった。

武子の部屋は二階にあった。そこに案内されると、すぐに母親が茶菓子を運んできてくれた。母親は十人並みの顔立ちで、武子とは似ていない。寡黙な父親とは裏腹に、愛想良く話しかけてくれたが、幾らか面やつれした観があった。

武子は私が貸し与えたA・J・クローニンの『人生の途上にて』上下本を差し出して、

「とても感動しました。お返しに私からはこの本をお薦めしますね」

と言って、別に携えていた一冊の本を示した。見覚えがある。本そのものを見たわけではなく、それを取り上げた新聞記事を読んだ記憶が。ある死刑囚と、鉄格子越しの結婚式を挙げた女性との往復書簡に解説を加えたものだ。二人は無論一夜さえ共にしていない。女性はせっせと戸籍上夫になった死刑囚の許に通い、慰め励ます。

内容はほとんど忘れたが、痛烈に記憶に留まった件がある。男が女性に愛（膣）液に濡れた陰毛を一本なり持ってきて欲しいと依頼するのだ。女性はこれには応じなかったと解説には書かれていた。

武子はこの件をどんな思いで読んだのだろうか、と思った。口づけさえ拒んだ潔癖な彼女が、性欲をある意味露骨に表した男の要求に眉をひそめなかったのだろうか？〝愛液〟とか〝陰毛〟とか男のリビドーをくすぐる語彙に私がどんな反応を示すか考えなかったのだろうか？　男のそうしたリビドーを超越した女のアガペーの愛にこそ感動し、私に共感して欲しいと願ってこの本を差し出したのだろうか？　こんな疑問を抱えたまま、この本の読後感はお預けにしたまま私は京都に舞い戻った。

武子からは熱い手紙が届くようになった。彼女は軟式テニス部に入っていた。高校では一時卓球部に籍を置いたくらいだから運動神経は人並み以上のものがあったのだろう。
コートでプレイ中も、ひと息ついて休んでいる時もあなたのことばかり頭に浮かんできます、と書かれていた。

私も同じ思いを綴って返したが、二度目の手紙が送られてきてしばらくしたある日の朝、自分の心から武子への気持ちが全く無くなっているのに気付き、愕然とした。何故突如そうなってしまったのか、自分でも説明の仕様がなかった。

困り果てた。正直に打ち明ける勇気は出なかったから、愚図愚図と返事を引き延ばしていた。
そのうちにまた武子は手紙を寄越し、夏休みには帰ってきて下さるのを心待ちにしています、と書いていた。それを繰り返し読んで己の心を奮い立たせようとしても枯渇したように武子への思いは湧いてこない。さりとて、やはり正直には書けないから、我ながらうんざりしながら、当たり障りのないことを連ねて数枚の便箋を埋めた。

しばらくして返事が来た。

「あなたのこの前のお手紙、何だか変でした」

書き出しの件から打ちのめされた。誤魔化そうとしても駄目だった、見抜かれていたと悟った。

「どうぞ、正直に仰って下さい。私への気持ちが無くなったら無くなったと……」

恐ろしい文面が続いた。追い詰められた。スクリーンの女優にはうつつを抜かしても、現実の誰かに心を移したわけではない。強いて言えば、制服を脱いだ彼女がいかにも幼く思えたことくらいだ。

最後に口づけを求めたとは言え、武子への愛は四年間ずっとプラトニックなもので、かの死刑囚が触れ得ない妻に抱いた肉欲を彼女に覚えることはなかった。彼女の裸体を想像することもなかった。

「形あるものは壊れる。恋も形体である。いつかは壊れる」

この頃夢中になって読んだロシアの文豪ツルゲーネフの『父と子』の主人公バザーロフの台詞である。医師を志しながらニヒリズムに冒され、何事にも価値を見出せない青年として描かれている。この小説は一世を風靡し、バザーロフに感情移入した若者の間で多くのニヒリストを生んだと言われる。同時代の作家トルストイやドストエフスキーが神を求め続けたのと対照的に、ツルゲーネフの作品に心酔した若者はニヒリズムに走り、無神論を唱えた。

トルストイの兄もこのニヒリズムにかぶれた一人であった。彼は都会に出て放蕩《ほうとう》三昧の生活を送っていたが、たまたま郷里ヤースナヤ・ポリャーナに帰った時、弟のレオが食前の祈りを唱えるのを見て、「お前はまだそんな下らない習慣を続けているのか。神などいないのに」とあざ笑った。この一言は少年トルストイの信仰を打ち砕き、トルストイは兄と同じく無神論者となって放埓《ほうらつ》な青年時代を送るのである。

私は『父と子』に魅せられ、バザーロフに強く惹かれながら、ニヒリズムに陥ることはなかった。ツルゲーネフの作品にも感化されたが、一方でトルストイ、ドストエフスキー、ホーソンにより強く惹かれたお陰で信仰を捨てることもなく、ベートーヴェン、チャイコフスキーの音楽、人間性に心惹かれ、マーヴィン・ルロイ監督の『哀愁』やヴィットリオ・デ・シーカ監督の『終着駅』、更にはロベルト・ロッセリーニ監督の『ロベレ将軍』、監督が誰かは忘れたが『オセロ』等々の映画にも人生の妙と価値を覚えていたからだ。

しかし、「恋も形体である。いつかは壊れる」というツルゲーネフの分身バザーロフの言葉には肯《うなず》かざるを得なかった。

四年間点り続けたローソクの灯が突如ふっとかき消えた理由をあれこれと書き連ねることはで

きなかった。自分の中にそんな比熱の小さな部分があることに我ながら驚き、愕然とするばかりだった。

もはや逃れようがない。あなたの何かを嫌いになったわけではない、自分でも説明のつかない心の変化に従う他ないので、というような漠然たることを書いて返した。

「やはりそうだったんですね。女の直感でそれは分かりました」

武子はすぐに返事を寄越した。

「あなたが貸して下さった『人生の途上にて』のクローニンとメアリーのように、私もいつかあなたと無医村に赴くことを夢見ていました」

赤裸々な一言一句がチクチクと胸に突き刺さった。だが、一旦消えた灯の残りかすに再び明かりが点ることはなかった。

せめてもの救いは、我々の恋がプラトニックラブに終始したことだ。それは思春期のリビドーを抑えて余りあるものであり、かけがえのない体験であった。

しかし、純真な乙女の心を傷付けたことに相違ない。ジャン・ジャック・ルソーではないが、その償いをいつの日かしなければとの思いは残った。当時はそんな日が来るとは夢にも思わなかったが、四十年後、思いがけなくその機会が訪れることになる。人生の妙という他はない。

教養部一年目の必須科目で合格点を得たお陰で、二年目の成績はふるわなかったが無事専門課程に進んだ。一割の者が追試にも失敗して留年を余儀なくされた。

「最低点で入ったのは俺だと思います」

と喝破してクラスメートの度胆を抜いた大田君、五浪の後合格を遂げた小松さんがその中にいた。が、中でも気の毒だったのは、沖縄から来た男だった。

沖縄人らしい濃い顔の持主だったが、濃い眉の下、眼鏡の奥の大きな目はどことなく憂いを帯びていた。

彼は常に独りだった。誰かと言葉を交わしている姿を見たことがない。キャンパスですれ違うことがあれば、私は彼を見つめ、彼も私の視線を避けることなく、かすかに微笑む。私も微笑み返し、声をかけたい衝動に駆られ歩を緩めるが、彼はゆったりとした足取りながら歩調を緩めることなく、間隔を縮めることもなく傍らをよぎって行く。また声をかけそびれた、今度こそは、と思っているうちにいつしか教室でも見かけなくなった。

郷里では前途を属目された秀才として、親族縁者はもとより、彼を教え子とした教師たちの期待も一身に担って来たであろうに、教養課程半ばで挫折したのは残念と言う他はない。

専門課程ではクラスメートが倍増して驚いた。医学部の定員が少な過ぎる、これが全国的、就中《なかんずく》地方の医師不足を招いているとの批判から増員が図られたのだろう、他の大学の医学部ではどうであったか知らないが、京大では新学期前に編入試験が行われたのだ。これには京大内部はもとより、他大学からも応募者が殺到したようだ。

寮隆吉がこれにチャレンジすると聞いて、私は驚き、且つ喜んだ。二年間、折に触れ交遊し、帰省すればしたで、映画を共に見たりして親密度を深めていたからである。

試験を終えると、いついつに発表がある、俺の代わりに合格発表を見に行ってくれと言い置いて彼は名古屋に帰った。

当日、医学部の正門前の掲示板に張り出された合格者五十余名の中に彼の名を見出して私は欣喜雀躍し、すぐさま彼に電話を入れた。

中田恒夫とは、専門課程に進んだところで交遊は切れた。私が聖護院の下宿を払って比叡山の麓に近い修学院に移り、気軽に訪ねることができなくなったからでもある。

下宿を変えた理由は幾つかあった。一つは北海道から弟と共に来て隣の六畳間に住んでいた法学部生が愚痴っていて気付かされたことだが、朝食のメニューが十年一日の如くがんもどきとみそ汁に決まっていて味気なかったことである。兄弟は多分それが不満だったらしく、私より先に下宿を移って行った。

二つ目は、この兄弟に入れ代わったのが同志社の学生二人で、よほど暇だったのだろう、夜間、こちらはひたすら机に向かっている間、ぺちゃくちゃとお喋りに終始し、耳障りなことこの上なかったことである。

だが、決定的な転居の理由は、やはり同宿の京都府立医大生が、その頃俄かに台頭してきた創価学会にかぶれ、私がキリスト教徒と知るや、議論をふっかけてきて、さては、青年支部会の彼らの会合に強引に連れ出しにかかったことである。

この府立医大生徳岡さんは私より二、三歳年長で、普段は温厚な人柄に見え好感を覚えていたが、こと宗教に話題が及ぶと、人柄が変わったように激した。

創価学会などは所詮新興宗教でカルトの一つだからキリスト教の正当性をぶって打ち負かしてやると、気負い込んで徳岡さんについて行ったが、青年支部会の会場に踏み込むや否や、四方八方から敵意の籠った視線が注がれ、私が一言放つや何人もが反論を浴びせかける。

創価学会で病気は治せないだろう、私の母はキリストへの信仰によって不治の病から解放された、と言うや、彼らの一人が、我々の信徒で医薬に頼らず日蓮上人にひたすらお経を唱えることによって病気から救われた者は何人もいる、とすかさず反論してきた。まさかと思ったが、彼が虚言を弄しているとは思えないから、それ以上反論はできない。

俺たちが正しいことを認め、改宗せよ、さもなくばただでは帰さんぞ、と言わんばかり、殺気さえ漂わせて徳岡さんらは詰め寄ってくる。私は這う這うの体で逃げ出した。

彼らが、神でもない日蓮上人を絶対者として崇め、私がイエスに抱いていたゆるぎない信仰を上人に捧げていることに驚いた。

それから間もないある日の夕暮れ時、下宿で事件が起きた。夏のこととて窓を開け放っていたせいか、下宿人も出払って森閑とした屋敷の一角から読経の声が聞こえてきた。声の主は徳岡さんだ。

私が眉をひそめた瞬間、階下の廊下にドタドタっと足音が鳴り響き、次いで階段を駆け上がる音が続いた。何事と耳をそばだてるや、突如、下宿の主の田原氏の怒声が轟いたのだ。

「やかましいっ！　うるさいっ！　こ、この家でお、お経など唱えるなっ！」

田原氏は六十歳前後、普段は好々爺という感じだが、私はあまり口をきいたことがない。下宿の管理は奥さんに任せっぱなしで、まだ現役のサラリーマンなのか、平日は夕方になると帰ってきていた。

どうやら田原氏は徳岡兄弟の部屋に踏み込んだ模様だ。

読経は止んだが、何やら言い争っているらしい声は続いた。

この言い争いがいかなる決着に至ったかは知らない。そんなに不愉快なら「もう出て行ってくれ」と田原氏が言っても不思議ではなかったが、多分徳岡さんが折れて納まったのだろう。読経がその後続くことはなかったし、少なくとも私が田原邸を出るまでは徳岡兄弟は居すわっていたのだから。

新たに移った下宿には、私の他四人の下宿人がいた。一人は京大の文学部生、一人は工学部生、後の二人は女子学生で一室に同居していた。

宿の主は中井さんと言った。中年の、髪をきちんと七三に分けた紳士然とした人だったが、縁無しの眼鏡がよく似合うほぼ同年配の奥さんと一人息子で賢そうな目鼻立ちの小学生、それに、棟続きの離れに住んでいるらしい中井氏の母親の四人暮らしだった。

この新たな下宿と大学の往復には自転車を用いたが、雨雪の日はさすがに無理でバスでの往復となった。

市中よりは数度気温の低い修学院界隈は真冬ともなれば結構雪が積もる。そんなある朝、最寄りの駅でバスを待っていると、走って来た乗用車がブレーキをかけた次の瞬間、スリップしたとみるや一回転して丸々反対の方向に車が向いてしまったのには笑った。

京都の冬はそのように寒いが、三月下旬のある日、講義室を出てキャンパス内を歩いていた時、頬に当たるそよ風が、前日まで冷たいと感じていたのが心地良い微温に感じられ、ああ春が訪れたのだと体感できた。

専門課程では即臨床医学を学べるものと思っていたが、この期待はものの見事に裏切られた。生理学、生化学、解剖学といった基礎医学に明け暮れることとなり、教養課程一年目ほどではないが憂うつな日々が続いた。

生理学は三人の教官が入れ代わり立ち代わり教壇に立った。井上、荒木、品川。前二者は教授で相当な年配者、もう一人はまだ三十代半ばと思われる講師だったが、井上教授と品川講師の講義はさっぱり分からない。理解できたのは荒木教授の講義だが、呆れたことに、この先生、自分が書いたテキストを学生に買わせ順ぐりに棒読みするだけ、それと気付いた学生たちのほとんどは講義に出なくなった。私もその一人だった。学者かも知れないが、この人は教育者ではないと思った。時々無表情な顔を上げるが、ほとんどの時間、俯いて自著の頁を繰って朗読して行くだけ、教授だから仕方なく課せられたノルマを厭々こなしている、といった風情で、まるで人間味を感じなかった。

解剖学も教授二人と助教授一人が教壇に立ったが、発生学の堀教授は黒板にすらすらと胎生期からの進化の過程を図示して見せるのだが、その手の動きの速いこと、おたまじゃくしのような絵を描いては消し、消してはまた描くといった塩梅で、ノートに写し取るのがやっと、立て板に水の如き講義は半分も書きとめられない。こちらの反応などは無視、全くひとりよがりな講義に終始し、この人も学者には相違なかろうが教育者としては失格だと思った。

岡本というもう一人の教授の講義はまだしも人間味があった。彼は聴講生に語りかけるように話した。堀教授と同様、テキストは用いず、専ら口頭での講義で、その内容は忘れてしまったが、一つだけ記憶に留まっている話がある。

「人体のうち、その品性を最もよく表すのはどこだと思うかね？」

と講義の冒頭教授は質問を投げかけた。前の方の席に座っている誰かが、「顔、？」と呟いたようだ。岡本教授は寸時を置いてから首を振り、自分の大きな手を顔の前にかざした。

「手。手なんだよね」

と言った。

岡本先生は後に医学部長、さては京大総長になった。

助教授の名は思い出せないが、二人の教授がずんぐりむっくりの体形だったのと裏腹に、長身で端整な顔立ちの持主だった。この人の講義は人体の骨の模型や実物の頭蓋骨などを持ってきて供覧したからまだしも興味深かったが、あくまで解剖学であって臨床医学とは趣を異にするものだった。

生化学の講義は専ら早石修という教授一人で行われた。阪大の出身で、学閥の強い旧帝大系では他大学の出身者がトップの教授になることは稀だから、例外的な人事であったろう。酸化還元酵素の研究でノーベル賞候補にもなったとかで、その実績から京大が引き抜いたらしい。七十代、八十代の高齢者の中でひときわ若い五十代で文化勲章を受章しているからそれなりの業績があったのだろう。

しかし、私は早石教授になじめなかった。生化学そのものも興味を引かなかったし、講義の端々で「ノーベル賞」「ノーベル賞」を連発、同じ外国の研究者に一歩違いでノーベル賞を先取りされたと臆面もなく言ってのけるからだ。自分がいかにノーベル賞級の研究者であるかを誇示する人柄には嫌悪さえ抱いた。「能ある鷹は爪を隠す」の真逆の人間ではないかと。

夏休みが過ぎると、解剖実習が始まった。その初日の午後、我々はグループ分けされて実習室に集められた。これから数ヵ月、午後は毎日ここに集まって解剖に専念する旨告げられた。

実習室には二十体ほどの屍体が並べられていた。無論、一糸まとわぬ姿だ。ほとんどは男性の屍体だが、中に女性のそれもあった。

驚いたことに、指導教官の訓示が終わるや自分に割り当てられた解剖台はそっちのけで、女性の屍体が横たわっている解剖台に十名近い男子学生がそれっとばかり殺到し、一斉にその股間に目をやったことだ。私も男の屍体が割り当てられたことに失望したし、女性のそれを間近に見たい衝動には駆られたが、さすがに彼らのような露骨な行動には出られなかった。

どのような手順で解剖を進めて行ったかは覚えがない。生理学の井上教授は、解剖実習が始まった時、自分は医学部に来るんじゃなかった、他学部に転じようかと真剣に悩んだ由。教授ほど嫌悪感は覚えなかったが、この実習を楽しいと思ったことはなかった。母方の祖母以外人間の死に直面したことはなかったが、この実習では来る日も来る日も物体と化した屍体を目の辺りにする。多くは高齢者のそれだが、中には破廉恥な男たちを殺到させた比較的若い女性のそれもある。一体この人たちはどのようにして死に、何故その遺体がここにあるのか、それを切り刻む作業に何の意味があるのか、外科医を志すものには必要かもしれないが、私のように内科医になると決めている者にこんな行程は果たして必要なのか、人体の解剖ならネッター等、微に入り細を穿った解剖書を繙けば充分ではないか、等々。

秋も深まった頃合いの休日だったろうか、下宿先の主人中井さんが購読し、自分たちが読み終わった後は食堂に置いてくれる朝日新聞を手に取った私は、一面にデカデカと掲げられた広告記事に目を奪われた。

「一千万円懸賞小説公募」

ビビビッと脳裏に衝撃が走った。

（応募しよう！）

胸奥にくすぶっていた文学への志向がぐいと頭をもたげた瞬間でもあった。

小学生の時、作文は唯一得意とする学科であった。中学、高校では文章を書く機会は滅多になかったが、大学に入った時、学生新聞が短編小説のコンクールを催しているのを知り、初めて小説らしい作品を書いて応募した。当時はこうした学生新聞、民間では同人誌が盛んで、掲載作品が芥川、直木賞を取ることもままあった。

今でもはっきり覚えているが、東大医学部生が同人誌に書いた『涙』という短編小説が新聞の文学コラムに取り上げられ、芥川賞候補になってもおかしくない鮮烈、斬新な作品であると絶賛されていた。

作者は二十歳、私と同年で、目下解剖実習中なのだろう、自分が切り刻んでいる屍体の目に涙が浮かび、冷たい頬に伝い流れた、それを見て思わず手が止まった、といった内容で、屍体が涙など流すはずはない非現実を、恰《あたか》も現実の如く描いている。まさに虚構そのもの、有り得ないことだが、ひょっとしたら有り得るかもしれないと思わせる意表を衝いた作品であった。

私が京大新聞に投稿した作品のタイトルは『ガガーリンの気持』だった。

ガガーリンとは言うまでもなく、世界で初めて宇宙船に乗ったソ連（現ロシア）の飛行士だ。今日では何人もの飛行士が一蓮托生《いちれんたくしょう》の思いで乗り込むから和気藹々《わきあいあい》たるものだが、たった一人で宇宙に飛び立ったガガーリンはいかばかり孤独であったろう、宇宙に到達しても無事地球に舞い戻れるだろうかと、不安にさいなまれ、乗り込んだことを後悔しているのではないか、地球に残した家族や友人たちに思いを馳せ、二度と会えないかも知れぬと、涙に咽《むせ》んでいるのではないか、そんなガガーリンの心象を穿った作品で、一次予選を突破し、二次選考に進んだ。

この朗報を伝えてくれたのは寮隆吉で、何と彼も応募していたと言う。俺は駄目だが、君はやっぱり才能があるよ、とも言ってくれた。『ガガーリンの気持』を私は彼にも読んでもらっており、いいところへ行くんじゃないか、との感想を寄せてくれていたのだ。

しかし、数篇に絞られる二次選考を通ることはなかった。口惜しかったが、それで文学への志向がへし折れることはなかった。一向に興味を抱けない基礎医学の講義や解剖実習に辟易《へきえき》し、何のために医学部に入ってきたのか、クラスメートを見渡しても、自分のように将来は無医村へ赴こうと考えている者など皆無に近い。半ばは親が医者で、病院勤務医もいるが大方は開業医だからいずれ父親の跡を継ぐべく定められている。

唯一の例外は、東大文学部を卒業して一旦社会人となりながら編入試験を受け寮隆吉と同じく専門課程で同級生となった伊藤邦幸だった。既に三十歳を過ぎており、台湾人の妻と幼い子供を抱えていた。社会人の間に蓄えた金を切り崩して生活費に当てていたのだろうか？

私は密林の聖者シュヴァイツァーに憧れて医師を志したが、彼はネパールの僻地で医療に従事していた鳥取大学医学部公衆衛生学の助教授岩村昇に心酔し、将来は彼の許に馳せたいとの一念で医者への道に方向転換したのだった。

岩村氏はクリスチャンで、その感化か否かは知らないが伊藤さんも熱心なクリスチャンだった。どこからか私もその端くれであることを伝え聞いたらしく、医学部内のクリスチャンの集いに私を誘った。スキンヘッドがトレードマークのような皮膚科の教授が主宰していた。この先生は、何故そんなことを初対面の私に言いだしたのか理解に苦しんだが、いきなり卑猥なことを言ってのけて驚かせた。

「クリスチャンと言うと堅物で石部金吉みたいな人間だと世間の人は思っているが、そうじゃないよね。夫婦の営みでは男も女も神などそっちのけで獣になる。高村光太郎が智恵子との交わりを詩に書いているようにね」

光太郎の『智恵子抄』は愛読書の一つで、確かにそんなことが書かれている詩があったことを思い出したが、この詩集で最も胸に響いたのは、

「智恵子は東京に空が無いといふ、／ほんとの空が見たいといふ。（…）阿多多羅山《あたたらやま》の山の上に／毎日出てゐる青い空が／智恵子のほんとの空だといふ。（…）」

の一節だった。こう呟いた時、智恵子は既に精神を病んでいた。光太郎はしかし、精神病院に入った智恵子をも愛し、晩年に十和田湖に設置する彫像を依頼された時、ためらわず一対の「智恵子像」を製作、それが遺作となった。

智恵子は多くの患者が廃人となって没する一方で、異彩を放ち、勝れた切り絵を幾つも作り光太郎を喜ばせた。獣のように交わった頃はエロスそのものであった二人の性愛は、肉欲を超越しアガペーに昇華したのだ。

私の光太郎、智恵子感はそんなものだったから、二人の関係を肉欲のみで捉えた皮膚科の教授の唐突な言葉に反撥を覚え、伊藤さんには悪かったが、二度とそのグループには近付かなかった。

伊藤さんや私のように行く行くは過疎地の医療に専念したいと考えている者は、百十名に膨らんだ同級生の中で他には見当たらない。その実、全国で無医村地区は数知れずある。

伊藤さんはネパールへ行ってしまう。私一人が日本のどこかの無医村に行ったとて、生涯に扱える患者は精々数千人、医者を求めている無医村の民はその何百、何千倍もいよう。つまりは、私が為せることは小石を池に投ずる如きで、僅かに波紋を広げる程度だ。

それに比べて文学はどうだろう？　多感な思春期の危機を私のように一篇の小説なり伝記なりで救われた人間は数知れないのではないか。

しかも私を救ってくれた文学作品は何世紀も前に書かれたものだ。勝れた文学作品は、そうして脈々と読み継がれ、幾万、幾百万の人々を煩悩から救う力を持っている。

私が無医村に赴いたとて、病気や高齢で働けなくなったらそれで終わり、後継者は杳《よう》として見つからず、その地帯はまた元の木阿弥、無医地区となる。

あれやこれやの思惑もさりながら、今目の前にぶら下がっている文壇への登竜門、千載一遇のチャンスが頭から離れなくなった。

一千枚もの原稿を半年で脱稿するには一日七、八枚のペースで書き続ける必要がある。今思えば、医学の講義を受けながらやりとげることも不可能ではなかったと思われるが、生理、生化学、解剖といった全く興の乗らない基礎医学に辟易していた私としては、両立の道は考えられなかった。

冬休みに入って、世間はやれクリスマスだ、もうすぐ正月だと浮かれていたが、私は少人数のクラスメートと共に解剖の口頭試問に追われていた。寮隆吉もその一人で、同病相憐れむ形で慰め合っていたが、私は逸早く何とかパスすると、その足で医学部学生課に赴き、一年間の休学届を提出した。

さすがに事務課長は驚き、思い留まるよう説得を重ねた。折角ここまで来たのに何故と問われ返答に窮した。まさか、「一千万円懸賞小説」に没頭するためだとは口が裂けても言えなかった。

しばし沈黙が続いた後、「本当にいいんだね？　後悔することにならないかな？」と、四十代半ばかと思われる、眼鏡の奥の目が優しい課長は言った。

「後悔はしません」

私は決然と言い放った。

医学部に休学届を出したことは父にも母にも内緒であった。朝日新聞の「一千万円懸賞小説」に応募するため、などと言っても、何を夢みたいなことをと一笑に付されるだけだろうし、入学以来、受験時代の延長みたいな教養課程、何とか専門課程に進みいよいよ臨床医としての勉強が始まると思いきや、解剖、生理、生化学といった基礎医学のカリキュラムばかりで夢は砕かれっ放し、私一人が過疎の地へ赴いてもあまたある無医村の問題は何ら解決されない、それに比べ文学は、自分を苦境から脱しさせてくれたように、より多くの人々の人生にコペルニクス的転回をもたらすだけの力と普遍性を持っている、だから千載一遇のこのチャンスに賭けたい、等々理屈を並べ立てても、無謀だ、宝クジを引き当てるようなもので、万に一つの可能性もないだろう、それでもどうしてもと言うなら、学費、生活費の援助は一切断ち切るから覚悟せよ、とでも言い出されかねないからだ。

下宿の主人中井夫妻にはありのままを話し、両親には、たとえ二人がこちらへ出向いてくることがあっても内密にしておいて欲しいと頼んだ。

教養部時代、父が一度、聖護院の下宿先へ訪ねてきたことがある。師範時代の同期生が年に一、二度集まることがある、今回は京都でその集いを持つことになったので寄るよ、と前置きして、数名の同期生と共に、旧お鯉邸へやってきたのだ。明治の宰相桂太郎のお妾さんの屋敷であったこと、なかなか風情のある庭園があることで同期生たちの興味を引いたのだろう。父としては息子が京大生であることを誇りたかったのかもしれない。

大晦日に休学届を出した私は、うしろめたさも手伝って正月も帰省しなかった。だから殊更、中井さんへの挨拶がてら知人もいる京都へ母が私の様子伺いに来る可能性はあった。

だが母も教会の行事で結構忙しくしていたし、私は私で大晦日まで試験に追われていた。新年早々また試験がある、その準備に忙しいから帰省している暇はない、というこちらの言い訳を真に受けてくれたようで強いて帰って来いとは言わなかった。

年が改まると共に、私の生活は一変した。朝食を摂り、新聞にひと通り目を通すと、後は夕方まで机に向かい、ひたすら原稿用紙にペンを走らせる。日に少なくとも十枚は書いた覚えはあるが、不思議なことに一体どんな内容だったか、とんと覚えがない。書きあぐねることはなく、ペースが落ちることはなかったから、ストーリーの起承転結は予め組み立てて臨んだはずである。

当時はまだコンビニなどはなく、人気の乏しい所だから大衆食堂のようなものもない。朝夕は賄付きの中井家で事足りるが、昼食は欠くことになる。

息抜きは中井さんが飼っている猫が時折私の部屋にも入って来るのでこれとしばし戯れること

と、夕刻散歩に出ることくらいだ。宝ヶ池という、今では周囲に立派な国際会議場なども建って人の出入りが激しいようだが、当時は池以外何もなく閑散とした佇まいだ。下宿から歩いて半時間ほど、手頃な距離だった。

一方で、反対方向に進むと比叡山の山裾に辿り着き、そこから山に分け入って行くことができる。雪が降り積もった比叡山は峨々《がが》として近寄り難く、その頂きに目をやると、圧倒的な威圧感が迫ってきて鳥肌が立つほどで、慌ててとって返すのだった。

私が忽然と姿を消したことに怪訝な思いを抱いた同級生がぼつぼつ下宿に訪ねてきた。高校の同期生垣内洋、宇佐美一政、それに留年中の大田研治など。玄関先での立ち話に終わったから、ほんの数分言葉を交わしたに留まった。私が何故講義に出なくなったか、彼らが深く詮索することはなかったし、私も敢えて理由を話さなかった。

彼らは恐らく、私がそのうち講義に出て来るだろうと思っていたに相違ない。

垣内と宇佐美はつるんで、大田は独りで来たが、三人は一様に、京都の歓楽街で娼婦と交わり童貞を捨てたことを、半ば喜々とした顔で打ち明けた。後《おくて》の私にはそんな世界が市中にあるなど想像もできなかったし、娼婦との交合で童貞を捨てるなどあるまじきこととの思いがあったから、勿体無いことをしたものだとの感想くらいしかなく、適当に聞き流した。

彼らとは裏腹に、真面目に私のことを案じてくれるクラスメートもいた。種田和子、専門課程でどこからか編入してきた女性だ。入学時にクラスを共にした女子学生はいずれも小柄で少女っぽい感じだったが、種田和子はすらりとした長身で、美人ではないが大人びた雰囲気を持っていてそぞろ惹かれるものがあり、ノートを借りたりしていた。私も講義には真面目に出てノートを取るのにやぶさかではなかったから敢えてその必要はなかったのだが。もっとも、彼女のノートの取り方はきっちりとしていて私のそれのように杜撰《ずさん》なものではなかったから、大いに参考にはなったのだが。

種田和子に私は交際を申し込んだ。数日後、手紙が入った封筒をそっと渡された。あなたの好意は嬉しいが、私には数年来思いを寄せている人がいる、いずれその人と結婚したいと思っている云々の内容であった。

私が休学したのは元より彼女に振られたからではないが、自分に好意を寄せてくれた男が急に姿を見せなくなったことに多少の負い目を感じてくれたのだろうか、彼女の二通目の手紙は心のこもったもので、学生の本分は勉強だと思います、どんな理由があるかは知れませんが、講義に出て来ないのはよくないことだと思います、一日も早く復学されることを祈念いたします云々と書かれていた。

彼女の思いやりに感謝しながら、返事の書き様がなくそのまま打っちゃってしまった。

小説は三ヵ月ほどで仕上げ、締切りには悠々間に合った。書き上げてしまえば、発表まで数ヵ月、手持ち無沙汰になる。大学は既に専門課程二年目が始まっている。解剖と生化学の試験は終えていたが、井上教授の生理の試験は受けないまま休学に入ってしまったから、このままでは二年に進級できない。

否、大学に戻る気などさらさらなかった。不遜にも私は応募した作品が入選するものと確信していたのだ。入選すれば小説は単行本化され、ベストセラーになるだろう。さすればすぐに次の作品を求められるだろう。さし当ってはその準備をしておく必要がある。発表までの期間を次作品の執筆にあてよう、そう思い立って、新しい小説の構想を練り、改めて原稿に向かった。

野心がいまひとつあった。小説はどうなるか分からないが、それとは別に、映画の世界に飛び込みたいと。俳優などでは毛頭ない、自分でシナリオを書き、メガホンを取る監督にこそなりたかった。

勝れた文学と同様、映画もまた観る者の人生にコペルニクス的転回をもたらす力を持っている。そうした名画ともなれば、これまた文学に劣らず、幾世紀にも亘り、何百万、何千万、否、何億もの胸を熱くし、魂を震わせ、狭量な世界から脱皮させてくれる。

手始めに、原稿書きの合い間を縫って、映画のシナリオの勉強を始めた。息抜きに月に何度かは美松名劇に通ったが、見終わった後は必ずカタログを買い求めていた。そこに時折、シナリオが付されていたのだ。これなら自分にも書ける、小説よりもたやすいと思った。小説は登場人物の会話よりもそれを受ける地の文に苦労するが、シナリオは登場人物の名前、時、所を説明的に簡単に記すだけで足りる。小説が名文かどうかは会話よりも他の文の如何に左右されるが、シナリオではそうした配慮は必要ない。会話文は別だが事務的な書き方で事足りるのである。

私の見る映画は専ら洋画だったが、祇園会館では邦画が多かった。黒澤明、木下恵介、小津安二郎、野村芳太郎等々の監督作品を多く見た。映画の出来はひとえにシナリオの良し悪しに左右されると思い知った。

小説が入選すれば映画化もされるだろうし、それを足がかりに映画界への道も開けるだろうが、何とかその前に斯界の人物とコンタクトが取れないものだろうかと思案した。

思い当たる人物がいた。中学時代のライバルで慶応高校に進んだ中島延幸が、従兄の一人が木下恵介門下の松山善三と姻戚関係にあると、その従兄を私に引き合わせてくれた時言った言葉を思い出したのだ。

私は思い立って中島君に手紙を書いた。これこれの次第で医学から文学、映画の世界へ転じたいと思っている、ついては是非、松山善三に引き合わせてくれるよう従兄に掛け合ってくれないか云々。

数日後返事が来た。君の人生を左右するようなそんな大事に関わる勇気は自分にはない、御両親にも申し訳が立たない、折角難関の医学部に入ったのだ、もう一度よーく考え直して欲しい等々。紹介するくらいいいじゃないか、友達甲斐の無い奴だと腹立たしかったが、彼としても精一杯考えた上で下した結論だろうし、更に強いたところで同じ答えが返ってくるだけだろうと諦めた。

中島君とはそれ以来疎遠になったが、十数年後旧交を温めることになる。彼は大学入試の苦労を嫌って、すんなり大学に進める私学の雄慶応高校を受験して合格、軟式だったが好きな野球を始め、大学でも野球部に入り、私とは裏腹に楽しいばかりの青春を謳歌していた。

大学卒業後は大手の総合商社に就職、才色兼備の女性を妻に得、子供ができない以外何ら文句のない生活を享受していたが、不惑の年に旧交を温めて十数年後、肺癌を患って二年間の闘病の末に他界してしまった。原因不明の熱病に襲われて二十代で夭折した中学、高校の同期生藤城俊雄以来、最も若くして死んだ友人となった。

春が過ぎ、夏に入りかけた頃、懸賞小説の当選発表が大きく新聞の一面に載った。受賞作は北海道旭川に住む一主婦三浦綾子の『氷点』、人類の祖とされるアダムとイヴの原罪をテーマにした作品で、作者がクリスチャンなればこそ書けたものと評された。

ショックだった。打ちのめされ、しばらくは放心状態の日々が続いた。

ほどなく、部厚い包みが朝日新聞社から届いた。当選作とはならなかったが、折角応募して頂いた作品を断裁するのは忍び難く、何かのお役に立てて頂ければと念じ、応募者各位に返送させていただくことになりました、との但し書きと共に。この断り書きに一瞥をくれただけで、私は原稿そのものの包みを解く気にはならず、書棚の片隅に打っちゃった。

三浦綾子は時の人となった。小学校の教員になったばかりで脊椎カリエスに冒され何年も寝た切りになったこと、そんな婚約者を甲斐甲斐しく看取ったのが教会で知り合った青年前川正で、自らも病弱であった彼が夭折して悲嘆にくれた綾子の前に、前川正とうり二つの青年三浦光世《みつよ》が現れ、病床から立ち上がった彼女に求婚、綾子もその誠実さにいつしか惹かれていたから応諾、晴れて夫婦になったこと、懸賞小説に応募すると心に決めて原稿に向かった妻を夫は励まし、妻がペンを走らせた原稿を夫は丁寧に清書し、最後の一枚を清書し終わった時、

「綾子、これは神様が書かせてくれた小説だよ。きっと当選するよ」

と言い放ったこと等、『氷点』の直後に著した自伝的エッセイ『道ありき』で読み知った時、神は三浦綾子を祝福し、私を見捨てたのだ、と思った。さながら、アダムとイヴの息子カインとアベルが同時に神に貢物を捧げたが、神は弟アベルの貢物をよしとし、カインのそれには目もく

れなかったように。

夢見た日々は空しく費え去り、腑抜け状態の日々が続いた。

唯一落選を知る中井夫妻の家にも居辛くなった。

文学と映画界への道を断たれた以上、大学に戻るしかない。医学部学生課にその意向を伝えると、あなたはまだ生理学の井上教授の試験をクリアしていないのでこのまますんなりとは復学できない、その試験にパスしてもらえば来春、一年後輩のクラスに入ってもらえます、とクールな返事。

井上教授の講義は難解でほとんど理解できなかったから、試験に通る自信は皆目なかった。井上教授はテキストやプリントの類を使わず、思いつくまま黒板に書きなぐるといったスタイルの講義に徹していた。こちらはノートを取るのだが、その内容は咀嚼《そしゃく》しきれないままだ。まして半年もブランクが空いてしまったから、ノートを見直してもさっぱり分からない。

だがともかく大学に通わなければならないから、できるだけ近い所に新しい住まいを求めた。

幸い、道一つ挟んで同志社大学の向かい側にアパートがあり、一室だけ空いていたからそこへ移った。四畳半一間に半畳ほどの板の間がついているだけ、トイレ、洗面、炊事場は共有であった。平屋建てで、中央の通路を挟んで部屋が十室ほど向かい合っている。驚いたことに、そんな狭苦しい部屋の住人はほとんどが子供を交じえた夫婦者で、一人住まいは私と隣室の老女だけだった。八十近いと思われるこの隣人は生け花の師範で、週に一日は若い女性が数名出入りし、その時ばかりは華やいだ。

転居して間もない秋のある日、母が訪ねてきた。無論、休学中であることは打ち明けていない。私のアパートは狭すぎて泊まれないことを知ると、いいよ、伝道所に泊めてもらうからとこともなげに言った。

伝道所の主木下夫妻を母は二人が名古屋の母教会で献身者として修行していた時から知っているから気安かったのだろう。

母は律儀な人間だから、アパートの管理人への手みやげを用意していた。私は管理人にも休学中の身であることを言っていない。しかし、日に二、三度食事に出るくらいでほとんどアパートに籠っているから、私がどうやら真面目に大学に通っていないらしいと、アパートの住人共々噂している気配があった。挨拶に出た母に管理人がうっかりそんな疑いを漏らしはしないかと危惧した。

管理人は五十代半ばかと思われる細身で顔も細面、大きな目の持主で、二人の年頃の娘と一緒にアパートの入口横の管理人室に住んでいた。この娘たちは母親に似た体型でスラリとした長身、明眸皓歯の美人だった。どこかに勤めているらしく、日中顔を見るのは母親だけだった。

私の懸念は杞憂に過ぎた。もっとも、挨拶したいと言う母に管理人室へ私も一緒に赴いたから、息子さん、学校に行っていないようで、などとは言えなかっただろう。

部屋に戻って何気ない雑談に耽ってしばらく経った頃、不意の客が私、というより私の母を訪ねてアパートの前に来ていると管理人が知らせに来た。

（母を？　何故母がここにいることが分かったのだろう？）

母と共に首を傾げながらアパートの玄関に出ると、見知らぬ中年の、やや小太りの男性が立っていた。外には彼を乗せてきたと思われるタクシーが控えている。

「峯子先生、お久し振りです。ラブンドウです」

「ああ、ローさん！」

訝ったままの面持ちから、合点がいったように母は頷いて顔を綻ばせた。

「名古屋のお宅に電話を入れたら、京都の息子さんの所に行っていると御主人から聞きまして……たまたま私、京都に来てたのでタクシーに案内してもらって来ました」

母を〝峯子先生〟と呼ぶ人物に、私はややにして思い当たった。羅文堂《ローウェンタン》、母がよく聞かせてくれた異郷は台湾の人、第二次大戦中に来日、名古屋大学医学部に留学したが、結核に罹り、詐欺事件にも巻き込まれて志半ばで帰国してしまったという、私の中では悲劇の主人公と印象づけられている人物だ。

古いアルバムに何枚か彼の写真がある。その一枚は着流しのどことなく寂しげな後姿で、私が今かみしめている青春の蹉跌《さてつ》を象徴させるものだった。

この自伝の前半で、母が何故この異国の青年と戦中戦後に知り合ったかを書いた。一台のピアノが取り持つ縁だったことを。父が戦前に買い与えた、当時では珍しいピアノを、戦禍たけなわとなり、義父母や生後間もない私に手がかかるようになって母は手放すことを決意した。と言っても、売却してしまうのではなく、貸し出しの形で斡旋業者に託したのだが、それに目を留めたのが名大医学生であった羅文堂で、恋仲であった同級生で九州の開業医の娘五十嵐妙子がピアノを弾きたいと言うので物色していたのだった。


幼い私をよく抱っこしてくれたという羅文堂氏の肌のぬくもりは元より、その風貌が写真通りのものであったかも記憶にない。

今忽然と目の前に現れた人物は、写真とは似ても似つかず、上背は思ったよりないが背広を弾かんばかり恰幅《かっぷく》が良く、痩身の昔の姿をしのぶよすがもなかった。母も同様の印象を口にして繁々と羅さんを見やった。

それにしても、台湾人でありながら流暢な日本語を羅さんが操ることに驚いた。

「稔君はこんなだったが」

と彼は右手を自分の膝下辺りにやって言った。

「立派な青年になったね。京都大学の医学部に入ったんだって？　お父さんから聞いたよ。京都大学の先生には僕の病院も随分お世話になった。ま、そんなこんなで積もる話もあるから、峯子先生、ボクの泊まっている旅館へ今から一緒に行きましょう。帰りはまたタクシーで送りますから」

立て板に水を流す如く羅さんは続けた。

旅館は私の知らない閑静な佇まいの中にあった。

小学六年時、地区の作文朗読コンクールで二位を得たことは前に書いた。その作文は羅文堂さんのことを書いたものであることを話題に供しようと思ったが、今は功成り名遂げ台湾の国会議員にもなっているという羅さんにとっては傷口に塩をまぶされるような、思い出したくもない話であろうと思い留まった。

留学の目的は果たせず、故国に連れ行こうとした恋人との仲も彼女の父親の猛反対にあって引き裂かれ、失意のまま日本を去った羅さんだったが、父親の建てた病院の後を継いで理事長となっている由。一緒に留学し、九州大学医学部に学んだ弟は無事医師の免許を得て台湾に戻り、院長に納まっているという。

その病院羅東博愛医院――台湾では病院のことを医院と称する――は二百五十床規模の中堅病院だが、自分はこれからもっと大きくしようと思っている、私邸の隣に一千坪の土地を持っているからそこに建てる計画でいる、自分はしかし医療で金儲けをしようとは思わないから、医療費を払えない貧しい人たちから無理やり取ることはしない、新病院の建設資金は、高雄に持っている自転車工場の収益で賄うつもりだ等々、羅さんは上機嫌で喋り続けた。

さては世話になった京都大学の先生とは胸部外科の長石忠三教授で、結核患者の手術をよく手がけてくれたと言う。京都へ来たのは、どうやら長石教授を表敬訪問するためだったようだ。

台湾へはいつ帰るのかと母が尋ねると、

「うーん、もう一人、会いたい人がいるので、九州まで行ってこようかと……」

羅さんは言葉を濁した。母はピーンと閃いたようだ。

「まさか、たえ子さんじゃないわよね？」

母の問いかけに、私の遠い記憶が蘇った。〝たえ子〟とは「五十嵐妙子」、九州の開業医の娘で名古屋大学に学び、羅文堂さんと恋仲になった女性のことに相違ない。

羅さんの目が泳いだ。

「いや……その、妙子さんに会ってこようかと……」

母は一瞬絶句し、生唾を呑み込んだような体《てい》から言い放った。

「行かない方がいいわよ。今更……」

「うん……」

頷くでも首を横に振るでもなく曖昧に小さく返したなり、羅さんは押し黙った。母も二の句を放つことはなかった。二人とも、多分私を気遣ってこの話題を続けることをよしとしなかったのだろう。

羅さんは既婚者だ。私が羅さんのことを作文にした頃、母宛に羅さんから手紙と共に写真が送られてきた。家族写真で、妻と男の子二人が写っていた。奥さんはスリットの入った中国服を粋にこなし、羅さんと頭の位置がほぼ同じのスラリとした美人だ。落魄の思いで故国に舞い戻ったが、立ち直り、幸せに暮らしていることが窺われた。

それなのに、別れてから二十年余の歳月が経っている今にして、羅さんはかつての恋人への未練を捨てきれないでいるのだ。篠原武子への情熱をあっさり失ってしまった自分に比べ、この人は比熱の大きな純情な人だと思った。

早目の夕食をふるまってくれた後、羅さんは私と母をタクシーでアパートまで送ってくれた。アパートの近くでタクシーを止めると、降り立って歩きだすや羅さんは私の肩に腕を回した。

「稔君、君がドクターの道を志してくれて本当に嬉しいよ。無事卒業してくれることを祈っているが、それまでも、それからも、僕に何か力になれることがあったら言ってくれ給え。君の為なら何でもするよ」

　一言一言が耳にのみならず胸に痛く響いた。若気の至りから医学の道を外れ、挫折して浪人の身になっていること、厄介な試験が控えており、それをクリアしなければ復学できないこと、下手をすれば浪人を重ねることになり、自暴自棄の果てにとんでもない方向へ足を向けてしまうかも知れない等々、できることなら洗いざらい打ち明けたかった。母が同席していなければそうしたかも知れない。さては、台湾の大学の医学部にすんなり編入できるならば、そうした道を用意してくれないだろうか、卒業した暁には羅さんの病院で働くからと申し出たかも知れない。

　母はそんな私の心の葛藤など露知らぬまま、棯君が晴れて医者になったら是非一緒に台湾へ来て僕の所でゆっくりして行って下さいと言う羅さんに顔を綻ばせながら別れを告げた。

　懸念は的中した。井上教授に申請してほどなく追試を受けたが、ほとんどできず、更に一ヵ月後追試を受けるよう言われた。

　その試験もまた赤点で、年が明けたら早々に追々試験をと告げられた。

　アパートと大学間は御所《ごしょ》をよぎって行けば歩いて二十分の距離だ。急ぐ必要もないし、広々とした御所の佇まいが気に入っていたから、自転車はあったが専ら徒歩で追試を受けに赴いていた。

　二度目の追試も不合格と告げられた帰り道、御所の砂利道をとぼとぼとアパートに向かう折しも、口惜しさと情けなさで涙が溢れてきた。

釣瓶落としの秋の夕暮れは、アパートに着く頃には既に薄暗くなりかけていた。夕餉の支度にはまだ早い時間だったのだろう、アパートに人の出入りはなくひっそりと静まりかえっている。涙は乾いていたが、さぞかし暗い面持ちの顔を見られなくて済むと安堵した。

入口に入ったところに住人個々の郵便受けがある。母からの手紙以外ほとんど便りらしきはないからどうせ空だろうと思ってボックスを開くと、何やら封筒らしきものが入っている。取り出してみたが宛名も差し出し人の名前もなく、封も閉じてない。中味を引き出してみると、便箋らしきものが二枚ほどあったが、乱雑な鉛筆書きで、アパートの乏しい明かりの下ではさっぱり読み取れない。何者かが悪戯半分で入れたものだろうと思い、傍らの屑籠に捨てようと一歩踏み出したが、そこに投げ入れようとした端、（待てよ）と思い留まった。

何者かの悪戯にせよ、ともかく部屋に持ち帰り明かりの下で読んでみよう、と。

着替えを済ませ、机の前に落ち着くと、電気スタンドの明かりを点し、やおら封筒から便箋を取り出した。そこにも差し出し人の名前はない。鉛筆の筆跡も小さく、薄く、何とも読み辛いが、こんなもの読めるかといった第一印象ほどではない。

「私は不治の病を負った一病者です」

書き出しの文が読み取れると、これは悪戯などではない、真面目な手紙だと知れた。

「その病のためにあちこちの病院を訪ねましたが、原因がよく分からないの一点張りで、検査ずくめ、モルモットのように扱われました。病気は診ても、患者の心を診てくれるお医者に出会ったことはありませんでした。

あなた様は今、何か大変なお苦しみの中におられるようですが、どうか、人の体ばかりではなく、心も診るお医者になって下さい」

いつしか涙が滂沱《ぼうだ》の如くあふれ出していた。

刹那、右斜め前方にまばゆい光を感じ、思わず見上げた目に、イエスが立って言った。

「心配することはない。私がお前を医者にする！」

もとより肉体を持ったキリストではない。幻のイエスだったから肉声ではないはずだが、私の耳ははっきりその声を捉えた。

幻はほんの数秒で消え失せたが、私はなおも涙にかきくれた。

翌日、私は意を決して生理学の井上教授に面会を求め、胸の思いを切々と訴えた。自分はもう先生のテストに合格する自信はありません、若気の至りで休学してしまったからです、自分は先生のような医学者になるつもりはなく、しがない一小学校教師の息子ですから名利を求めるでもなく、ただ病める人を救いたい、行く行くは無医村に赴きたいと思っています、どうか先生の更なる試験は免除して頂き、進級させて下さい、心をいれかえて勉学に励みます等々。

教授は黙って私の話を聴いてくれた。前代未聞の訴えだったに相違ない。当初は訝し気な目で私を見すえていたが、語り終えると、やや間を置いてからおもむろに口を開いた。

「分かったよ。特例だが、ま、これまでの試験でよしとしよう」

井上教授の心を動かしてくれたのは、他ならぬイエスであると私は確信した。


春四月、無事専門課程二学年への進級を許された私は、一年数ヵ月振りに講義に出るべくキャンパスに向かった。

最初に足を踏み入れたのは、受験の前日下見に訪れ、ああ自分はきっとここへ来ると、神の啓示のようなものを感知した生化学教室の裏庭だった。その時と同じ陽光が庭の緑を映え立たせていた。しばし佇んで感慨に耽っていた私は、「オオガネッ！」と呼ぶ声に驚いて思わず声の方に顔を振り向けた。

声の主は大田研治だった。入学早々、数学の小針講師の提案で吉田山に円座を組んで自己紹介に及んだ折、合格者の中で最低点は自分だと思うと言ってのけ、京大に来る気はなかった、東大に行きたかったと言って座を白けさせた河合明彦の女々しさとは対照的に、何と男気のある奴だと感心させた男だ。

彼は数学か何かの赤点を一年がかりでクリアして一級下の学生と共に専門課程一年を終えていたのだ。やはり一年遅れて再び同級生となった私を目ざとく見つけ、二階から一気に降りてくるや満面の笑みで出迎えてくれたのだった。

新約聖書の後半は大方パウロの筆になる。パウロはイエスが事あるごとに難じたパリサイ人で且つ生粋のユダヤ教徒であった。イエスの死後、イエスを裏切ったユダを除く弟子たちがイエスの教えを広め出したのを不快に思い、ユダヤ教の大祭司に彼らを捕縛してエルサレムに引きたててくる許可を与えられたいと認めた文書を手に生地タルソから勇んでエルサレムに向かった。その途次、ダマスコにさしかかった時、まばゆい光に目つぶしをくらって足が止まった。

「パウロ、パウロ、なぜお前は私を迫害するのか？」

耳に響いた声に、

「そう言うあなたは何者ですか？」

とパウロは問い返した。

「私はお前が迫害するイエスだ」

声の主が答えた。

生前のイエスが説話の中で偽善の徒と難じたパリサイ人にして生粋のユダヤ教徒であったパウ

ロは、この瞬間を機してキリスト教徒に転身、以後熱心な布教者となった。

パウロほどではないにしても、幻のイエスの顕現によって奈落の淵から這い出ることができた私は、京都伝道所の木下牧師から洗礼を受けた。

復学を果たしたところで私は両親にすべてを打ち明けた。本来なら帰郷して二人の前に手を突いて詫びるべきだったろうが、その勇気はなく、手紙で事の次第を伝えるに留めた。

父は怒りを私にではなく母にぶつけたという。一年間無駄金を使った、あんたが働いて返しなさい、と。母がどうしたかは知らない。中年に及んだ身で小遣い程度の稼ぎ場もなかっただろうから、父が毎日給料日に母に手渡す生活費の一部でも減らすことで息子の不祥事を償ってくれただろうか？　私への仕送りを父が断つことはなかったから。

洗礼を受けるに至った動機を、京都伝道所の日曜礼拝の折、木下牧師に促されるまま私は語った。すると、次の礼拝の時だったか、相馬美知栄という中年の女性に、礼拝が引けた後呼び止められた。彼女は、少女がそのまま大人になったような人で、NHKのディレクターを務めているかなり年長の夫との間に子供は無く、孤児院から引き取った正人と名付けた少年を養子にしていた。

物心ついて以来、人生とは、人間とは何かと思い悩み、行き着いた先が聖書であったという。そうした悩み多き思春期以降の魂の彷徨《ほうこう》を綴った『荒野の果てに』と題する自叙伝を読ませてもらったことがある。当時よく読まれていた婦人雑誌の出版社に送ったところ、かなりの評価を得て出版に後一歩まで漕ぎつけたが、内容があまりにキリスト教に傾いているので一般読者は抵抗を覚えるだろうということで没になったという。

確かに流れるような筆致で、一気に読ませた。彼女は私が朝日新聞の「一千万円懸賞小説」に応募したことを知って当選者三浦綾子にいたく興味を示し、『氷点』はおろか、次々と世に出た『道ありき』他のエッセイにも目を通して感想を私に語って聞かせた。敗残の兵たる痛みを覚えながら、その感想は的を射たものだけに、癪だったが反論はできなかった。

とまれ、感性に相通じるものを覚え、文学趣味の共通項も相俟って、教会の中では唯一話せる間柄になっていた。

そんな彼女が、私の証詞《あかし》を聴いたある信徒が「相馬さん、どうしましょう、私、もう教会へ来られないわ」と言って礼拝後こそこそと逃げるように立ち去ったと告げたのだ。

その女性はたまに見かける程度で、着古したような質素な服に小柄で痩せこけた身を包み、礼拝所の片隅で身を縮めるようにしていた。顔色が悪く全体に暗い印象だった。

他ならぬ、いかにもやつれた風情のその女性が、あの日、私のアパートのメールボックスに鉛筆書きの手紙を投じた犯人（？）だと言うのだ。私のことは伝道所で唯一言葉を交わしていた相馬さんから聞き及んでいたらしい。

女性は、本当にそれっきり姿を見せなかった。手紙に書いていた通り宿痾《しゅくあ》を負っていて、それが高じて教会へ通えなくなったのかも知れない。あるいは、図らずも落魄の青年を絶望の淵から救い上げる神の使いの役割を果たしたことに満足して、もう自分の最後の務めは終わったと思ったのだろうか？　それらしきことを漏らしていたわよ、と相馬さんは後日、彼女の消息を尋ねる私に言ったのだったが……。

伝道所は烏丸鞍馬口にあり、同志社大学と道一つ隔てたアパートからは徒歩でも二十分程度の距離だったから、洗礼を受けてからは真面目に日曜礼拝に通った。

名古屋の母教会の牧師松原和人は、日本が太平洋戦争に突入した昭和十六年に、それまでの教職をなげうって単独で教会を興した人で、日本基督教団、聖公会、メソジスト派といった配下に幾つもの教会を持つ教団には属せず、いわば一匹狼的存在で、その生活は信徒からの献金のみに依っていた。

牧師は教員時代に知り合った妻があったが子供はなかった。しかし、教会には同居人が何人もいた。いわば内弟子で、主に関西圏だが、行く行くは各地に遣わされて開拓伝道に従事する使命を担っていた。京都伝道所の木下さんはその先がけで、高校を出て東京の神学校に学び、卒業してしばらくは名古屋の母教会に戻って日曜学校の教師などを務めていたが、教会に止宿していた九歳年上の原村政子に恋慕、押しの一手で彼女を説き伏せ、京都に行かせて下さいと牧師に懇願、二人で開拓伝道を始めた。

政子の妹で教会に住み込んでいた秀子もやがて大阪に遣わされた。

伝道師たちに母教会からの援助は一切なかったから、開拓伝道はまさに背水の陣で、自ら志願して京都に出た木下夫妻はややにして栄養失調に陥り、夫の方は餓死寸前まで行った。見かねた長老格の信徒が自腹を切ったり、信徒にもう少し献金の額を増やすよう促して危機一髪、彼を窮地から救った。

大阪に派遣された原村秀子も似たり寄ったりの窮乏生活に耐えながら開拓伝道にいそしんでいた。

派遣した弟子たちの窮状を見かねても、母教会自体止宿者が何人もおり、信徒からの献金も高が知れていたから援助するだけのゆとりがなかっただろう。松原牧師自身、教員生活で得た金の貯えは多少あったにしても後は献金がすべてでかつかつの生活だったに相違ない。聖書には収入の十分の一を神に捧げるべしとあるが、信徒の誰一人それを順守していた者はなかったと思われる。松原牧師がそれを強要することもなかった。

伝道所は他に神戸、西宮にも設けられ、母教会で待機していた献身者が派遣された。神戸に遣わされたのは松原牧師の郷里岐阜は大垣の出の子安という青年で、当初は日曜学校の教師をしていた。

異色なのは西宮に派遣された下條末紀子という女性だった。両親は母教会の会員で、母親は私の母と共に長老役を務めていた。父親は東北帝大工学部を三番で卒業した秀才ということだったが、生一本な性格で、気に入らないことがあると感情が爆発、相手が誰であろうと食って掛かる。俊英を見込まれ大手企業に就職したが早々に上司と衝突、辞表を叩きつけてあっさり失職、そんなことが何度もあって転職を重ねたので妻は三人の子を抱え散々苦労させられたという。

私が下條家の人を見かけるようになったのは日曜学校を脱して大人の礼拝に出るようになった高校三年の頃だった。

両親は日曜毎見かけたが、三人の子供は他府県にいて滅多に見かけることはなかった。たまたま、一度限り、大阪で教職についているという娘の末紀子を礼拝の帰途目にしたことがある。とあるバス停に母親と二人で佇んでいた。近付くとまず母親が私に気付いていつもながらの笑顔で会釈してくれ、何やら末紀子に囁いた。同じ長老の大鐘さんの息子さんよ、とでも言ったのだろう、末紀子も遅れて振り返り、嫣然《えんぜん》とほほえんだ。私より十歳近く年長の彼女はその時二十五、六歳、ハイヒールの爪先からまろやかな腰つき、ふくよかな胸元はいかにも成熟した大人の女性を思わせ、思春期の少年の官能をあやしくくすぐった。

私には相好を崩したが、その前、こちらに横顔を見せて母親と言葉を交わしていた末紀子の面持ちは何やら物思いに耽っている様子で、前方に目を凝らしたまま、母親が語りかけるので仕方なく応じているように見えた。

教会で彼女を見かけたのはその時一度限りだった。末紀子は休暇の折など帰省して両親と共に礼拝に出たかも知れないが、私は高校を出て大学は京都へ行き、前に書いたように春夏冬の休暇も京都に留まって滅多に帰省することがなかったからだろう。


思いがけず下條末紀子と再会したのは、若気の至りで休学届を出した翌年の春だった。懸賞小説の執筆を終えた安堵感もあって、私は山科の〝一灯園〟に急いだ。名古屋の母教会が関西方面に派遣した伝道師たちの慰労を兼ねてか、「特別聖会」と銘打った集いを催していた。伝道師のみならず、信徒の有志も集まっていた。

〝一灯園〟は明治三十八年に社会事業家で参議院議員も務めた西田天香《てんこう》が創設し、主に宗教団体の修養の場として用いられていたようだが、贅を凝らしていない簡素な佇まいと広い庭園が目を引いた。

私が駆けつけた時は午前の集会が終わって昼休みのひとときで、参会者たちは三々五々庭園を散策していた。

下條末紀子は庭園の中のやや小高い所に立っていた。連れはなく、一人で佇んでいた。膝掛だろうか、ショールのような布を二つ折りにして中に手を入れ、胸元から腹部にかけていた。

物静かな佇まいだった。数年前に礼拝の帰途見かけた時の、艶《あで》やかだがどことなく物思わし気な風情はなく、解脱者の佇まいだった。一幅の絵にもなろうかと思われるその姿に見惚れたまま、私は立ち尽くしていた。

どれほどの時間が経ったかは分からない。私の凝視に気付いたか、末紀子は首を巡らし、ほほえんだ。刹那、熱いものが胸に走った。覚えのあるときめきだった。

（四）

京都の一灯園で再会した下條末紀子に胸のときめきを覚えた私は、名古屋の一麦教会宛彼女に手紙を書き文通を申し出た。

末紀子からはしばらくして葉書で返事が来た。献身者の身ですから私の一存ではお答えできず、松原先生にお伺いを立てました。先生はいいだろうと仰って下さったのでお手紙下さっても結構ですよ、私からもできる限りお返事は書きますね、とあった。全身の血が沸騰する思いだった。

あなたはひとり子だそうだから私を姉と思って下さったらいいですとも書いてきたが、私は端から彼女を恋人だと意識して文通を求めたのだった。

末紀子は大阪教育大を出て教師の道に入ったが、声楽家も志して音大も受験したという。そう言えば大人の礼拝で、たまたま帰省して両親と共に礼拝に出た彼女が、普段は礼拝でオルガンを弾いている岩崎京子というほぼ同年配の女性と賛美歌を二重唱するのを目にしたことがある。

末紀子はほどなく西宮の伝道所に、母親の年齢に当たる阿部さんと言う献身者と共に派遣された。

一日、私はその伝道所を訪ねた。京都からは四条河原町に出て阪急電車に乗り西宮北口で下車、阪神電車に乗り換えて夙川《しゅくがわ》駅で降り、そこから歩いて十分の距離にあった。二軒続きの平屋建ての一つに「一麦教会西宮伝道所」の看板があった。隣はサラリーマンの若い家族が住んでいるという。

アパートの間取りはバス、トイレ、キッチンに三畳間と六畳間の二部屋だった。

阿部さんという年配の女性が何故その年で献身者として名古屋の母教会に止宿する身となったかは知らない。献身して間もない末紀子一人では心細かろうとの親心から牧師が当分二人でと配慮したようだ。伝道所での礼拝を仕切るのは末紀子で、阿部さんは助手として末紀子を支える役目を担っているらしい。

私が伝道所を訪ねたのは土曜の午後で、大学の講義に午前中出てからであった。伝道所に着いたのは既に夕方に近かった。阿部さんは気の置けない人だが、末紀子がひとりでいてくれたらもっと訪ねやすいし、会話も弾むのにと思った。

夕食の馳走に与かって帰途についた私を、駅までお送りしてきますね、と言って末紀子も伝道所を出た。阿部さんに対するその物言いに、どことなく遠慮気味な気配が感じ取られた。

果せるかな、肩を並べて歩き出すや、末紀子は阿部さんに何かと気を遣う、二人暮らしはなかなかに大変と、露骨な表現は避けながらも愚痴った。でも、もう少しの辛抱、二、三ヵ月で同居生活は終わり、阿部さんは名古屋に戻る予定だから、と。

駅が近付いた時、私はある衝動に駆られ、歩は緩めないまま末紀子の肩に腕を回した。私は末紀子の右側にいたから左腕を彼女の肩から左腕にかけたのだ。

(姉じゃない、恋人としてあなたと付き合いたいんだよ)

との意思表示だった。

末紀子の表情が一瞬変わったのが横目にも見て取れたが、正面を向いていた視線が足許に落ち、幾らか顔が強張ったものの、体をよじることはなかった。

手応えを覚えた私は、手を腕から胸にすべらせた。指先に、まろやかな乳房の高まりを感じた。私のそうした手の動きを末紀子が拒むこともなかった。

後日、彼女はこう告白した。あなたとは弟のつもりで接してきたけれど、あの日、肩に手を回された時、初めてあなたを異性と感じたのよ、と。

数ヵ月後、阿部さんは名古屋の母教会に戻り、末紀子はひとり立ちした。

春休みに帰省した私は、末紀子と文通していること、行く行くは彼女と結婚したいと思っていることを母に打ち明け、この思いを彼女の両親にも告げたいから同行してくれるよう求めた。

「末紀子さんはどう思っているの？」

母は格別驚いた風もなく尋ねた。

「彼女は僕の気持ちを分かってくれている。お互いの両親が許して下さるといいわねって言っているから、まず、気難しいらしい彼女の親父さんに僕の気持ちを伝えたいんだ」

私の返事に母は半分納得したようなしないような顔をしたが、ともかく下條家に同行してくれた。

玄関先に着流し姿で現れた父親は、私が高校時代に教会ではよく見かけたが、もとより口をきいたことは一度もない、言わば初対面同様だったが、愛想よく出迎えてくれた。私は意を強くして、仁王立ちのままの彼を見上げ、言った。

「末紀子さんとの結婚を許して頂きたくてお伺いしました」

途端に父親の顔色が変わった。

「な、何をいきなり、君は！」

怒髪天を衝かんばかりの形相で言い放つや、「やがて来む寿永の秋の哀れ、治承の春の楽しみに知る由もなく、六歳《むとせ》の後に昔の夢を辿りて、直衣《のうし》の袖を絞りし人々には、今宵の歓会も中々に忘られぬ思寝の涙なるべし」

立て板に水の如く朗々と続けた。

同時に出迎えてくれ夫の傍らで正座した夫人は申し訳ないと言った目で私と母にそっと目をくれていたが、下條氏は一瞬絶句の後私を睨みすえた。

「君はこの名文を知っとるか？」

幸か不幸か、私は知っていた。

「高山樗牛の『滝口入道』冒頭の件ですね」

「そうか、知っていたか」

下條氏の顔が和らいだ。肩を落として目を伏せていた夫人が安堵の面持ちを見せた。

「それなら話がし易い。ま、上がり給え」

〝瞬間湯沸し器〟の蒸気が鎮まった感じだ。

私は『滝口入道』を岩波文庫版で読んでいた。その巻末にこう記している。

「高貴にして珠玉、切々と胸を打って止まぬ一篇なり。末紀子への思慕に死なんばかりの日」

日付は「昭和三十九年八月二十九日（土）とある。医学部学生課に休学届を出したのが前年の大晦日。年が明けてからは朝日新聞主催の懸賞応募作品に取り組み、三、四ヵ月かけて脱稿、当選した暁には次の作品を求められるだろうと、新たな小説に着手していた頃だ。

岩波文庫版の『滝口入道』を繙くよりずっと以前に私はこの作品のことを知っていた。末紀子の父と同じく、私の父も高山樗牛に傾倒し、ある時、何気なしに冒頭の件を諳んじて、作者の何者なるかを熱っぽく語って聞かせた。父の記憶の良さに驚きつつ、それよりも『滝口入道』の美文調の文語体に魅了されたものだ。

末紀子の父親がいきなり『滝口入道』を持ち出した時、（ハハーン）と思い当たるものがあった。

小説の主人公滝口入道とは法名で、俗名は平清盛の長男重盛に仕える武士斎藤時頼。ある宴の席で清盛の娘徳子（後に出家して建礼門院と名乗る）に仕える雑仕女《ぞうしめ》で横笛という女の舞姿に心奪われ恋の虜となり、千束なす恋文を横笛に送り続ける。しかし、横笛からは何の音沙汰もない。業を煮やした時頼は一念発起、父親に横笛への思いを告白、横笛を妻にと願い出る。横笛が才色兼備ながら身分の低い女と知った父親は、「所詮ははかなき女の色香に血迷うて盲目となりしか」と息子を激しく叱責、女への思いを断てと迫る。

時頼は、

「実は今生の思い出に思いの丈を父上に打ち明けたまで、もはや思い残すことはござらぬ」と答え、やがて髪を断ち出家入道して京都は嵯峨の往生院にこもる。

私が思い至ったのはこの件である。末紀子との結婚はまかりならん、斎藤時頼の如く、潔く諦めよ、と暗に匂わしたのだ、と。

「末紀子のことをそこまで思ってくれるのは嬉しいが、君はまだ学生の身ではないか、どういう積もりだ」

「無論、今すぐ一緒になりたいと思っているわけではありません。晴れて医師免許を得た暁にと……」

「フム。しかし君は医学の道を志しているが末紀子は伝道者だ。道が違うんじゃないかね」

私は、医者になると決意したのは小学生の時で、アフリカの聖者と呼ばれたシュヴァイツァーに憧れてのこと、シュヴァイツァーは医者であると同時に伝道者で、着任したコンゴの地で原住民にキリスト教を伝えている、自分もシュヴァイツァーのようにありたいと思っている等々、語った。母が傍らでしきりに頷いている。末紀子の母にも私の熱意は伝わっているようだ。

一時間後、快諾とはいかないまでも、末紀子の父親に私は悪くない印象を与えて将来の結婚は認めてくれそうだという手応えを覚えながら家路についた。

私の果敢な行動を母親から伝え聞いて、末紀子は私の本気さを知り、私への思いを深めてくれたようだ。あなたのお父さんにも一度お目に掛かりたいと言って、私の帰省に合わせ彼女も名古屋に帰り、一日、桐林町の実家に現れた。

　父は私と末紀子との関係をそれとなく母から聞いていて、内心快く思っていなかったらしいが、私に対した下條氏とは裏腹に、末紀子には表面上は穏やかに接してくれた。しかし、末紀子が帰るや、待ち構えていたように言った。

「女性が九歳も年上というのが問題だ。遠からずあんたは捨てられるよ」

　意外な言葉だった。愛想を尽かすとしたら年下の男の方ではないか、と思ったからだ。無論、彼女にぞっこんであった私に限ってそんな日が来ることは毫も考えられなかったのだが。

「だから末紀子さんとはほどほどに、ま、人生の先輩として教えられるものがあるかも知れないくらいに思って付き合うのがいいね」

　父は楽観視していたようだ。私が卒業するまでにはまだ数年ある、その間には熱も冷めるだろう、と。

　父の思わくは外れた。私の末紀子への思いは募るばかりだったし、末紀子もそれに応えてくれ、内々に結婚の約束をしてくれた。末紀子の父も異存はないと言ってくれたようだ。

「後は、あなたのお父様が許して下さるといいわね」

　と末紀子は言った。

私の母がうっかり我々の内々の婚約を父に洩らしたようだ。京都一麦伝道所の木下夫妻も九歳違いの姉さん女房だが仲良くやっている、あなたも認めてやったら、とでも言ったらしい。

専門課程二年目に入り、ようやく臨床医学の講義が始まりかけて勉強にも身が入り出したある日、アパートの管理人が「お父様から電話が入ってますよ」と私を呼びに来た。小走りに管理人室へ馳せて受話器を手に取るや、

「あんた、末紀子さんと婚約したんだって?」

耳を疑った。父とは思われない冷たい響きだ。私は絶句し、ただ「はい……」とだけ返した。父も一瞬絶句したようだ。

「どうなってもいいと覚悟の上なんだな?」

空恐ろしい言葉だった。

(どうなってもいいとはどういうことだ?)

思わず自問したが、自答の間もなく、

「はい、覚悟の上です」

と返していた。父はまた絶句した後、言った。

「よし、それなら来月から仕送りを断つ!」がちゃんと電話は切れた。

受話器を握りしめたまま、私はしばし茫然と立ちすくんでいた。

我に返って咄嗟に頭に浮かんだのは、少なくとも学費を支払わなければ折角復学した大学に居れない、ということだった。今では信じられないだろうが、当時国立大学の学費は年に一万二千円で、半年毎六千円を支払うことになっていた。

次に浮かんだのは、この兵糧攻めを凌ぐには最低で幾ら要るだろうかということだった。アパート代、食費、テキスト代、ざっと計算して二万円は必要だ。これだけの額をどうやって工面したらいいだろう？

思いつく手だては二つ。一つは奨学金を申請すること、もう一つはアルバイトだ。

翌日、私は早速学生課に赴き、日本育英会からの援助を申し出た。月に二千円。到底足らない。キャンパスに戻って掲示板に目を凝らした。医者になると決意させてくれた〝密林の聖者〟アルベルト・シュヴァイツァーは、大学の構内を歩いていて掲示板に目をやった時、アフリカのコンゴに伝道師兼医師として赴く有志を求む、との一文を見出し、天啓を覚えて晩学の身で医学部に入学した。

そんなエピソードを思い出しながら掲示板の何枚ものチラシに目を凝らしたが、「法務医官奨学生募集」の文字に視線が止まった。「法務医官」とは刑務所や拘置所の勤務医だという。

咄嗟に思い出された人物があった。その昔大志を抱いて名古屋大学医学部に留学しながら、詐欺事件に巻き込まれて岐阜刑務所に収監され、挙句結核を併発するという憂き日にあった台湾の青年羅文堂を慈父の如く慰め励ました島田医師だ。

（そうだ、彼がこの法務医官だったのだ！）

私は何かしら因縁めいたものを覚えながら募集要項に目を凝らした。今から奨学金を受け取った者は医師免許取得後直ちに最寄りの刑務所ないし拘置所に勤務しなければならないがノルマは週に二、三日（半日でも可）、最低二年間勤めれば奨学金は返済する必要がない、因みに奨学金は月八千円、とあった。育英会のほぼ三倍だ。

私は直ちに学生課に飛び込み、奨学生となりたい旨申請した。

これで一万一千円をゲットできたが、それだけではまだ足らない。

僥倖が重なった。京都の一麦伝道所で見かけるようになった十代後半の女性がいたが、彼女が思いがけない情報をもたらしてくれたのだ。准看護婦として働いている産婦人科の開業医の奥さんが、一人娘に家庭教師をつけたい、数学が苦手なのでできれば数学を教えてほしいと仰っている、大鐘さんのことを話したら是非にということですがどうでしょう、と。聞けばその医院は伝道所と私の住むアパートの丁度中間辺りで歩いて十分ほどの所にあるそうな。

彼女の手引きですぐに面接を受けに医院を訪れた。

夫人が出てきた。細面だが、にこやかに笑んで上品な人だ。

娘を紹介された。高校一年。百代と名乗った。おとなしい子だ。父親は京大出で私の先輩だという。

「うちははやらない開業医なので充分なことはできませんが、週に一度一時間二十円で教えて頂けるでしょうか？」

（月に八千円？　願ったり叶ったりだ！）

「お引き受けします」

私は即答した。

僥倖は更に続いた。京大法学部を首席で卒業しながらキリスト教の福音伝道者に転じ家庭集会を開いていた市川さんという四十代半ばの人物が、生計を立てるために仕出し屋をしている父親の店の片隅で中学生を対象に英語塾を営んでいたが、高校受験生三名ほどが数学も習いたいと言っている、ついては引き受けてもらえないか、と申し出られたのだ。

市川さんは内村鑑三の無教会主義に共鳴し、内村がそうしたようにいずれの教会にも属せず無償で自宅での布教に努めていた。私が彼を知ったのは、京大法学部の助教授で校内で有志を募ってミニ集会を主催していた奥田昌道氏の集会に顔を出すようになったのがきっかけだった。奥田氏と市川さんが昵懇《じっこん》の間柄で、市川さんの集会に出るように奥田さんが私を誘ったのだ。

市川さんの申し出を私は二つ返事で引き受けた。無論それなりの報酬はあって、家庭教師並みの収入が得られたから、併せて二万六、七千円、これで父の兵糧攻めに耐える目途が立った。

思えばこうして矢継ぎ早に糊口の資が得られたことは奇跡に近かった。これは神が末紀子との結婚をよしとしてもたらしてくれたものだと私は信じた。

家庭教師でも塾でも、高校時代に座右の書とした参考書『チャート式数学』をテキストに用いた。

百代は呑み込みが悪く、解いて見なさいと提示した問題をほとんど解けなかった。

一方塾の生徒三人は、まだ中学三年ながら高校生対象のチャート式数学の問題をまずまず解いてみせたから驚いた。それもそのはず、三人はいずれも中学でトップクラスで、中でも戸田憲一という生徒は京都府下の模擬テストで五番以内の成績を収めている由、市川さんからの事前情報で知った。こんな優秀な生徒たちが塾へなど来る必要はなかろうにと思ったものだ。果せるかな、三人は数年後、いずれも京大工学部に現役合格した。

百代は学校の成績も格別上がっていないと聞いて、教え甲斐がないなと思う反面、申し訳ないと忸怩たる思いだったからその旨を母親に伝えたが、でも娘は先生がいらっしゃる日をとても楽しみにしていますからどうぞ続けて下さるようにお願いします、と返してくれ、安堵した。

愚鈍に思えたこの少女が、数年後、奈良県立医科大学に合格したから驚いた。

父はもとより、折に触れ手紙を寄越していた母からも、父に気兼ねしたのか便りが途絶えた。

後年、私に〝勘当〟の電話をかけてきた直後、父は蒲団に身を投げ出しておいおいと男泣きに泣いた由、母から伝え聞いて、無断で休学届を出してしまったことといい、よくよく親不孝を働いたものだと反省させられた。

だが、父の兵糧攻めを凌いだ私は、父の悲嘆もものかは、末紀子に猪突猛進した。アルバイトの稼ぎで生活の安定を得ると、末紀子との逢瀬をもっと身近で実現したいと思い至った。意を決した私は、京都のアパートを払って勇躍末紀子のいる西宮に移った。伝道所とは徒歩で十分とかからない地に一間だけの安アパートを見つけたのだ。

その分、大学との距離は遠退き、講義は絶対にさぼらない気構えでいたから、電車を乗り継いでの往復三時間は正直言ってしんどいものがあった。平日は大学の食堂で夕食を摂ってから帰宅に就く。家庭教師と塾の講師のアルバイトは土曜の午後と平日の夕刻で、後者となるとアパートに辿り着くのは夜九時過ぎだ。

平日はそんなわけで至近の距離でも伝道所に末紀子を訪ねて行くことはなかった。帰ればテキストを繙いて寝るだけだった。何せ朝が早いから、夜は十一時には床に就き、朝は六時に起床、洗面を終えて最寄りの駅に向かう。大学に着くのは八時、近くの大衆食堂で簡単な朝食を摂り、八時半始業の講義に出る。

土曜日は、アルバイトを終えると一目散に帰途に就き、伝道所に馳せる。この日ばかりは夕食を共にでき、アパートの門限の十時までゆっくり過ごせる。京都での出入り自由だったアパートと異なって、こちらのアパートの管理人は初老の男性だったが昔気質の人間で出入りする者に目を凝らし、十時には玄関に鍵をかけてしまうのだった。しかし、私はこの門限を時に破った。

確か夏休み中のことだったように記憶している。大学は休みでもアルバイトのノルマは欠かせないから週に二日は京都に出向いていたが、それでも週末に限られていた休み前よりは末紀子との逢瀬は多くなった。逢瀬といっても専ら私が伝道所に通うことになるのだが、そんなある夜、夕食の後片付けを終えると、末紀子は畳に寝転んで本を読み出した。彼女が読む本は限られている。ほとんどが宗教書だ。

私は横臥の姿勢を取っている末紀子の背に体を寄せて自分も横たわった。

彼女は前にボタンが幾つかある夏向きのワンピースを着ていた。

私はそのボタンを腹の辺りから除して行った。末紀子は抵抗しなかった。それまで彼女とのスキンシップでは長いキスを一度交わしたきりだ。

夏のこととて、普段は身につけているシュミーズやストッキング、ガーターなどはつけておらず、下半身に触れるのはズロースだけだった。私はその下に手を差し入れた。末紀子の豊かな髪より柔らかな感触の陰毛に触れた。身震いを覚えながら私は更にその奥を探った。ぬるっとしたものが指に絡みついた。

「ここを見せて」

熱くなった私は末紀子の耳もとに囁いた。

末紀子は手にしていた本を打っちゃると仰向けになった。私は体を入れ代えて末紀子の右側に座り直し、ワンピースの胸もとのボタンも除しにかかった。

ズロースと同色の白いブラジャーが現れた。それをどう除いたらいいか戸惑っている私に、背中のフックを外すよう末紀子は言った。

双の乳房は、外観からも想像できたが、まろやかで柔らかかった。教員時代セーター姿で登校すると、同僚の男性教師が「下條先生、胸元が気になりますなあ」と、助平根性丸出しで露骨に言った由、宜なるかなと思った。

末紀子は一糸まとわぬ姿で仰向けになった、私は股間に手をやった。

「これが大陰唇で、これが小陰唇か……何かてかてかしているよ」

陰毛に縁取られた外陰部全体が電灯の光を反射しているように見えた。

私は有頂天になっていたがいかにも冷静を装っていた。それが末紀子には心外だったようだ。

「興奮しないの？」

と彼女は言った。

「してるよ」

私は即座に返したが、我ながら何とも興醒めな言葉を続けていた。

「でも、解剖書で見て知っているからね」

解剖の講義が始まると同時に手に入れた『ネッターの解剖書』は洋書であったが、微に入り細を穿ち、写真の如く詳細に人体の諸臓器を描き出しており、わけても女性器のそれは白眉を極め、欧米女性のそれは縮毛が多いのか、陰毛の一本一本が数えられるほど鮮明に描かれている。

だが、性器の構造は実物さながらに描き得ても、てかてかに光って見えるものやその正体までは描き得ていない。私がその正体を知るのはずっと後のことである。

陰毛はほどよく下腹部に生え揃っていた。腋毛もあったが、そちらは数えられるほど僅かで楚々としていた。

知ったか振りをしながら、その実、初めて見る成熟した大人の女性の裸体に圧倒され、私はほとんど手を拱いていた。めくるめく官能の疼きを覚えながら、私自身は裸になることもなく、体を寄せ、彼女の脇に顔を埋めてそこに口づける程度だった。

結ばれることは考えられなかった。よし私が求めたとしても彼女は拒んだだろう。キリスト教では婚前交渉はご法度だ。まして彼女は一般女性ではない神に仕える献身者だ。もっとも、カソリックのシスターは修道院に身を置く限りは独身を貫かねばならないが、プロテスタントにその禁制はない。カソリックでは神父も独身でいなければならないがプロテスタントの牧師にその規制はないから大概の牧師は既婚者である。

私は元より献身者ではないがキリスト教徒として結婚までは童貞でいなければならないと思っていた。

末紀子もその年にして処女であった。恋愛経験がなかったわけではない。それどころか、大学を出て新任の教員時代、同僚で先輩格、妻子ある男と不倫関係に陥ったことを告白した。

「私を横抱きにできる体格のいい人だった」

と末紀子は言った。教員時代のアルバムを開いてその男を示しもした。なるほど、中年の、恰幅の良い男だった。私は見も知らぬその男に嫉妬し、どこまでの関係だったかを問いただした。愛撫は許したが一線を越えることはなかった、曲がりなりにも両親の影響でクリスチャンの端くれでいたからだと思う、と彼女は言った。

愛娘――彼女は二人の兄と三人兄弟の末っ子だった――が異郷の地で道ならぬ恋に煩悶しているとは露知らぬ両親は、三十路が近くなった娘に郷里へ帰って結婚するようにと見合いを勧めた。親の顔を立てるために末紀子は渋々帰省して見合いに応じた。

相手は親が見立てた通りのハンサムで実直そうな男性だった。末紀子は一目で男とその両親に気に入られ、即婚約をと迫られた。先行きの見えない不倫相手との不毛の関係に終止符を打たねばと思いながら男への恋情を断ち切れないでいたから、見合い相手に異性を覚えることはなかったが、いい加減踏ん切りをつけなければとの思いから、結納を交わすことに同意した。

だが、結婚式を目前にして、末紀子は両親の前に手をつき、どうしても相手の男性を好きになれないから破談にしてくれと訴えた。両親、殊に父親はこの期に及んで何だと烈火の如く怒ったが、愛娘の涙には抗し得なかった。

ストレスが昂じたせいか、その頃から末紀子は体調を崩し、「急性腎炎」と診断されて入院を強いられた。親はおろか見合い相手も欺いた天罰だと思った。

思いの外長引いた入院中、心境にコペルニクス的変化が訪れた。薄れかけていた信仰に目覚め、見舞いに訪れた牧師に不倫の罪を告白、献身者となることを誓った。肩の荷が下りたと同時に、いっかな回復の兆しが見えなかった病が快方に向かい、ほどなく退院、教会に献身者として身を置くことになった。

思えば、私が高校三年の折、教会の近くのバス停で母親と佇む浮かぬ顔の末紀子を見かけたのは、彼女が帰省して心ならずも見合いに応じ、お義理に相手の男性と付き合い始めた頃だったろうか？

他の伝道所に派遣された献身者に比べると、末紀子は恵まれていた。信徒の多くが比較的裕福な家庭の主婦たちで、それなりの献金をしたからであろう。末紀子の見栄えの良さ、はきはきとした口調、賛美歌を歌えばだれよりも朗々とし、メゾソプラノの声を聴かせる、そうした美点がインテリの彼女たちを惹きつけたようだ。

礼拝に顔を出す信徒の中で私は異色の存在だった。〝紅一点〟ならぬ〝黒一点〟だったばかりか、京大生なのに遠方の西宮から大学に通っている、それもこれも下條末紀子を慕ってのことで、どうやら二人は内々に婚約しているらしい、ということが口こみで伝わっていたようだ。末紀子も心を許すおもだった信徒には私との関係をそれとなく伝えていた。

概ね、彼女たちは好意的に私を受け入れてくれた。幹部の信徒は、末紀子が体調を崩した時、「大鐘さんに泊まってもらったら？」と進言したそうな。「滅相もありませんわ」と末紀子は即座に首を振ったということだが、その実、それより以前に私は彼女と一夜を共にしていたのだ。交合はもとより、愛撫らしい愛撫もしないまま。

蜜月は続いた。

だが、求愛して三年が過ぎようとした頃から、私ではなく末紀子の気持ちに変化が見え始めた。私の父が断乎我々の結婚に反対していることをしきりに口にするようになった。

「お互いの両親に祝福されて結婚したいの。あなたのお父様が反対なさっている限り一緒にはなれないし、神様の御旨でもないと思うの、お父様はクリスチャンでないから余計そう思えるの」

私には屁理屈としか思えなかった。私への気持ちが薄れてきたからそんな口実をひねり出したのだ、と。

「それだけじゃないわ」

と末紀子は言った。

「あなたと私は神様から与えられた使命が違うと思うの。祈れば祈るほど、イエス様はこう仰るの。お前は私に身を捧げなさい、彼には彼の道がある、と」

「そんなことはないっ！」

私は声を荒げた。自分は牧師のようなことはできないが、あなたの布教活動は物心両面で応援できる。教会に属さなくとも、京都の市川さんのように家庭集会で信徒を呼び集めることもできるではないか、と。

市川さんのことは末紀子に話していた。無教会主義を唱えたために既存のキリスト教会からは〝異端の徒〟とののしられる向きもあったが自らは熱烈純粋なキリスト教徒であった内村鑑三の孫弟子である、と。

「市川さんに一度会いたい」

と末紀子は言った。私は家庭教師のバイトのノルマの日、末紀子を市川さんに引き合わせた。

市川さんの人となりには感銘を受けたようだが、私との結婚を是としてくれたらしい彼の意見には素直に肯んじ得なかった、と末紀子は言った。

父の兵糧攻めに救いの手を伸べてくれたことからしても我々の結婚は神の御心に叶っている、と主張する私。いえ、私はやはり市川さんのように個人伝道はできない、あくまで一麦教会の献身者として尽くすのが自分の使命だと思うし、勘当したからといってお父様がひとり息子のあなたを愛していることは間違いない、そのお父様を悲嘆に陥れたままあなたと一緒になることはできない、一緒になったら教会や私を憎むだろうし、お父様がクリスチャンになることをひたすら祈っていらっしゃるお母さまをも恨むことになるでしょう、と反論する末紀子。

大声を出したらお隣にきこえるからと、ある夜遅くなってから外に出ることを末紀子は求める。歩いて十分の夙川のほとりに腰を下ろして話し合う。門限はとうに過ぎた時間だ。

延々と話は続くが、所詮は押し問答で互いに譲らない。夜が明け、隣人が起き出す前に伝道所に戻る。私の二度目の外泊だ。戻るや否や、二人共疲れ果て、着の身着のままでバターンキューとなる。

決定的な日が来た。夏休みが終わり、秋風が立ち始めた初秋の日曜日、礼拝が終わって信徒たちは家路に就き、残った私と末紀子が昼食を共にしてひと息ついた頃おいだった。末紀子が不意に改まった面持ちで切り出した。

「私たちの婚約は無かったことにして欲しいの」

「何だと⁉」

頭に血が昇った。末紀子を椅子から立ち上がらせると、その腕を捉え、足蹴りを食らわせて畳になぎ倒し、スカートをめくり上げズロースもはぎ取った、強引な交合を謀ったのだ。一線を越えたという既成事実を作れば彼女も観念し、婚約破棄を撤回してくれるだろうと……。

だが、私の力に抗えず末紀子は股間を開いたが、そこにあてがったペニスの先に激烈な痛みを覚えて挿入ができない。

「どうしてできないんだろう？」

自問のはずが声に出た。

組み敷かれたまま下から私を見すえて末紀子は言った。

「私が、許してないから」

解せない言葉だった。

「心臓が苦しい。兄を呼んで」

荒い息を吐きながら末紀子は続けた。私は驚いて思わず彼女の手首の脈を探った。平時の倍ほど速く打っているが不整はない。心房細動でも起こしていたら血栓が脳に飛び不随を来す恐れもある。

「大丈夫だ、心配ない」

不甲斐ないが自得する意味もこめて私は言った。

それにしても、何故「兄を……！」などと末紀子は口走ったのだろう。

末紀子が呼んでくれと言ったのは、堺市に住む次兄のことだ。時折この人のことを口にしていた。失恋して二度も自殺を図り生死の境をさ迷って親を散々心配させたというエピソードの持主だが、今は結婚して平穏な日々を送っているとのこと。かつては教会にも通ったことがあるらしいがそれやこれやで教会から遠去かり、裏腹に伝道者となった妹を称して「手の届かない所へ行ってしまった」と口惜しがっている、そんな兄だが信仰を取り戻してくれるよう毎日祈っている、と末紀子は言っていた。

その人の写真を見たことがある。青年時代のものだ。一見、太宰治に似ていると思った。繊細な感じの美男子だ。一つ屋根の下に住んでいた頃は末紀子をかわいがってくれたらしい。だが、私がその人を呼ぶはずはなかった。末紀子も本気で言ったとは思われない。その場凌ぎで思わず口走ったのだろう。

週末の土曜日、家庭教師のバイトを終えて帰途に就いた私はその足で伝道所に立ち寄ったが玄関が閉ざされている。明かりはついているから末紀子が中にいることは確かだ。しかし、ノックしても人の起つ気配はない。隣家に気兼ねしながらノックを続けるが、答えがない。

身の毛がよだった。

（さては締め出しにかかったか⁉）

ものの十分も閉ざされたドアに耳をそばだてて足音の近付くのを待ったが、かすかな物音の気配はして中に人がいることは確かながらそれ以上の進展はなかった。

次の週末まで待てず、アルバイトのない平日の夜に二度三度伝道所に足を運んだが、明かりはついているもののドアには鍵がかかったままだ。遠慮がちにノックをするが、やはり何の応答もない。いっそドアを蹴破って中に押し入りたい衝動に駆られながらもとよりそこまでの勇気はなく、すごすごと踵を返す他なかった。

末紀子と対面できる唯一の手段は日曜日の礼拝に出る以外ないと思い至った。これほどまでに私を拒絶している末紀子の前に、信徒たちに紛れて姿を見せることは憚られた。午前の集会が終わり信徒が皆引き揚げてしまえば末紀子はまた玄関のドアを閉ざすだろう。その寸前に入り込む他ない。

一日千秋の思いでその日を待ち、礼拝が引ける頃合いを見計らって伝道所に赴いた。信徒が一人二人残っていても構わない、むしろその方が確実に末紀子を捉え得る、そう思い染めて、礼拝の終わる正午前に着くよう算段した。

伝道所の前に来たが、人の出入りする気配はなく、辺りは森閑としている。玄関も閉じている。

（遅きに失したか……⁉）

私は舌打ちしながら玄関に近付きドアのノブに手をかけた。強《したた》かな抵抗に遭って開かないだろうと思いきや、意外にもドアは安々と開いた。

私は胸を躍らせ中に踏み込んだ。刹那、景色が違うことに気が付いた。末紀子が信者を訪問する時に使う自転車、靴箱の上の花瓶はもとより、靴やサンダルが一足も見当たらない。人の気配も無い。

（まさか……⁉）

疑心暗鬼に捉われながら中に入る。見慣れた調度は幻の如く失せてすっからかん、蛻《もぬけ》の殻だ。畳しか残っていない部屋に茫然と佇んだまま、一体何が起こったのかと思い巡らす。恐ろしい孤独感、疎外感に足下から血が引く思いだ。

やがて居ても立ってもおられなくなった私は、取るものも取り敢えず京都に向かった。そこで新幹線に乗り換え、更に名古屋へ。彼女の行き先は母教会しかあるまい、伝道所から逐電したとしても、よもや両親の実家に戻ることはないだろう、と踏んだのだ。

名古屋駅で地下鉄に乗り換え、池下で下車、一路一麦教会を目指す。期するは唯一つ、末紀子が買い物か何かで教会から出てくることだ。二、三十メートルも離れた所に身を潜め、ひたすら待つこと半時余り、一瞬目を疑ったが紛れもない末紀子が路上に姿を見せ、こちらに歩いてくる。

買い物籠らしきを提げている。私に気付いても逃げられない距離にまで近付いたところで、私はやおら物陰から飛び出した。

末紀子はたじろいで踵を返そうとしたが、一瞬早く私は彼女の腕を捉えていた。

「もう放さないぞ！　このまま西宮に戻ってくれ！」

末紀子は絶句の体で私を見すえた。梃子でも離すまいと腕を捉えたまま、私は彼女を睨みすえた。

「分かったわ」

ややあって、観念した面持ちで彼女は口を開いた。

「十分だけ待って、仕度してくるから」

得たりや応と私は頷き末紀子の腕を捉えていた手を放した。

だが、十分経っても末紀子は現れない。更に五分、十分が空しく過ぎた。

（さては、たばかったな⁉）

末紀子の言葉をまともに信じた自分を私は呪った。しかし、このままおめおめとは引っ返せない。

意を決して教会に乗り込んだ。数年前に他界した松原牧師の未亡人向《さき》が応対に出た。日曜学校に通い出した頃から知っている人だ。いつも微笑を絶やさず、慈母観音の如く信者から慕われていた。

対面した当初はその笑みがまだあった。だが、「末紀子さんを出して下さい」と私が言い放つや、微笑が消えた。そして次の瞬間、

「いい加減になさいっ！」

と絞り出すような一喝と共に、その形相は鬼面夜叉のそれに変じた。

目と耳を疑ったまま、私は呆然として向夫人を見据えた。彼女は歪んだ唇をわななかせ、鬼の形相を崩さず憎々し気に私を睨み返している。

（この人の中に神は無い！　有るのは、自分の教会と子飼いの伝道師を死守しなければとの思いだけだ！）

胸に落とした独白を言葉にしようとした刹那、向夫人は正座を崩して立ち上がると、そのまま背を見せて部屋を出てしまった。

置きざりにされた私は、その後を追う気にもなれず、数分後すごすごと引き揚げた。

末紀子がいなくなったからと言って、西宮の下宿をすぐに払うわけにはいかなかった。新たな下宿先が見つかるまでは。

しかし、京都西宮間を往復するのは一週間と続かなかった。末紀子が名古屋の母教会に戻って

しまったことは、教会の長老である母には伝わっているはずだ。その顚末は母から父にも伝わっており、父は胸を撫でおろしたことであろう。だが、勘当を解くとは一言も言ってこないし、私もおめおめと父に許しを乞う気にはならなかったから、生活のためにアルバイトを辞めるわけにはいかなかった。

だが、ただ寝るためだけに西宮の下宿へ戻るのは、味気ないどころではない、精神がおかしくなる危惧さえ感じさせた。

バイトを終えた頃にはすっかり夜の帷が降りている。阪急電車のレールに軋《きし》む音が耳に障り、神経を苛立たせた。電車を降りてとぼとぼと、下宿先のアパートに向かうまでの夜の闇も孤独を募らせた。

週末のアルバイトを終えた私は、もうこれ以上は耐えられないと、藁にも縋る思いで大学に近い加茂川辺りに立つ奥田昌道氏の家に転がり込んだ。かくかくしかじかと、末紀子との確執から別れに至った経緯を述べ、新しい下宿先が見つかるまで止宿させて頂きたいと嘆願した。奥田氏の家は二階建てで、子供のいない彼は高校の同級生の奥さんと二人住まい、二階の数部屋は普段使わないから下宿人を一人置いている、と聞き及んでいたからだ。

奥田さんも奥さんも寛大な人だった。傷心の若者に、快く二階の一間を提供してくれた。なるほど、確かに先住者がいた。九州は長崎出身の門脇建吾君という青年で、どういういきさつかは知らないが、市川さんの家庭集会に連なり、その伝で盟友奥田さんの家に止宿することになったらしい。年は私とほぼ同年と見受けたが、学生ではない。日雇いの仕事に就いているようだった。明朗な青年で、この時の縁がきっかけとなり、その後何十年に亘って賀状を交わす間柄となる。

奥田さんは日課としているマラソンに毎朝私を連れ出した。ざっと五キロ程度だが、しばらくは何とか追走するものの、一キロを過ぎた頃から私は遅れ始め、終点時には五、六百メートルも差をつけられている。年齢は私の倍近いはずだが、奥田さんの健脚には舌を巻いた。彼は京大法学部の助教授で、日頃は〝象牙の塔に〟こもっている人間、中肉中背、およそスポーツマンには見えないから殊更驚きだった。

私のもうひとつの日課は講義の合間に学生課に通い、掲示板に貼られている下宿情報に目をやることだった。西宮のアパートは借りたままだ。着替えや洗面道具は持ってきているが、大方はアパートに置いたままだ。奥田家の止宿生活は、門脇君という話し相手もいて、この世に突然放り出されたような孤独感は徐々に癒やされていたから不満はなかったが、いつまでもこのままではおれない。

なかなか気に入る下宿はなかったが、上加茂の一軒家の洋間の一室が空いているので貸し出してもよいという物件が目についた。下見に行ってみると、門構えのしっかりした二階建て瀟洒な建物で、洋間は一階、玄関に上がってすぐ右手にあった。六畳間くらいだがベッドと机は充分におけそうだ。

案内に出た夫人は六十そこそこだろうか、細身に眼鏡をかけ、いかにもインテリ風の女性だった。洋間を使っていた息子が京大を出て他県に就職したので空いたのだと言う。

京大までは自転車で通える距離だ。こちらが医学部生と知って夫人も安心してくれたようだ。但し、玄関は十時に閉めるからよほどのことがない限りその門限は守って欲しい、と念を押された。

数日後、西宮のアパートを引き揚げ上加茂に移った。何年振りかに父母にその旨を知らせると、勘当を解く、仕送りを再開すると、母を介して父が伝えてきた。末紀子とはもう終わった、よもやよりを戻すことはないだろうと踏んだのだろう。


平穏な日々が戻ってきた。

最終学年を迎えた時、一千万円懸賞小説に敗れてもう二度と小説など書くまいと思っていたが、いつしか原稿に向かっていた。

専門課程三回生で公衆衛生学の講義が始まって夏の休暇が近づいた時、教授は我々を数班に分け、それぞれがテーマを定めて夏休みの間にグループ活動に専念し、休み明けにその成果を発表すること、という宿題を課した。

誰の提案だったかは覚えがないが、私のグループで七、八名が「ライ病者の意識調査」なるテーマを掲げ、瀬戸内の孤島長島のライ療養所「光明園」に赴いた。長島には今一つ「愛生園」という療養所があって、そこに住みついた女医小川正子が著した『小島の春』がベストセラーになり映画化された。他にも病者でありながら歌人として名を成した明石海人もおり、長島と言えば愛生園が咄嗟に浮かぶのに光明園を選んだのは、京大皮膚科に「ライ研究所」があり、公衆衛生学の課外授業のテーマに「ライ病者の意識調査」を思いついたが何か助言をと〝ライ研〟のチーフに相談に及んだところ、「光明園がいいだろう、そこにはウチから派遣されて行っている原田禹雄《のぶお》という医師が所長をしているから彼に連絡を取ってあげる」と返ったのだ。

原田医師からは「大歓迎だ、是非いらっしゃい」と返事が来て、光明園行きが実現した。

原田医師は壮年の美丈夫だった。独身で母親と二人暮らしだと聞いた。ライ病には〝結節癩〟と〝神経癩〟があり、前者はその結節が化膿して、顔面に生じたものは目や鼻を冒し、いわゆる〝鞍鼻《あんび》〟や〝兎眼《とがん》〟といった変形をもたらし別人の如く容貌を損なう故に恐れられた。こんな醜い顔になるのは先祖がよほど悪事を働いた祟りだ、〝天刑病〟だと風聞され、世間から除け者扱いされる憂き目にあった。

一方〝神経癩〟はリウマチに似て手指の変形を来す程度で容貌は損なわれないが、ライ菌が発見された段階で隔離を強いられ、孤島や僻地に収容された。

翌日から我々は予防衣、手袋、マスクをつけて原田医師の外来診療に立ち会わされた。仕事の多くは、化膿した結節の切開排膿、その後の傷の包帯交換だった。

前夜、夕食をふるまっての歓迎の席で、原田医師はこんなエピソードを漏らした。

「一緒にいてくれる母の仕事は、ウミが飛び散ったりして汚れた僕の白衣を毎日洗濯してくれることで、普通なら嫌がるそれを、母は『有難い、有難い』と言ってしてくれるんです。息子の仕事を尊いと心から思ってくれるからで、そんな母が僕には仏様のように思えるんですよ」

この母にしてこの子ありの思いで私は聞き入った。

後に知ったことだが、原田医師は熱心な仏教徒で、且つ、知る人ぞ知る歌人であった。

外来診療が終わると我々は二手三手に別れて長屋風に隣接して建てられている病者の家を訪ね、意識調査に専念した。

ほとんどが結節癩の患者で、髪や眉は抜け、〝鞍鼻〟〝兎眼〟の醜形を残しており、正視するのがためらわれた。殊に女性の場合痛々しかった。

簡単に病歴を尋ねた後、現在の心境を問い質すのだが、こんな顔になってしまって人生を呪うしかない、死ねないから生きているだけで何の希望もない、等々、返ってくるのはほとんど例外なく慨嘆ばかりで気が滅入った。

少しでも光を見出せないものか？　島を発つ日が近づいて、原田医師に調査のあらましを報告しながら尋ねると、明日は日曜だから教会で午前に礼拝がある、それに出てみたらどうか？　新しい発見があるかもしれないよ、と助言してくれた。自分は仏教徒だから門外漢だけどね、とそこで初めて自分の宗旨を明かしてくれた。

翌日、我々は全員揃って教会に赴いた。玄関には「光明園家族教会」と銘打った看板が掲げられていた。

讃美歌の斉唱が聞こえてきた。教会で育った私には覚えのある歌だが、男女の明るい混声に驚かされた。

中に入って更に驚いた。信者のほとんどは結節癩の痕を残しているが、不思議に醜いと感じさせないのだ。これまで面接してきた患者から漂っている悲壮感や虚無感は全くない。

なかでもひときわ目につく女性がいた。年の頃五十代半ば、額の髪の生え際が僅かにやけどの跡のように白く見えるが、他は健常人とさして変わらない。それどころか、若い頃はさぞや美人だったろうと思われる目鼻立ちのすっきりした容貌だ。

彼女の名は相良あや子。本名ではない。療養所のほとんどの人間が、家人、親戚縁者を憚って本名を隠し偽名で通している。

原田医師の外来に通っている患者の中にはまだライ菌陽性者がおり、それ故に我々もプロテクターを付けさせられるわけだが、教会に集う人々は皆菌は陰性だから私服で行っていいと言われた。光田健輔という医者が開発したプロミンという特効薬でライ菌は死滅、陰性者が多く出て、二年以上陰性を続ければ再発は無いから社会復帰も可とされると知らされた。

しかし、現実に島を離れて社会復帰する人は皆無に近い、多くは結節癩患者で顔に醜形を残しているから人目を憚るのだ、と原田医師は説明してくれた。社会復帰できるとすれば、リウマチ患者程度の手指の変形を残す神経癩の患者だが、自立できるか頼れる身内がいる人はまずいないから、長年住み慣れた島を出ようとする人は限られている、とも。

相良あや子さんはどうなのだろう？　どんな人生を辿ってこの島に流れついたのだろう？

島から戻ると、私は彼女に手紙を認め、文通をしたいと申し出た。彼女は快く引き受けてくれた。

手紙の一つに、隣接する愛生園にもキリスト教会があり、そこの牧師は小倉渓水と言って自らライ患者であり、その波乱の生涯を綴った自伝『瀬戸のあけぼの』がある、それを是非読んで欲しいと書かれていた。私はその本を近くの「ヨルダン社」という主に宗教書を扱っている書店で見つけた。

読みだしたら頁を繰る手が止まらなくなり一気に読み終えた。ライ病者の想像を絶する世界が展け、〝天刑病〟と後ろ指を指され、生きる甲斐が無いと自殺まで思いつめた著者が、〝ダマスコの途上〟で復活のイエスの幻に遭って回心したパウロのように、「早まるな、待て」と言うイエスの声なき声によって自死を思い止まり療養所に身を置く決意をしたいきさつから始まり、やがてライ病という宿痾を〝天刑病〟ならぬ〝天恵病〟と受容するに到った経緯が綴られていた。

相良さんの人生も似たようなものであろうかと推測した。手紙のやり取りでは、生まれが九州鹿児島であること、幼少時に発病、発見されて地元のライ療養所に隔離され、その後幾多の変遷を経て長島に落ち着いたこと、島の教会で帰依したキリスト教のお陰で、呪い続けた宿痾を受容できるようになり、今は幸せであること、等を知った程度であった。

もっと深くあなたのことを知りたいといつかの手紙に書いたことを覚えてくれていたからだろうか、近く関西学院の神学部から招かれて同学院の教会で証詞をすることになった、学院は稔彦さん（彼女は文通当初から私を名前で呼んでくれた）のアパートに近いと思うからこの機会に寄りたい、ひいてはアパートで一泊させてもらい、私のこれまでの人生を洗いざらいお話ししたい、と喫緊の手紙に書かれてあった。

私は無論快諾し、当日、歩いて行ける距離の関西学院へ彼女を迎えに行った。

その夜、相良さんは生いたちから始め現在に至るまでの波乱の人生を余すところなく語り聞かせてくれた。この人の存在を世に普く知らしめたい、との思いが、彼女を見送った後、強く迫ってきた。朝日新聞の一千万円懸賞小説に落選して失意のどん底に沈み、二度とペンを執ることはあるまいと心に誓って一年有余経っていた。下條末紀子とはまだ破綻に至ってなかった。

気が付くと、いつしか原稿に向かっていた。相良さんの自伝の形で二百枚ほどの原稿を仕上げ、新約聖書使徒行伝中の、パリサイ人パウロがキリスト教徒迫害にエルサレムへ向かう途次のダマスコで復活のイエスの幻に出会う件になぞらえ、『ダマスコの途上にて』とタイトルを付してキリスト新聞社に送った。

編集長の鎌田さんから早々に返事が来た。

「これは素晴らしい証詞文学です。是非ウチの新聞で連載したい。挿絵は切り絵作家の○○にお願いします」

キリスト新聞は週刊だから月に二回、ざっと一年に亘って掲載された。

掲載が終わって間もなく鎌田さんから二万円が送られてきた。初めて手にする印税だったが、これは相良さんが受け取るべきものだろうと思って彼女に回した。しかし、二万円は即座に送り返されてきた。書いて下さっただけで感謝です、私が頂く筋合いのものではありませんから稔彦さんがお納め下さい、と。

専門課程の後半は無事平穏に過ぎた。『心電図とその推理』という部厚い本が臨床医学の面白さを満喫させてくれ、行く行くは内科の循環器科を専攻したいと思うようになった。

傍ら、ある思わくが胸を騒がし始めた。相良あや子さんの伝記は書いたが、それだけでは物足りない。ライ療養所を舞台に一篇の小説をものしたいという欲求が。

構想はすぐに練れ、気がついたら書き始めていた。毎夜、床に就く前の一時間を原稿に向かい、卒業の年一年でほぼ脱稿できる見通しが立った。文学で身を立てようとした、あの狂おしいまでの情念や焦燥感はなかった。組み立てた物語にひとり酔いつつ、あくまで心静かにペンを進めていった。

ポリクリ（白衣を付けて教授の診療に立ち会う臨床実習）も始まって、ようやく医者としての道が開けてきた思いも手伝って充実した日々を送りつつあった。

そんな矢先、青天の霹靂が起こった。発端は東大医学部生の青年医師連合会（以下青医連）の幹部学生にあるらしい。突如彼らは、「無給医局制度とその元凶である学位制の撤廃」をスローガンに掲げ、要求が通るまで講義のボイコット、医局の解体を叫び出したのだ。

京大もそれに追随する形でのろしを上げたのだった。

私が京大へ入って驚いたのは、教養部と道一つ隔てた本学の石塀一面に、学生運動家の手になる反政府のアジテーションを書き連ねた看板が所狭しと立てかけられていることや、実際にスト決行だと言って教官や学生が講義室に入るのを阻止し、自分の父親の年齢に等しい教官の前に立ちはだかり、教官をお前呼ばわりして一方的に喋りまくり罵倒している姿を折々見かけることだった。

こういう礼節を欠いた学生は何かを履き違えているとしか思われなかった。大学は学問をするためのもので、勉強をそっちのけにして学生運動に明け暮れるなど本末転倒としか言い様がない。突如勃発した青医連運動に対しても、私は同様の思いで反感を禁じ得なかった。

「無給医局制度を撤廃せよ！　俺たちも白いおマンマを食べたい！」

講義室の前にはこんな文言が掲げられた幟《のぼり》と共に机や椅子が積み上げられ、その前には数十名の者――他でもないクラスメート――が立ちはだかって、講義に出ようとする教官や学生を押し返した。

当初、私を始め十数名の者がこの暴挙に抗って連日バリケードの前で押し問答を繰り返したが、多勢に無勢と諦めて一人また一人と減って行き、最後に残ったのは私とほんの数名に留まった。

私が何よりショックを覚えたのは、バリケードの前に立ちはだかっている首謀者の一人が、高校一年の時クラスを共にした中野俊彦だったことだ。彼は名古屋市郊外の地から越境入学してきて、いかにも田舎から出てきたという感じの冴えない風貌の男だった。当初の成績はクラスで七、八番というところだったが、一年浪人して力をつけたのだろう。

遅刻しても悪びれず、皆の目が注がれる前方の入口からのそっと入って来て、誰かがひやかすと多少はにかんだ顔をしてみせる。どことなく喜劇俳優の左とん平を髣髴《ほうふつ》とさせ、飄々たる趣があった。

　中野とクラスを共にしたのは高校一年の時だけで、言葉を交わすこともなかったからほとんど印象がなかった。大学でも一年遅れて入ってきた彼とは顔を合わすことがなかったので、私が休学して一年後輩のクラスメートと机を並べることになって中野に気付き（アレッ！）と驚いたのだ。そこは高校を同じくしたよしみ、ややあとなって初めて親しく口をきくようになったが、まさか卒業の年に相対することになろうとは夢にも思わなかった。

　一日、中野を先頭に十数名が私を取り囲んで行く手を拒んだと見るや、中野が口を切った。

「君はなぜ俺たちに同調せずあくまで抵抗するのか、弁明の機会を与えてやるから皆の前で釈明しろ」

　全国の医学部に広がった青医連運動はマスコミの好餌となりＮＨＫのニュースでも取り上げていたが、ある日、全国紙の一面に大きく出たのに驚かされた。中野は我々の学年でこの運動を取り仕切っていたが、彼が先陣を切ったのではない。既に卒業して医局に入るのを拒み大学病院を麻痺状態にし、多くは学外の病院に潜伏している二年上の者で、学内でストを先導し、集会を開いてアジっているのは、私の入学時の同級生で、当時は文学、映画を論じ合い、文通も交わした仲の田原明夫であった。地元の同志社高校出身で二浪して入ってきた偉丈夫で、兄のように慕っていた男だ。

その田原他数名の顔写真が一面に載っていたから驚いた。私のようにストに反対し講義に出ようとした泉谷なるクラスメートが田原たちに暴力ずくめで軟禁された由警察に訴えたと書かれている。

体をどつかれ、軟禁状態に遭っているなら私など連日のごとくだ。

「弁明しろ」

と中野が行く手を遮ったのも、胸部外科のポリクリに出ようとロッカールームで白衣に着換えようとした端だ。

中野他十数名の者に引き摺り出される形で私は彼らの前に立ち、〝弁明〟を始めた。若気の至りで医学から文学に転向しようと一年休学したこと、九歳年上の女性と婚約したことで父親の勘当を受け仕送りを絶たれたため日本育英会と法務省からの奨学金を受け、他はアルバイトで凌いできたが、育英会はさておき、法務省のそれは卒後すぐ法務医官として勤務することを義務付けられており、卒業を延ばすことはできないこと、等々、赤裸々に語った。

級友たちの胸にどれだけ響いたかは分からない。だが、しばらく沈黙が続いた後、中野が言い放った。

「よし、分かった。大鐘だけスト破りを許そう。講義に出ていいぞ」

鶴の一声だった。頷きはしなかったが誰一人異論を唱える者はなかった。

かくして私は同級生の中で一人講義に出るようになった。私に同調して講義に出ようと連日ピケ隊に抗っていた他の三人はバリケードの前で跳ね返された。しかし卒業試験は断乎受けるという彼らの意志まで阻止はできず試験場では私と顔を合わせた。

この試験も中野たち一派は受けさせまいとして、構内の掲示板に目を光らせていた。普段ならそこに試験科目といついつ何時からと予告の掲示が張り出される慣わしだったからだ。試験官の教授連もしたたかだった。無論予告の掲示は一切出さず、受験希望者には内々で電話をかけて日時場所を知らせた。

全学の卒業式が翌日に迫った。他学部は四年、我々医学部は六年を終えてのことだ。私や大田のように一年を棒に振った者は入学以来七年目の春になる。

思えば長く苦しい大学生活だった。自業自得と言う他はないが、両親にはとんだ迷惑をかけた。晴れて卒業した暁にはせめてもの償いをさせてもらおう。そんな感慨に浸っていたところへ、医学部長で病理学の岡本教授から呼び出しを受けた。何事かと教授室に駆け付けると、岡本教授ともう一人の病理学翠川教授が待ち構えていた。

「スト破りの汚名を着せられて辛かっただろうが、よく頑張った」

岡本教授がこう皮切って翠川さんも首肯した。

「ところで明日はいよいよ卒業式だが、医学部の出席者は君のほか三名、計四名だ。しかし、たとえ少人数でも、卒業試験を無事終えた君たちには出席してもらわねばならん。で、代表として君が壇上に上がって卒業証書を受け取って欲しいんだが、これからその予行演習をするからしばらく時間をくれ給え」

思いも寄らないことだった。小、中、高を通して卒業時に送辞乃至答辞を読んだことは一度もない。

証書はもとよりここには無い。手振り身振りでそれを受け取る〝予行演習〟を数回繰り返した後、

「君の頑張りの論功行賞として御馳走するから、今度は僕と付き合ってくれ給え」

と翠川教授が言い、まだ緊張の解けぬ私を強いて四条河原町辺りのあるレストランへ誘った。

私がなぜ青医連の運動に抗って彼らの言う〝スト破り〟を貫いたのか、その理由はおろか、私の私的なこと——出身地や家族のことなど——は一切問い質すことなく、専ら青医連の悪口雑言に終始し、さては、「家内はいい人間なんだが、他の女性に気持ちが行くんだよねえ」と愛人がいるらしいことを仄めかしたりした。

癌の発生原因の講義で、東大教授山極勝三郎がウサギの耳にコールタールをせっせと塗りつけて皮膚癌を発生せしめたエピソードを披露したが、

「僕は刺激説を信じないね。もしそれが正しいなら、最も多く発生するのは陰茎癌か膣癌のはずだからな」

と、まだ性体験を有しない学生――私もその一人であった――も幾多いたであろうに臆面もなくそんな卑猥なことを教育者たる身で言ってのけたことを思い出した。この人は思ったことを是非をわきまえずに口に出してしまう性分なのだ。人格者ではない。見も知らぬ人だが、こんな浮気っぽい亭主を持った奥さんが気の毒な気がしてきた。居心地の悪い一時間余りだった。

翌朝、胸の高鳴るのを覚えながら卒業式の会場である本学の時計台下の講堂を目指した。しかし、正面玄関が視野に入った時、まさかの光景が目に飛び込んだ。何と、講義室の前でバリケードを築いていたクラスメートが十名ほど、腕を組んで立ちはだかっているではないか！　そのスクラムを横目に見ながら通り抜けて行くのは見知らぬ他学部の学生たちだ。

中野俊彦がスクラムの中央にいた。

「スト破りは許したが、卒業式に出ることは許さん！」

私が近づくや、威丈高に中野が言った。

「冗談じゃない、通せ」

とこちらも声を荒げスクラムに体当たりをかませるが、多勢に無勢で押し返されるばかり。

埒が明かぬと数分で諦め、二つばかりある横手の入口に回るが、そこにも数名の中野一派が先回りしていた。虚しい押し問答を繰り返しているうちに卒業式の開始時間はとうに過ぎてしまった。行き交う学生は皆無になっている。

前日の予行演習は何だったのか⁉　サーカスの前座に出てくるピエロを演じたような気になって、義憤と同時にやり切れない思いで私はとぼとぼと医学部学生課に向かった。

私を含めて四人の卒業証書はそこに戻されていた。

学業の最終段階である大学の卒業式に出てこそ有終の美を飾れるというものだ。それを力ずくで阻止した中野を私は恨んだ。その怨嗟が解けたのはお互いに古希を迎えた頃だ。

中野は青医連運動につけ込んできた他学部の〝民青〟とか〝革マル派〟といった学生運動家のセクト争いに巻き込まれて身の危険を覚え、熊本は阿蘇の麓にまで逃げ込み、そこで開業した診療所を終の住処とした。そうした地域医療の功績が讃えられ、初老に到って〝日本赤ひげ大賞〟を受賞した。新聞に大きく出た記事でそれと知って彼に祝福の手紙を送った。

大学を荒らし回った青医連の連中のほとんどが、運動が沈静化した二年後、臆面もなく学位欲しさに大学に戻っていったが、中野は命を張って初志を貫徹したのだ。

私は私で別の意味のアウトサイダーとなり、多難な人生を送ることになる。

―完―

初出「季刊文科」八二号（二〇二〇年十月）～九四号（二〇二三年十一月）

〈著者紹介〉

大鐘 稔彦（おおがね　としひこ）

1943年愛知県生まれ。
1968年京都大学医学部卒。母校の関連病院を経て、
1977年上京、民間病院の外科部長、院長を歴任。その間に
「日本の医療を良くする会」を起会、関東で初のホスピス病棟を備えた病院を創設、手術の公開など先駆的医療を行う。
「エホバの証人」の無輸血手術 68件を含め約六千件の手術経験を経て、
1999年、30年執ってきたメスを置き南あわじ市の公的診療所に着任、
地域医療に従事して今日にいたる。
医学専門書の他に、エッセイ、小説を手がけ、アウトサイダーの外科医を主人公とした『孤高のメス』（全13巻）は174万部のミリオンセラーとなり、2010年映画化され、2019年にはテレビ(wowow)ドラマ化された。
近著に『安楽死か、尊厳死か』（ディスカヴァー携書）、『緋色のメス―完結篇』（幻冬舎文庫）、『短歌で綴る折々のこと―田舎医者の回想』（アートヴィレッジ）など。
日本文藝家協会会員、短歌結社「短歌人」同人。

医学と文学の間
―アウトサイダーの生涯



2024年10月11日初版第1刷発行
著　者　大鐘稔彦
発行者　百瀬精一
発行所　鳥影社 (www.choeisha.com)
〒160-0023 東京都新宿区西新宿3-5-12トーカン新宿7F
電話 03-5948-6470, FAX 0120-586-771
〒392-0012 長野県諏訪市四賀229-1（本社・編集室）
電話 0266-53-2903, FAX 0266-58-6771
印刷・製本　モリモト印刷

ISBN978-4-86782-120-6　C0095